U0923886

翘摇 著

别对我动心

江苏凤凰文艺出版社
JIANGSU PHOENIX LITERATURE AND
ART PUBLISHING

图书在版编目（CIP）数据

别对我动心 / 翘摇著. -- 南京 : 江苏凤凰文艺出版社，2022.10
ISBN 978-7-5594-6774-4

Ⅰ. ①别… Ⅱ. ①翘… Ⅲ. ①长篇小说－中国－当代 Ⅳ. ①I247.5

中国版本图书馆CIP数据核字(2022)第062390号

别对我动心

翘摇 著

责任编辑　张　倩
特约编辑　鲁　赞
封面设计　吴思龙 @4666 啊
出版发行　江苏凤凰文艺出版社
　　　　　南京市中央路 165 号，邮编：210009
网　　址　http://www.jswenyi.com
印　　刷　三河市中晟雅豪印务有限公司
开　　本　880mm × 1230mm　1/32
印　　张　9.5
字　　数　247 千字
版　　次　2022 年 10 月第 1 版
印　　次　2022 年 10 月第 1 次印刷
书　　号　ISBN 978-7-5594-6774-4
定　　价　46.00 元

江苏凤凰文艺版图书凡印刷、装订错误，可向出版社调换，联系电话 025-83280257

Falling in love

目录 Contents

English
Math
History
ART

o(T ︿ T)o

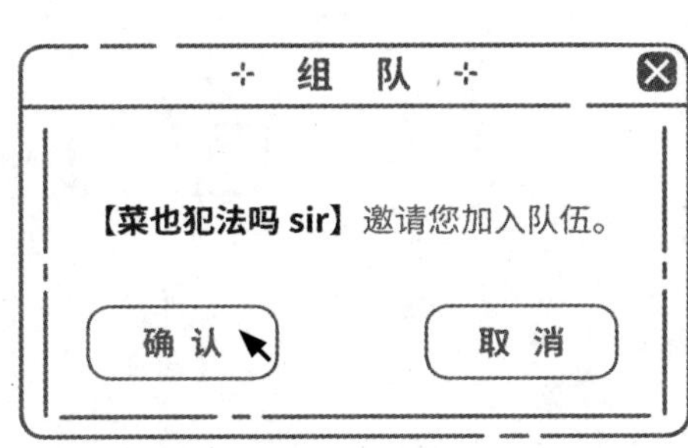

像我喜欢的人　第一章

？？？　第二章

？？？　第三章

？？？　第四章

？？？　第五章

？？？　第六章

？？？　第七章

？？？　第八章

……

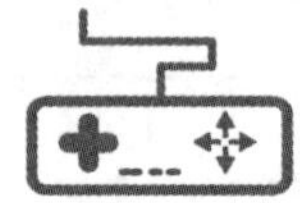

1

冬日的江城总是固阴沍寒，层层云雾不见天日，阴暗的天气让人打不起精神。

岳千灵站在拥挤的过道，守着打印机，四周只有机器运作的沉闷声音，但她眼里透着几分激动。

几秒钟后，她看着离职单从打印机里缓缓地吐出，长舒了一口气。

一周前，岳千灵提交了离职申请。

今天周二，她已经提交邮件，去各个部门走完流程就可以正式离职了。

于是，她在小组私下拉的群里说了一声。

岳千灵：各位，我离职啦，今天办理所有手续，下周就不来啦。感谢大家这段时间的照顾！

游戏公司的办公氛围没那么严肃，此话一出，四周的同事没在群里回消息，几道视线直接集中到她的工位。

“什么？你辞职了？”

“好好的怎么要辞职啊？”

“马上就要过年了，怎么这个时候辞职？”

“不是要圣诞活动了吗？你卡面还没画完怎么辞职了？”

问话的人太多，岳千灵没法一一作答，只好笼统地说：“我得回学校去做毕业设计了，之后可能考虑回家乡工作。”

"回家乡工作"可能是在座许多人都考虑过的问题，所以没再缠着问，最多就是对岳千灵突然提出辞职表示震惊。有人转头问另一个人："组长，你怎么不说呀？"

这事岳千灵确实没有提前告诉其他同事。

她的组长是唯一提前知道她要离职的人，毕竟审核时第一个就要她签字。

不过以组长的性格，没把这事说出去，岳千灵还挺意外的。

"我想着也不是什么大事。"组长理了理刘海儿，云淡风轻地说，"那今晚一起聚个餐？算是个欢送会吧。"

岳千灵闻言，没有立刻说话。

要说她离职的原因，第一个就是这个组长。

也不知道是一个人吃饭就消化不了，还是怎么的，组长动不动就建议全组聚餐。你不去，组长还拿团队协作思想那一套压你，搞得好像不参加聚餐就是不合群，就得接受几小时的思想教育。

平时岳千灵想着自己只是一个还没毕业的大四学生，得尊重前辈，不要惹一些不必要的麻烦，加上同事各个都来招呼，她只能牺牲自己的休息时间去聚餐。

不过现在嘛……

岳千灵笑了笑："不了，谢谢。"

她摘下工牌，放进包里，直勾勾地看着组长。

那双眼睛深邃、漆黑，睫毛浓密，即便不施粉黛也像含情带意，很是适合传达话外音——都辞职了，放过我吧。

可是组长好像没听出她的意思似的，还拿出了手机开始选餐厅："就楼下那家烤鱼店怎么样？很火的，要排队的，我先取个号吧。"

组长手指轻轻地按了几下，才抬头笑眯眯地对岳千灵说："说不定这是咱们小组一起吃的最后一顿饭了，以后多联系啊。"

岳千灵不再说话。

她连一个眼神都不想给组长。

岳千灵拿上离职表，离开了工位。

HC 互娱是一个创立三年的游戏公司，说大不大，各项流程也没那么麻烦，连竞业禁止协议都不用签。

她现在只需要按照离职单上的表格去各个部门签字，最后找 HR 签字盖章就可以了。

这会儿才下午三四点，岳千灵不慌不忙地先去茶水间倒了一杯咖啡，靠着窗边坐着，难掩激动的心情。

她打开手机，在大学宿舍群里号叫。

糯米小麻花：终于解脱了！我要回宿舍躺三天三夜！！打三天三夜的游戏！！！

糯米小麻花：我要吃三天外卖！谁也别想让我出门聚餐！！

不一会儿，舍友印雪回了她消息。

印雪：小点声笑，我在世贸中心都听见你的笑声了。

印雪：不过你真的决定了？不再考虑一下？

印雪：HC 多好啊，待遇那么高，咱们多少人想进还进不了呢。今年咱们学校去面试的几十个人里，就招了你一个呢。

印雪：我觉得你那点小意见，完全可以看在钱的面子上忍忍。

话说回来，岳千灵对 HC 这个公司的意见可一点都不小。

永远占用下班时间聚餐的组长；审美奇葩的主策划；长了手却老麻烦别人帮忙的组员；还有夏天开到十五摄氏度，冬天开到三十摄氏度的空调。

不身在其中，永远不会理解这些“小事”对人的摧残有多大。

岳千灵原本是个精致的女大学生，但自从来这里上班，她有时候连头都不想洗了。

预想到未来生活的昏暗，岳千灵决定及时止损。

反正又不需要养家糊口，何必这么委屈自己呢？

况且岳千灵虽然偶尔咸鱼，但也是一条有梦想的咸鱼。

她学了这么多年的美术，又对游戏行业情有独钟，自然是想有个积极向上的工作氛围的。

而 HC 互娱呢？盈利挺多，但赚的都是快钱。

每一款手机游戏的开发都是照着别人的框架玩法抄一套，然后迅速上市，迅速过气。运气好的项目还能坚挺个两三年。钱倒是流水般地哗啦啦进账了，但岳千灵时不时迷茫：自己学了这么多年的美术，现在到底在干些什么？

微信里，另一个室友也回了消息。

方清清：嗜，其实哪个公司不一样呢？只要是打工，都一样苦命，在 HC 好歹工资还高呢。

糯米小麻花：别劝我了，就这破公司，再给我涨十倍工资我都不待了！

回完这条消息，岳千灵神清气爽地走进了电梯。

第一个要去签字的部门是行政部。

电梯门打开，岳千灵脸上的笑容还没按捺下来，就听见正对面的人力资源总监办公室里传来一声怒吼。

“要老子让位？！你们疯了吧！游戏还做不做了？！

“什么乳臭未干的臭小子！大学毕业证还没拿到呢，也敢上来就坐我的位置？！

“你们羞辱谁呢？！老子不干了！”

紧接着，一个三十多岁的男人摔门而出，怒气冲冲地朝电梯走来。

人力资源总监跟出来，试图想说些什么，最后只是张了张口，一句话没说，回头关上了办公室的门。

岳千灵看呆了。

没想到辞职——还能是这么帅的。

在她出神的片刻，负责她离职流程的 HR 陈茵从一旁走过来，叫了她一声："岳千灵，走完流程了？"

"没呢，正要去行政部。"

岳千灵又回头看了一眼那个男人，问道："这人是哪个部门的啊？"

陈茵这会儿没什么事，刚买了一杯咖啡上来，就站在一边跟岳千灵闲聊。

"不是你们手游事业部的，是第九事业部的。"

"啊？"

岳千灵诧异地瞪大了眼睛："第九事业部的人，怎么会闹得这么难看？"

不是岳千灵大惊小怪，而是这个"第九事业部"，在 HC 是一个非常特殊的存在。

说起这个部门，不得不提一下 HC 互娱的发展史。

老板是一位三十多岁的年轻女人，经历相当传奇。

初中时期她一度因为沉迷游戏而退学，家里打断了三把衣架，终于把她拉上正轨。

她好不容易大学毕业了，家里想着不用操心了，不想这位姐直接拒了所有录取通知，跟家里人说要去做游戏。

这一下把她爸妈气得心脏差点儿停跳，又打断了三把衣架也于事无补，最后直接和她断了关系。

然而故事的走向也并不是很励志。

这位姐怀着满腔热血想创造中国的次世代 3A 游戏，却发现甲方只为《黄金矿工》买单。

经过多次挫败差点儿去睡天桥之后，这位姐想出了一个曲线救国的方法——

做手游，赚快钱，养梦想。

而她的梦想承载体，自然就是公司里那个神奇的"第九事业部"。

它不像其他事业部那样连名字都透露着敷衍。

“第九事业部”并不是 HC 的第九顺位事业部。

众所周知，传统八大艺术是指绘画、建筑、雕刻、音乐、文学、戏剧、电影、舞蹈。

而电子游戏，游离在不被世人认可的边缘，被虔诚地奉为“第九艺术”。

——“第九事业部”由此而来。

它已经成立三年了，位于 HC 互娱大楼的最顶层。

第九事业部像一个神秘组织，虽然和其他人共用办公大楼的一切设施，架构却与 HC 互娱分离，拥有独立的办公系统，平时也从不出现在公司团建类的活动上。

最重要的是，他们还没有任何产品面市计划。

也就是说，他们没有任何业绩压力。

岳千灵虽然不认识第九事业部的人，但不妨碍她嫉妒。

那可是一群行业天才，被老板高价招聘进来，倾全公司之力养活他们，让他们大把大把烧钱去开发真正的次世代游戏。

简直就是老板捧在心尖尖上的一群人。

所以岳千灵不明白，那位大哥怎么会和人力资源总监吵成这样。

“你以为第九事业部真的白吃饭啊？”陈茵喝了一口咖啡，慢悠悠地说，“开发那边已经七个月没有进展了，换到别的公司，那就是卷铺盖走人的下场。”

说着，她扭头别有意味地睨了岳千灵一眼：“但是我们老板有人情啊，也没赶人走，只是花大力气找了新的主开发来。”

岳千灵挑了挑眉，表示自己愿意继续听下去，陈茵自然不吝其言：“新的主开发年纪不大，好像就跟你差不多吧……”

岳千灵天灵盖一麻。

跟她差不多大，岂不是刚刚大学毕业，甚至还没毕业？

这就要来担任 3A 游戏的主开发，怪不得刚刚那位原主开发要气成这样。

这不是羞辱人吗。

除非那人是个天才。

可第九事业部的人，谁又不是领域内的天才呢？

“所以呀……”陈茵突然拍了拍岳千灵的肩膀，“你看这个世界就是这么残酷，刚刚那位曾经也是游戏业的风云人物啊，从业十几年出了多少成绩，但就这一个项目搞不起来，立刻就要被后浪拍死。所以我还是劝劝你，最好再仔细考虑一下，别用跳槽的时间耽误了自己成长的机会。”

“好的，谢谢茵茵姐，我先去盖章了。”

整个离职流程挺顺利，离职单上每一处都签好了字。

岳千灵深吸了一口自由的空气，满脸笑意地去找陈茵盖最后的红章。

陈茵看她那么开心，其实觉得还有些可惜。

毕竟作为美术人员，岳千灵的画风深得老板喜欢，产出通过率还是全公司美术人员中最好的。她要是走了，回头老板要她们以岳千灵为标准再找人，那才麻烦呢。

而且出于私心，陈茵也挺喜欢岳千灵的。

于是，在盖章前，陈茵再次问道：“真的不考虑考虑了？这一辞职，可是三个月内不能再回来了呢，你要是找不到更好的工作怎么办？你要是现在后悔，我还可以帮你撤销流程。”

后悔？

岳千灵笑着摇头：“不了，我已经想好了。”

话都说到这份儿上了，陈茵也无力挽留，打开抽屉找公章。

这时，岳千灵突然感觉到身旁笼上一层黑影。

她一扭头，目光触及身旁之人时，所有思绪的齿轮刹那间停止转动，只有心跳加快了速度。

顾寻不知是什么时候站到她身旁的。

他穿着黑色的飞行员外套，更显身材挺拔高大，影子又被灯光拉得极长，所以出现的那一瞬间就给了岳千灵微妙的感觉。

灯光明亮得有些刺眼。

岳千灵定神看着他的侧脸。

他却丝毫没有注意到身旁的人，只在对面的接待人员问他来干什么的时候，抬手拿出一张 A4 纸。

“来报到。第九事业部。”

话音落下，人力资源部好几个人都从办公桌前抬头，视线朝顾寻身上集中。

有的人便是这样，即便低着头，面容隐藏在逆光处，看不见那张精雕细刻的脸，但浑身气质也能让人将其与“吸引力”三字牢牢挂钩。

现场的目光便能证明此结论。

更何况，他此时说的是“第九事业部”。

今天要来第九事业部报到的，只有那个大学毕业证还没拿到的新任主开发。

唯一与顾寻面对面的那个女职员在晃神片刻后，确认自己没听错，连忙开始核对信息表。

这时，顾寻才注意到身旁有一道视线一直黏在他身上。

他侧头，垂眼看见岳千灵的那一刻，有点意外。

但他没有一丝惊喜，只是抬了抬眉梢：“你怎么在这儿？”

岳千灵骤然回神。

她正想着要说话的时候，顾寻却已经收回视线，伸手接过了 HR 递来的单子。

很显然，他对岳千灵为何出现在这里不太感兴趣。

但他不知道，在他出现的这短短一分钟内，岳千灵的内心世界已经发生了天翻地覆的变化。

顾寻竟然就是那位大哥口中羞辱人的存在。

那这 HC 互娱可真是个好地方！

不走了！

打死也不走了！

可是，等岳千灵终于想起自己为什么站在这里，并回过头看向桌面时——

陈茵已经在她那张离职单上盖上了鲜艳的红章。

2

那一声“等一下”就硬生生地卡在了喉咙里，连带着一盆冷水兜头而下，泼得她心凉。

这一秒钟，岳千灵感觉自己尝尽了人生前二十一年后悔的总和。

可惜一切都来不及了。

陈茵把盖好章的离职单还给她，并不舍地说：“再见啊，千灵。”

岳千灵没说话。

她僵硬地看了一眼离职单，又看了一眼顾寻，垂死挣扎地问：“你来这里工作？”

顾寻懒洋洋地揉了揉脖子，盯着前方正在给他办理入职的 HR 的电脑，“嗯”了一声，算是回答。

而后，他好像才意识到什么，转头的同时，正缓缓睇向她手里的离职单。

乍一看，离职单和入职单好像没什么区别。

所以，他问：“你也来报到？”

岳千灵埋下头，低声道：“我是来离职的。”

“哦。”

哦。

哦？

岳千灵脖子一僵，慢吞吞地抬起眼。就一个“哦”吗？

顾寻好像确实没因为她的离职被给予更多的情绪。

连客套都欠奉，他接过 HR 返还的入职单，径直掉头而去。

擦肩而过的那一瞬间，她感觉到他从外面带来的凉意还未散尽，如细针一般扫过她的脸颊，引起难以察觉的轻微刺痛。

“你们认识啊？”陈茵的声音突然把岳千灵拉回神。

“啊？”

“哦，对。”陈茵自顾自地说，“差点儿忘了，你们是一个学校的。”

说完，她朝岳千灵挥挥手：“好了，现在流程走完了，你可以回家了。”

岳千灵没有立刻离开公司。

她坐在工位上慢吞吞地收拾东西，时不时地停下来出神地看着手机。

没有了各个工作群的骚扰，手机里只有寝室群在热火朝天地闲聊，她竟有些不习惯。

好一会儿，她冷不丁插了一句话。

糯米小麻花：我走完离职流程了。

印雪：恭喜恭喜！晚上吃火锅？

糯米小麻花：但我后悔了。

方清清：？

印雪：？

糯米小麻花：因为我刚刚发现，顾寻入职我们公司了。

印雪：？！

方清清：……灵，这就是没缘分，真的，你放弃挣扎吧。

真的没缘分吗？

缘分向来是一种见仁见智的东西，有人认为携手一生才是缘分，而有人认为在茫茫人海中的一个眼神对视便已经是一种缘分了。

岳千灵属于后者。

别人聊起是什么时候心动时，或许很难找到一个明确的时间点。

但岳千灵却可以清晰地回忆起初见顾寻那一刻的风里带着清淡的桂花香。

那是去年九月，大三开学。

岳千灵所在的美术学院终于从滨江校区搬到了主校区。

篮球场旁边的桂花树开着一簇簇的金黄色花朵，怀揣着对新校园好奇的岳千灵在树下打量着四周。

一个篮球突然朝她气势汹汹地飞来，她的魂都被吓飞了。

而这个时候，一个男生从她身后走来，顺势抬起手，从容地将那球挡了出去。

非常俗套的剧情。

但岳千灵一回头，看见顾寻的第一眼——

她那孕育了二十年的对爱情的所有向往与憧憬，在那个瞬间就有了清晰的具象。

紧接着第二天，岳千灵的妈妈来江城出差，同时要和一位老同学叙旧，顺便带上了岳千灵。

对方阿姨也带上了自己的儿子，但岳千灵没想到阿姨的儿子就是顾寻。

这确实不能用“缘分”来形容了。

简直就是命中注定。

反正岳千灵是这么想的。

但没承想，那天的晚饭上是她这一年多来和顾寻说话最多的一次。

说是最多，其实也不过四五句，还是在双方母亲的询问中顺势搭上的话。

在那之后，岳千灵感觉她之于顾寻就如同陌生人一般。

学校那么大，他们偶尔遇见也不过是点头而已，大多数时候连一句问候都多余。

不过瞧瞧现在——

她前一脚离职，顾寻后一脚就来报到。

所以真如方清清所说，她和顾寻没缘分吗？

不。

岳千灵想，公司这么多，为什么顾寻偏偏踏进了这一家？

分明是冥冥之中，连老天爷都不愿他们在毕业后一别两宽。

于是一种缠绵又磨人的情绪无形中裹挟着她，让她产生了强烈的想要留下来的意愿。

一个顾寻，就可以掩盖这个公司的所有缺点。

只是……

刚刚离职就后悔，这未免有些过于打脸，说不定老板还觉得她做事太儿戏，同事们背后把她当笑话谈论。

思及此，岳千灵耷拉着眉眼，坐在工位上发愁。

这一坐就坐到了下班时间。

游戏公司加班是日常，今天也不例外。不过组长说了晚上聚餐，大家都起身准备下楼。

“走吧，千灵。”组长朝她招招手，“咱们下楼去吃饭。”

岳千灵正想开口拒绝，就听旁边的同事说：“你们听说没？第九事业部来了个新的主开发。”

岳千灵眼皮一跳，朝她看去。

另一个同事不甚在意地说道：“换主开发了？我看也是早晚的事情，这有什么好大惊小怪的。”

“可是新来的主开发是个应届毕业生啊！听说还巨帅！”

“真的假的？应届毕业生？？”

“是真的啊。”组长突然插话，整理着东西准备离开，“我刚刚去找行政的时候还见到本人了，是很帅，听说是南大的校草呢。”

“南大？”一个同事一听，立刻看向岳千灵，“跟你是校友啊？你们认识吗？”

岳千灵点头：“认识的。”

“啊？”组长突然惊诧地转头盯着岳千灵，“可是我刚刚问他认不认识你，他说不认识欸。”

狭小的办公区突然陷入沉默。

所有人都尴尬又好奇地看着岳千灵。

心脏像被人狠狠地揪了一下，岳千灵感觉吸入的每一方空气都足以让她窒息。

好在她理智还未消散，迅速地笑了笑，说：“我是说，我知道他这个人，毕竟是风云人物嘛……”

“哦，这样啊。”组长捂着嘴笑了笑，“我就说怎么那么巧，专门去问他跟你认不认识，我还以为他人是你介绍来的呢。”

岳千灵不轻不重地说：“下次有什么想了解，直接来问我好了，不然——”

她抿着唇，似笑非笑：“我还以为组长您对小一轮的弟弟也感兴趣呢。”

如果这时候大家都看不出两人之间的剑拔弩张，那就是傻瓜了。

所以岳千灵提出要直接回家时，别人也不好再继续挽留。

而因为组长那一句“他说不认识欸”，岳千灵气得错过了转线站，比平时多浪费了近半个小时才回到学校。

踏进校门时，天色已暗，操场亮起夜跑灯，与天边的晚霞相映成趣。

手机响了几下，微信上，有人给她发了消息。

校草：上号，三等一。

岳千灵快速回了句“不来”。

她并不急着回寝室，沿着操场一圈圈地踱步。

她低垂着脑袋，紧裹着围巾，漫无目的，双眼无神，一看便是一个失意人。

岳千灵才二十一岁，还不具备独立消化情绪的能力，需要黑夜与冷风的帮助才能承托住满腔的酸楚。

她一直知道顾寻这人不太热情，冷冰冰的，对人算不上友善。

但她好歹是他妈妈朋友的女儿。

他们一起吃过饭，还跟妈妈们说以后在学校互相关照。

就算还称不上“朋友”，也不至于连“认识”都算不上吧？

况且——

她还孤注一掷地喜欢着顾寻。

正伤心着，手机又不停地振动。

校草：人呢？

校草：？

校草：非要我把轿子抬到你家门口？

岳千灵满心的酸涩被打扰得只剩七七八八。

没我，你们扛不动枪吗？！

她按下说话键，把手机凑到嘴边，没什么语气地说：“老板，晚上好，这里是小麻花陪玩，KD7.6，段位无敌战神，能刚、能苟、听指挥，会拉枪线、会报点，活着保护你，死了超度你，除了价格贵，没有任何别的毛病。老板付得起钱吗？付不起就先结束聊天吧。”

岳千灵本意是想表达自己真没打游戏的欲望。

不一会儿。

校草：多少钱？

岳千灵睨了一眼手机，随手发了个非常猖狂的数字。

糯米小麻花：一小时五百元。

发完这句，岳千灵把手机扔进口袋，去旁边的奶茶店买了杯热奶茶。

心已经是冷的，手不能再被冻到。

岳千灵回到寝室已经是二十分钟之后的事情。

她脱外套时顺便拿出手机，不经意扫了眼屏幕，才发现上头又有几条新消息。

她打开瞅了一眼，差点儿就没拿稳手机。

校草：你最近缺钱?

“校草给你转账 5000 元。”

校草：先买十个小时。上号。

校草：人呢?

校草：你携款跑路了?

3

岳千灵盯着那条转账记录看了好几秒，才确定是真的转钱了，不是恶作剧表情包。

她抿着唇角，一脸莫名地把转账退了回去。

见过人傻钱多的，没见过对网友还这么人傻钱多的。

几个月前，岳千灵的固定吃鸡[①]队友分崩离析，考研的考研，弃游的弃游，一下子，她连找人玩双排[②]都困难。

一天晚上，她躺在宿舍床上随机匹配队友，就排到了这个“校草”，以及他的两个朋友。

打了一局之后，岳千灵发现这人跟她配合得还挺默契，于是又邀

---

① 游戏术语。因在战术竞技型射击类沙盒游戏《绝地求生》中获胜时，游戏界面会出现“大吉大利，今晚吃鸡”字样，所以游戏玩家日常将玩此类射击游戏统称为“吃鸡”。本作中“吃鸡”，代表玩手机游戏《和平精英》。

② 游戏术语，即双人组队模式。“单排”即单人模式，“四排”即四人模式。

请了几局，加上了游戏好友。

后来她没事时上游戏，只要他们在组队，都会拉上她。一来二去，几个人就加上了微信，他们平时总叫她一起玩游戏。

但岳千灵确定，他们总叫她并不是因为想带妹[①]。

而是因为，她真的强。

毕竟她在这个队伍里就没体验过什么特权。

至于为什么给他备注“校草”，是因为刚认识的时候，他那两个朋友有一段时间老这么调侃他。

退钱后，岳千灵直接戴上耳机，登录游戏。

她所在的宿舍本来就不是满编的；方清清实习地方偏远，干脆在外面租了房子，而印雪今天加班，所以此时只有她一个人，十分安静。

岳千灵加入队伍后，看少了一个人，问道：“怎么，林寻他火急火燎地把我叫来，自己却没上号？”

林寻，也就是那位“校草”。

岳千灵不知道“林寻”两个字具体怎么写，反正听骆驼和小麦正常的时候都这么叫他。

“不知道他磨叽什么。”骆驼说，“今天你没加班？”

骆驼应该是这三人中年纪最大的，声音粗犷，听着三十岁左右。

岳千灵一边换外观，一边说：“我离职了。”

“嗯？”小麦的声音则奶气多了，他惊诧地说，“离职了？”

岳千灵“嗯”了一声，抬手把台灯打开，同时漫不经心地说：“这把玩雨林地图吧。”

突然，一道声音进入耳麦。

“怎么突然离职？”

---

① 网络用语。一般指男生特意带女生打游戏，以借此搭讪或展现自己的能力或魅力。

岳千灵垂眼看手机界面。

果然是林寻上线了。

他的声音懒懒的，带着一丝漫不经心的味道，裹挟着轻微的电流声传来，让人耳朵有轻微酥痒的感觉。

莫名让岳千灵想起今天顾寻在她身边说的那一句："你也来报到？"

一样的语调，一样的速度，甚至连那半拖不拖的尾音也相似。

说来也巧，声音相似，"校草"这名头相似，就连名字里都一样带个"寻"。若不是一个姓"林"，一个姓"顾"，岳千灵差点儿就以为互联网都忍不住要撮合她和顾寻了。

不过只是一刹那的慌神儿，岳千灵很快就收了心思。

明明是来转移注意力的，怎么又想到顾寻了？

"别提了。"已经到了出生岛，岳千灵到处跑来跑去，"这把我们跳训练基地。"

"欸，欸？怎么回事呢？"骆驼不满地说，"我 KD 才二点几，想让我死就直说。"

KD 是指在这个游戏里的杀人数与死亡数之比。数据非常直观，KD 越高，能力越强。

而骆驼和小麦算是新手，平时都是跟着岳千灵和林寻躺赢的。

他们所玩的游戏是近几年的热门手游《和平精英》，算是战术竞技型射击类沙盒游戏。

在这个游戏中，玩家或其队伍需要在游戏地图里搜集各种战斗与生存资源，并在不断缩小的安全区内对战其他玩家，让自己或其队伍生存到最后便为胜利。

而训练基地，在雨林地图中位于中央，又有极丰富的物资，所以喜欢刚枪[①]的玩家都喜欢跳在这里。换句话说，没几把刷子的人来这

---

① 游戏术语，直接和对手用枪法的强硬程度来对决。

里就等于是送死。

两人说话间，林寻已经带领队伍跳伞。

落地前，岳千灵观察了一下四周，说道："有一队，在对面。"

一跳到主楼，她就捡了一把 AKM 步枪和子弹，没几步就穿上了二级甲（二级防弹衣）和三级头（三级头盔）。齐活。

岳千灵直接冲向另一队人落地的地方，路上还捡了一个扩容弹匣。

"有人要跟我去对面杀人吗？"

小麦一惊："我连一把像样的枪都还没有呢！"

岳千灵："杀了他们就有了。"

"……"

骆驼和小麦自然没跟上。

不过林寻倒是比岳千灵冲得还快，她到的时候，对面已经放鞭炮似的打起来了。

等岳千灵一来，两人很快就把对面的四个人头拿[①]完了。

她慢悠悠地搜起了东西，耳机里，骆驼问她："小麻花，你今天心情是不是不好啊？"

岳千灵沉默片刻，"嗯"了一声。

骆驼："因为离职？"

"不是。"岳千灵直接说，"工作是我主动辞的，那破公司我可不待了。"

骆驼这人虽然是个大直男，但心思其实挺细腻，早就发觉岳千灵闷闷不乐了。他问："那怎么不开心？"

"因为我今天走的时候——"岳千灵正说着，突然话锋一转，"有脚步声！"

她敏锐地环顾四周："好像在七十方向！"

---

① 竞技游戏中，一般把击杀对方玩家称为"拿人头"。

毕竟这里是训练基地，岳千灵这一喊，大家都警觉地听着耳机里的脚步声。

果然是来了一个满编队，而且是从天堂度假村带着满配枪与高级护具来的。

两队人打了许久，岳千灵这边还牺牲了小麦，才终于残血地灭掉他们全队。

经过这么一茬，大家好像忘了刚刚的话题，打满血后立刻朝着决赛圈内跑去，一路上还在警惕地看着四周。

而岳千灵虽然枪也刚了，人头也拿了，但她注意力依然没转移。

一到没人的时候，她就老想着今天发生的事情。

于是，她跑着跑着突然说："你们说，男生都喜欢什么样的女生啊？"

大概是没想到岳千灵会冷不丁这么一问，队伍里三个人都没说话。

岳千灵进了个房区，一边搜东西，一边自言自语般继续问："温柔的？知性的？还是可爱软萌的那种？林寻，你喜欢哪种女生？"

刚说完，她打开一道房门，看见不远处摆了一把 M24 狙击枪，美滋滋地跑过去。

结果就差那么一步，林寻突然从屋子外面的窗户跳进来，抢走了岳千灵正要捡的 M24。

"还我！"岳千灵对着他挥了几拳，"你讲不讲道理？这把狙击枪是我先看到的！"

然而林寻根本不理她，并且站在她面前，嚣张地清理着背包里的东西。

好一会儿，他才冷不丁地冒出一句："你漂亮吗？"

岳千灵认真想了一下，然后问："我要是长得漂亮，你就把 M24 还我？"

"长得不一定美，想得倒是挺美。"

他离开房区，半蹲在一块大石头后，架上枪，打开倍镜，观察着四周的动静，然后才慢悠悠地说："在男人眼里，女人只分漂亮的和不漂亮的，跟温柔、知性、可爱都没关系。"

岳千灵："……肤浅！"

游戏界面里，穿着花裙子的女孩气得跳来跳去，而旁边蹲着的男人动也不动。

骆驼听到这里，终于哈哈大笑起来："小麻花别听他胡说！"

小麦："就是，我们男人哪有那么肤浅！"

岳千灵呵呵干笑了两声，正想说点什么，又听骆驼道："我就只喜欢知性温柔的……美女。"

小麦："我只喜欢可爱软萌的美女！"

岳千灵掏出一颗地雷，捏在手里引燃了两秒，然后朝骆驼扔去："去死吧你！"

"砰"的一声，地雷引爆，然而骆驼躲开了。

骆驼还是那副吊儿郎当的语气："哎，我说小麻花，我确定没有男人喜欢脾气暴躁的美女。"

骆驼和小麦你一句我一句地闹得欢腾，林寻却蹲在石头后面一言不发。

直到岳千灵听到一道消音的 M24 的声音，以为林寻在打人，她猛地转身："人在哪儿？！"

林寻平静地说："走火。"

岳千灵扯了扯嘴角，找了棵树躲起来。

当她打开倍镜看着四周时，画面几乎静止，没有一人出现，所以她又不知不觉走了神。

如果顾寻真和他们一样肤浅……

那好像也不错。至少对待她的时候，不会冷漠地跟人说"不认识"吧？

"所以你还没回答呢，"骆驼笑完了，又回到刚刚那个话题，"你漂亮吗？”

“很漂亮呢。”岳千灵实话实说，“从小当校花到大。”

耳机里出现一声轻嗤。

岳千灵很确定，是林寻的声音。

岳千灵立刻掏出地雷对着他：“你在质疑什么？”

若不是这个游戏里只有地雷才能伤害到队友，她早掏枪指着林寻的脑袋了。

林寻没理她，站起来往山坡上跑去。

岳千灵看了一眼毒圈[①]，也紧跟着他的脚步。

“巧了。”林寻慢悠悠地说，“我也从小当校草到大。”

岳千灵：“……我说真的。”

林寻：“我也说真的。”

耳麦里，骆驼和小麦两人哈哈笑着，骆驼还说：“我做证，是真的。”

岳千灵一个字也不信。

这种感觉怎么形容呢？

就好像你说你是世界首富的亲女儿，对方说巧了，他是你同父同母的亲哥哥。

你觉得对方在吹牛，对方也觉得你在吹牛。

岳千灵朝林寻的背影连开了好几枪，懒得再继续这个话题。

一个多小时后，第三把游戏结束。

“不玩了。”林寻连最后吃鸡的箱子都没打开，直接结算，“我去吃饭。”

岳千灵这才想起自己也还没吃晚饭。

---

① 游戏术语，即淘汰圈。若在规定时间内仍未离开毒圈，游戏角色将会掉生命值直至角色死亡。玩家一般将逃离毒圈称为“跑毒”。

"我也吃饭去。"

退出游戏后，她打开微信，看见印雪在五分钟前给她发了消息。

印雪：我马上下地铁了，准备就在学校门口吃点晚饭。你吃了没？来不来？

印雪：宿舍里没有纸巾了，洗手液什么的也用完了，吃完了我们顺便逛逛超市？

正值寒冬，外卖员的身影穿梭在学校的大街小巷。

若不是不想让室友一个人买共用的生活用品，岳千灵是不可能在这个天气出门，只为了吃一顿饭。

夜深风寒，白炽路灯在微弱的月光下显得惨淡不堪。

岳千灵把外套的帽子戴起来，裹上围巾和口罩，只露出两只眼睛，一路朝校门口小跑着。

绕过操场后，只需要穿过一条马路就到了校门。

这会儿正是学校后勤人员下班的时候，学校里小车和摩托穿梭不断。

岳千灵站在路边张望着路况，目光突然一定。

荧然灯光下，顾寻站在距离她五六米的地方，半侧着脸，目光漫不经心地落在对面闪烁的红绿灯上。

天凝地闭，他却好像丝毫没感觉身上的外套有些单薄，领口敞着，任由寒风灌入，喉结的弧度在灯光下反而格外清晰。

岳千灵望着他的侧影，略微失神，想到了林寻说的话。

她沉吟着，睫毛有凝霜的感觉，以至于视线里的顾寻逐渐模糊。

因为下午发生的事情，此刻她距离顾寻就几米，却不敢上去打一声招呼。

片刻后，她掏出手机，沉着脸，给林寻发了几条消息。

糯米小麻花：你错了。

糯米小麻花：并不是所有男人眼里都只有漂亮的和不漂亮的女人。

糯米小麻花：有的男人，面对很漂亮的女人，就像看空气一样。

这边刚发完，印雪的消息又接连进来。

印雪：你到了没？

印雪：你点的米线都要凉了！

印雪：你给我跑两步！

岳千灵回了个“在校门口了”，再切出去，看见林寻已经给她回了几条消息。

校草：你有没有想过……

校草：或许你说的那个男人，眼里只有漂亮的和不漂亮的……

校草：你懂的。

岳千灵想了半天，才反应过来这人想说什么。

然后，她发了满屏的“？”过去。

不是吧？

不可能吧？

在这寒夜里，岳千灵突然像被人扼住了喉咙，脑子里嗡嗡直响。

她猛地抬头，紧盯着前方的顾寻。

然后，她看见顾寻拿起手机。

屏幕微弱的光亮映在他的瞳孔里，他似乎看到了什么让他开心的东西，突然勾唇笑了一下。

岳千灵的心脏倏地一紧。

4

岳千灵还不至于任凭林寻的几句话就觉得顾寻有问题。

只是她因为这件事，晚上睡觉的时候做了个噩梦。

——梦见了顾寻和林寻。

梦中的林寻还挺帅！

虽然梦境里看不清他的脸，只见身形。肩宽腿长，气质高冷，就凭那股劲儿，本人绝对不会丑。

思及此，岳千灵更气了。

她气醒时，才凌晨三点，窗外黑得只有星星点点的路灯光亮。

翻来覆去好几次都没办法继续入睡后，岳千灵干脆拿出手机给林寻发消息。

糯米小麻花：嗨，你睡了吗？

糯米小麻花：我被你气得睡不着。

后面还跟着个“微笑”的表情。

发出去后，她便丢开手机，强迫自己入睡。

冬夜寒风呼啸，不曾停歇，窗边的树枝无力地吱呀作响。

这样的夜晚，岳千灵一直将睡未睡，直到天边蒙蒙亮了，她终于有了睡意。然而这时候，她的闹钟在枕边嘀嘀嘀地叫了起来，一下子将她从沉睡的边缘拉回。

岳千灵的意识还未完全回笼，迷迷糊糊地掏出手机，便看到两条未读消息。

校草：？

校草：你在发什么疯？

竟然是凌晨四点半发来的。

“你才发疯。”岳千灵碎碎念了一句，没有回复，睡眼惺忪地下了床。

她站在洗漱台边洗了脸，正要刷牙，拿起牙刷那一瞬间突然反应过来了——自己现在是待业大四生了！

她对着阳台长舒一口气，然后蹦跶回了被窝。

正好印雪也慢吞吞地起床了，时不时弄出一些声音，让岳千灵没办法再入睡，她索性又掏出手机。

看到林寻那几条消息，岳千灵想着回一下吧，便面无表情地打字。

糯米小麻花：没什么，一个梦而已。

糯米小麻花：我已经气过了。

料想林寻这个点肯定还在睡，所以她原本打算回了就切出去看看视频。

没想到这人竟然秒回。

校草：你梦到我？

岳千灵揉了揉头发，漫不经心地回复：对啊。

这两个字一发出去，她突然觉得哪里不对，立刻撤回了。

可这一操作，好像让对方误会更深。

校草：？

校草：你在心虚什么？

岳千灵总不能说，我梦见你跟我心上人了吧？

糯米小麻花：不是，我梦见你跟别人在一起了。

校草：所以你就气得睡不着？

糯米小麻花：？

校草：？

好像更不对劲了。

再看一遍他们的对话，岳千灵一时竟分不清到底是自己的话太有歧义，还是对方想太多。

不管是哪一种，这对话再发展下去，林寻怕是以为她要跟他搞网恋了。

糯米小麻花：你还真信了。

抬头再次看了一眼时间，岳千灵问：你怎么起这么早？

校草：工作。

那还挺惨。

岳千灵没再回复他，发了一会儿呆后便慢悠悠地下床去洗漱了。

阳台外寒风凛冽，风肉眼可见地将树叶刮落。

宿舍里回荡着印雪的歌声，岳千灵也跟着她有一句没一句地哼唱着。

她这个人，情绪来得快，去得也快。比如昨晚入睡前还伤心难过、辗转反侧，可是一觉醒来，那些负面情绪早就消失得无影无踪。

此刻，她刷着牙，盯着窗外细碎的雪粒，一遍遍地想：自己一没得罪顾寻；二没做过伤天害理的事情；三也是最重要的一点——她长得这么好看，又不丢他脸！

所以顾寻没道理故意在外面连和她“认识”都不愿意承认。

那么原因只有一个——顾寻真不记得她的名字了。

想想也是，两人八百年见不到一次，见面了，最多也不过点点头，印象不深是很正常的事情。

对，就是这个原因。

只能是这个原因。

一想到这些，岳千灵就容易出神，在阳台风口一站就是好几分钟，直到被吹得打了喷嚏才哆嗦着进了宿舍。

虽然不用工作了，但是毕业设计还压在头上。

绘画是一项需要绝对投入的事情，岳千灵拿起画笔那一刻，便没再看过手机。

直到中午下课铃打响，宿舍楼热闹了些，岳千灵才缓缓回神，手机里躺了几条来自同事的未读消息。

黄婕：千灵，醒了没？

黄婕：你的手套忘在公司了，我给你寄过去？

什么手套？

我有戴手套去公司吗？

岳千灵的视线又落到最后一行消息。

黄婕：或者你自己来公司一趟？

大雪天为了一副手套特意去趟公司……

岳千灵刚打出个“不”字，忽然一顿，想到什么，删掉了这个字，重新编辑消息。

糯米小麻花：谢谢黄姐！我说怎么找不到那副手套了。我自己来拿吧！

以往岳千灵去 HC 上班时都是梳个丸子头，穿着牛仔裤和球鞋，衣服怎么舒服怎么来，活生生把自己打扮得像个战地女记者。

而此刻，她长发披肩，化着精致的妆，还在宿舍花了十分钟翻出一整年没穿过的过膝靴，走路带风地出现在 HC 大楼一层。

她不像去上班的，像去走秀的。

正值午后，这栋写字楼依然忙碌拥挤，但即便阳光透过玻璃毫不吝啬地洒进来，也无法驱赶这来来往往的人群身上的疲惫。

岳千灵以往也这样，打着哈欠买一杯咖啡上楼继续工作。

但今天，她连头发丝儿都洋溢着兴奋。

本就精致明艳的五官不再被灰扑扑的衣服遮掩住光芒，她踏进写字楼大厅，便吸引了不少目光。

岳千灵习惯性地径直朝咨询台右侧的智能门禁走去，三两步站到闸门边，掏出门禁卡一刷。

闸门没开，反而嘀嘀嘀地响起来了。

岳千灵收回手，看了一眼才发现她刷的是自己学校宿舍的门禁卡。

而这栋大楼的门禁卡已经在昨天办理离职手续的时候被归还了。

她只好去找保安登记来访信息。她低头把门禁卡放回包里时，有人与她擦肩而过。

像是感应到了什么，岳千灵一回头，便看见一只摁在感应器上的手。

与此同时，“嘀”的一声响起，闸门开了，岳千灵的视线也落在顾寻脸上。

大厅的灯光为他的轮廓镀上了一层浅淡的金光，以至于岳千灵刹那间有点晃神，差点儿以为自己看错了。

然而顾寻并没有注意到一旁的岳千灵。

在闸门开后，他径直走进电梯间，片刻的工夫便消失在岳千灵的视线里。

来不及思考其他，岳千灵立即转身走向咨询台，潦草地登记了信息之后，保安帮她刷开门，她立刻朝电梯间走去。

虽是午后，这栋写字楼里依然人来人往。

六个电梯分列两旁，岳千灵大步走过去，目光一扫，在即将关门的那扇电梯里看见了顾寻。

顾寻似乎也正在看外面，两人的视线相撞了一瞬，紧接着，他突然抬手挡住了电梯门。

岳千灵在原地愣了一下，在呼吸慢了一拍的局促感中，一股喜悦感毫无由来地从她心底蔓延到全身，只用了不到一秒的时间。

她立刻小跑着进了电梯，站在他面前，呼吸还未平息，心底的涟漪已经翻涌似海。

岳千灵低着头没看他，害怕被他发现自己一看见他就挪不开眼，只能抿着唇，小声地说："谢谢。"

没听见他回应，岳千灵怕他没听见，稍微提高了点音量："谢谢你啊……"

她只悄悄看了他一眼就立刻收回视线，踌躇着要不要说出下面的话，说出会不会显得矫情。

可是，两人能搭上话的机会不多，她不想放过。

于是，电梯里响起岳千灵轻柔的声音。

"不过下次还是不要用手挡电梯了。

"挺危险的。

"我又不着急，等下一趟就行了。"

顾寻依然没应声，只是抬了抬眉梢，略带疑惑的视线在岳千灵脸上晃了一下，然后几不可闻地用鼻腔应了一声。

那一声轻到岳千灵分不清是“嗯”还是“哼”，只觉得他这回应踟得莫名其妙。

她收回目光，却看见他的手还挡着电梯门。

她终于感觉到哪里不对了，然后随着顾寻的视线看出去。

一个戴着工作牌的中年男人小跑进来，大步迈进电梯，挡在了岳千灵面前。

他喘着气，拍了拍顾寻的肩膀：“谢了啊，差点儿赶不上了，又要等下一趟。”

……哦。

原来不是为她挡的电梯。

片刻后，顾寻才懒懒地应：“不用谢。”

不知道是不是错觉，岳千灵感觉顾寻在说这三个字的时候瞥了她一眼，所以语气也有那么些许的阴阳怪气。

电梯门在岳千灵僵硬的注视下缓缓合上。

在无人在意的角落，她悄悄挪了两步，连呼吸都收紧了。

救命。

救命啊！！！

这会儿电梯里的人不算特别多，五六个人分别站在岳千灵四周，在这密闭空间里无限放大着她的尴尬。

她没再试图跟顾寻说一句话，更不敢再看他一眼，甚至想：去找个牢坐坐算了。

但正因为她如此紧张，全神贯注地试图以后脑勺观察顾寻有没有在嘲笑她，所以后面那人和顾寻的对话一字不落地钻进她的耳朵。

“今晚我们部门跟你们部门一起聚个餐，你要来啊，算是迎新。”

“嗯。”

对话就此结束，电梯也到了她要去的楼层。

岳千灵轻轻呼了一口气，悄悄抬起眼睛，面前锃亮的电梯门上倏然倒映出顾寻掠过的目光，吓得岳千灵赶紧头也不回地走了出去。

这时，电梯里仅剩顾寻和刚刚那个中年男人。

其实那人只是被岳千灵当作中年男人而已。她之所以这么判断，是因为他的头发快接近花白，人看起来也很沧桑。

只要他不说，没人知道他才二十七岁。

“喂。”他用手肘戳了戳顾寻，“刚刚下电梯那女孩你知道不？”

电梯门还未完全合上，顾寻瞥见岳千灵僵硬地离去的背影，抬了抬眼皮：“怎么？”

男人叫易鸿，虽然才入职第九事业部一年，但和顾寻已经认识四年了。

他觉得自己作为前辈，有义务为新人讲解公司的一切情况。

“手游事业部的，原画师。”易鸿竖了个大拇指，“漂亮吧？在你来之前，是咱们公司公认的唯一门面担当。

“据说也是应届毕业生。她刚来的时候，咱们公司那叫一个轰动，好多开发人员成天往她桌上放零食，后来他们部门搬到独立办公间了，就不怎么见得着她了。

“微博也十几万粉丝呢，不过她好像发现有同事摸到她的微博了，就再也不更新了。唉，这些人真是。

“听说过她一直想来咱们事业部，不过她是做乙女向游戏①的，你知道的，这差距太大了，也不知道有没有希望……”

易鸿正滔滔不绝地说着，却突然听到了一声淡淡的哈欠声。

他的声音戛然而止，缓缓抬眼，见顾寻斜靠着电梯壁，偏着头，双眼微合，似乎下一秒就要睡着。

---

① 又名乙女游戏，指针对女性需求而开发的恋爱模拟类游戏。

这对易鸿来说简直是一种认知冲击。

“你居然——”他不可置信地盯着顾寻，一字一句问道，“听困了？！”

5

面对易鸿的质问，顾寻虽然没说话，但那懒洋洋地垂下来的眼睑，以及每一根睫毛，都写着“是的，老子就是听困了，你再说下去，我能给你表演一个原地睡觉”。

正好电梯也到了二十四层，门正缓缓打开。

在易鸿哑然的片刻，顾寻直接迈腿，朝左边的茶水间拐去。

易鸿没遇到过这么离谱的情况。他愣了两秒，连忙三两步跟过去，又看见顾寻在给自己倒咖啡。

“不是，你还真困啊？”

易鸿这下仔细打量顾寻，发现他的双眼看起来确实有点倦态：“你是不是昨晚没睡好？怎么看起来这么没精神？”

顾寻抬了抬眼，没什么语气地说：“你试试看半夜被人吵醒会不会有精神。”

“我半夜不会被人吵醒。”易鸿信誓旦旦地说，“因为我半夜的时候没有睡觉。”

顾寻没理他。

两人出了茶水间，经过开发部门公共办公区，有个人突然叫住顾寻。

那人戴着压鼻梁的厚眼镜，开发部的人都叫他“Map”，小小的个子端端正正地坐在电脑前，屏幕上挂着密密麻麻的 Ludum Dare 信息页面。

他抬了抬眼镜，眯眼睨着顾寻：“听说你拿过第三十届 LD 的

Compo[1]第一名，我怎么没在名单上看见你的名字？”

顾寻停下脚步，回头看了一眼他的屏幕。

Map 又说：“你今年才多大？第三十届 LD 是二〇一四年举行的，那时候你还在上高中吧？”

他上下瞄了顾寻一眼，语调变得阴阳怪气的：“你们高中时都不用写作业的哦？”

易鸿在旁边一听，不明所以地挑了挑眉。

Ludum Dare 是由 Geoff Howland 创办的快速在线游戏开发挑战活动，无须组队与赶赴会场的条件使得每届都有全领域专家参与挑战，其高自由度规则更是直接将难度拔高到普通人连报名的勇气都没有的地步。

所以 Map 这么问，话里话外都在内涵顾寻吹牛，其眼神更是闪着兴奋的光，仿佛自己抓住了他的小辫子，就等着戳破谎言后立即昭告天下。

凭什么一个应届毕业大学生就能来做主开发？

怀揣着这个想法的当然不止 Map 一个人。

四周的工位上果然陆陆续续有人抬起头盯着这边。

而视线聚焦中心的顾寻本人好像还没斗赢困意。

他漫不经心地瞥着 Map，两步走到他身旁，手臂一伸，将咖啡放在了他鼠标旁，弯下腰来。

Map 只觉得一股阴影突然笼罩而来，倏地一僵，就见顾寻侧俯身握住了他的鼠标，滑动两三下，光标选中“XUN LIN”，然后直起身，

① Ludum Dare 竞赛下的其中一个组别。Compo 组必须针对比赛设定的主题，在四十八小时内单人独力完成游戏开发，包括代码、美术资源、音乐与音效等。开发阶段结束后，会对游戏进行公开试玩和评选，玩家们对作品的画面、音效、创新、有趣程度、酷炫程度、贴题程度等九个方面投票打分，最终排名。

俯视坐着的 Map。

“在读高中，作业很多，当时叫林寻。”

他偏了偏脑袋，不咸不淡地问：“您当时在……”

明亮的日光下，顾寻那双狭长的眼睛睨下来时，漫不经心的神态里充斥着难以捕捉却又四处萦绕的藐视感。

Map 喉咙突然一堵，只定定地凝注着顾寻，却吐不出一个字。

顾寻伸手拿起他喝了一半的咖啡，任由各种视线黏在他背上，一个眼神也没再给四周，径直穿过这条过道。

只有易鸿跟上去，搭着他肩膀问：“你改过名儿啊？”

“嗯。”

易鸿觉得挺新奇，没见过上高中后还改名的人，问：“为啥都那么大了还改啊？”

不过顾寻似乎不大想聊这个问题，他边走边喝了一大口咖啡，目不斜视地望着前方通道，眉眼里却带着几分淡漠的凌厉感。

“原来那个名字太普通了，配不上我。”

易鸿自此闭了嘴，两人无声地并肩走着。

经过一道没有拉下卷帘的窗户时，顾寻突然停下脚步。

下午的阳光透过玻璃窗大片大片地洒进来，照得窗边绿植油亮亮的。

他慢悠悠地走过去，站在光束里，眯眼看着天边几缕奇形怪状的云。

金灿灿的阳光在他脸上晃动，让男人的轮廓也变得温柔。

几秒后，他突然拿出手机对着天边拍了一张照片。

十九层，手游事业部，一个无人的角落。

印雪：哈哈哈，真的假的？？

印雪：我要笑死了。

岳千灵一出电梯就在宿舍群里疯狂吐槽了今天发生的事情，却只得到了嘲笑，并没有得到任何安慰。

糯米小麻花：我一回想到刚刚的情形，还会有头皮发麻、脚趾蜷缩的尴尬感，你还笑得出来，是想吃拳头了吗？

印雪：你要转换一下角度看事情。

印雪：你看，他才来第二天，你们都遇到两次了，你要是没辞职，岂不是每天都能见面？

印雪：说不定还能一起聚餐啊，联谊啊什么的。

印雪：话说你今天为什么又去公司了？

为什么去公司？

不就是为了碰碰运气，看能不能遇到顾寻吗？！

岳千灵突然觉得印雪说的话像一榔头敲在她头顶，敲得她有些晕乎乎的，思绪却又更清晰了。

是啊，只要回来工作，她说不定每天上下班都和顾寻坐同一趟地铁，还能有各种说话的理由，她岂不是有很多发挥的空间，还怕顾寻记不住她的名字？

跟顾寻比起来，公司那些大大小小的缺点又算得了什么？

这简直就是月老用手铐把他俩铐在一起；她要是不抓住这个机会，那就叫“狗咬丘比特，不识红娘心”。

思及此，岳千灵脑子里哪儿还有什么手套不手套的，她掉头就去按了电梯。

但当电梯门在她面前打开时，她硬是没迈动腿。

站在门口，她耷拉着脑袋，回想起自己当初八匹马都拉不住的离职气势。

她抬手摸着自己的脸颊，感觉好疼。

短短几秒，岳千灵心里天人交战得极其激烈。

直到门要自动关上了，岳千灵闭了闭眼，深吸一口气，以一股

“豁出去”的架势大步跨了进去。

又回到这个封闭的小空间，岳千灵紧张又忐忑地盯着电梯层数的变化，心里盘算着要怎么和公司的 HR 提出她想重新回去工作这个无理要求。

她心神高度集中，以至于突然连续振动的手机都把她吓了一跳。

她忙不迭地掏出手机。

校草发来一张图片。

校草：你看这云……

校草：像不像我昨天抢走的那把 M24？

这傻子到现在还在炫耀呢。

她那股紧张劲儿瞬间像被戳破的气球一样瘪了，她冷着脸，啪啪打字。

糯米小麻花：像我今晚要用来打爆你狗头的 AWM 狙击枪。

发出这一句，电梯也到了二十二层。

这里是公司的人力行政大部门，人力资源部便在最外面的办公区。

岳千灵没好意思大摇大摆地走进去，只探了个脑袋进去扫视一圈。

人力行政部门的人没有游戏开发人员那么忙，这会儿大多都在午休，而和她比较熟的陈茵正在玩手机。

一切都很合岳千灵的心意。

她眼角带着笑意，轻手轻脚地走过去，轻轻拍了拍陈茵的肩膀。

在陈茵惊诧的眼神中，岳千灵小声说：“能不能出来一下？我有点事情想和你聊。”

陈茵虽然不明所以，但也拿着手机跟着她去了外面的走廊。

“什么事啊？你忘了拿什么东西？”

“没有没有。”两人站在走廊落地窗前，大片阳光洒下，给岳千灵增添了一些勇气。

她沉了沉气，一股脑儿说道：“我后悔了我想回来工作您看我还有机会吗？”

陈茵没有立刻回话。

她抱着双臂打量岳千灵，嘴角挂着毫不意外的浅笑，眼里却又浮着一丝惊诧。

“怎么，这么快就想通了？”

岳千灵忙不迭地点头：“是我不识好歹，不明白公司有多好，我这不是回去睡了一觉就想明白了嘛。”

像岳千灵这种情况，陈茵毫不意外。

本来嘛，在游戏行业，哪家不是把人当机器用？大家都一样累，谁还管梦想？能多拿点工资就是最实在的。

应届毕业生心智不坚定，最容易动摇，能这么快想通也不算太理想化。

所以她也不打算追问，只是皱了皱眉头说：“你这种情况，咱们公司也不是没有遇到过，只是没有像你一样这么快反悔的，我得先跟总监还有老板说一声，看看她们是什么想法。”

说着，她伸手拍了拍岳千灵的肩膀：“不过按照规定，离职三个月内重新入职是不能回到原来的部门的，这个你能接受吧？”

不承想，岳千灵双眼却放光：“那我能去第九事业部吗？”

陈茵面无表情地掉头就走：“我去忙了，没事常联系，有事别联系。”

“姐姐姐姐！”岳千灵赶紧拉住她，“我跟你开玩笑的。”

其实岳千灵本来也没奢望能进第九事业部。

而不用回到原来的部门，这不更是她求之不得的事情吗？

“我知道你想去第九事业部，咱们公司但凡有点追求的人，谁不想去？”陈茵转过身，偏着脖子看了看走廊尽头走过的几个男人，“不过有些事情你得明白，在他们内部是有鄙视链存在的，就算老板愿意把你调过去，他们也不会接受你。”

岳千灵问：“什么鄙视链？”

陈茵皱着脸，有些怜爱地看着岳千灵："他们那些 3A 游戏极度爱好者，你知道的，都瞧不起手游，认为不管是手游玩家还是开发人员，都没有任何技术含量。"

岳千灵顿时觉得心凉了半截，却还是不死心地问："那他们平时都不玩手游吗？"

"据我所知，他们都不玩，觉得影响审美。"陈茵想到了什么好笑的说法，抿着嘴笑道，"他们觉得搞手游的就是贴膜的。"

他们觉得搞手游的就是贴膜的。

贴膜的……

贴膜……

虽然这个说法岳千灵以前在看电竞比赛的时候就听过，但亲耳听到陈茵这么直接地说出第九事业部对她这种岗位的看法，或者说，是顾寻对她的看法……

原来顾寻看到她的时候，仿佛在看天桥下兢兢业业贴膜的小哥。

窒息。

岳千灵从来没这么窒息过。

"先不说了，马上要开会了，你先回去等消息吧，有信儿了我给你打电话。"陈茵丢下这句话便走了。

而岳千灵还蒙蒙地站在原地，好一会儿才慢吞吞地朝电梯间走去。

冬天的夜幕总是来得很早。

开发部的人向来没有准时下班这个概念，晚上八九点，办公区还坐满了人。

易鸿起身伸了个懒腰，看了一眼众人，又坐回去，在群里叫着去吃饭。

这样一来，大家默认算是下班了，陆陆续续有人开始收拾东西。

顾寻屏幕上的编译器正在跑程序，等四周的人都起身了，他才利落地关上电脑，拿起桌上的手机，和众人一同出门。

电梯里，易鸿拿着手机说：“今天不用排队，咱们直接过去。”

顾寻闻言，也掏出手机看了一眼。

消息列表上，他和小麻花的对话还停留在“像我今晚要打爆你狗头的 AWM 狙击枪”。

像我今晚要打爆你狗头的 AWM 狙击枪。

我今晚要打爆你狗头。

我今晚。

他按灭屏幕，把手机放回包里，回头对易鸿道：“我不去吃饭了。”

易鸿猛地回头：“为什么？”

电梯门开，顾寻大步迈了出去，只丢下一句：“有人约我今晚打游戏。”

岳千灵现在一听到“打游戏”三个字就会联想到天桥底下贴膜的人，所以回到宿舍后，她不像往常那样上各个游戏打个卡，而是专专心心地做毕业设计。

直到晚上九点半，一通微信语音电话拨了过来。

岳千灵今天心情本就很差，接起来的时候语气便不太好：“干吗？！”

“怎么不回消息？”

一听到这个声音，岳千灵满腔的抑郁情绪莫名就消散了一大半。

她的语气软了下来：“没看手机。”

“哦，上号。”

岳千灵撑着下巴，画笔在数位板上胡乱画着：“不来了。”

“怎么？”

岳千灵：“我不想每天像个贴膜的。”

对面顿了片刻：“你发什么疯？”

“你不觉得玩手游很像……”岳千灵顿了顿，丢下画笔，伸手去拿耳机，“算了，看在你的面子上，贴膜就贴膜吧。上号。”

“嗯？看在我的面子上？”

“是啊。”岳千灵想到了什么，微微出神，把耳机攥在手里轻微地摩擦，不知不觉地喃喃细语，“我有没有说过你的声音很像我喜欢的人？”

这一次，对面突然静默。

好几秒后，他的语气不复刚才那般趾高气扬，变得低哑，且有些沉闷。

“你，有喜欢的人了？”

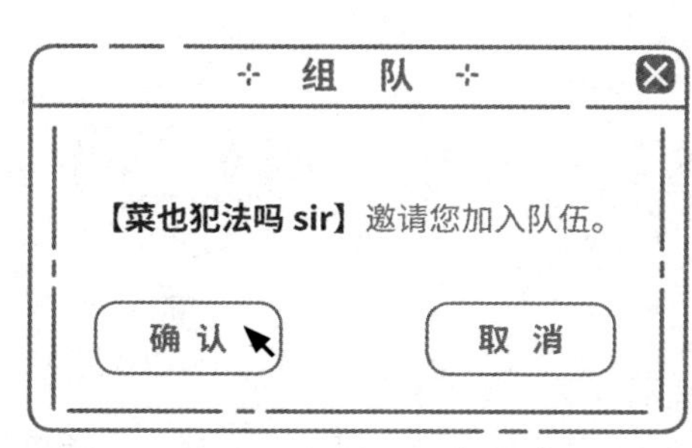
组 队
【菜也犯法吗 sir】邀请您加入队伍。
确 认
取 消

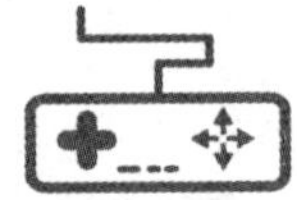

6

岳千灵不知道自己是不是听错了，她总觉得林寻问这句话的时候语气不太对劲。

仿佛她有喜欢的人，是什么不可思议的事情。

只是那一闪而过的情绪太过微妙，没有给岳千灵细品的空间，手机听筒里又传来凉飕飕的声音：“谁啊？这么惨？”

岳千灵真的好久没有听见过这么挑衅的问题了。

“惨？被我这种长得漂亮又有才华，还能陪着一起打游戏、看球赛的女生喜欢，是他三辈子修来的福气，懂吗？”

“是吗？”对面的人哼笑一声，依然带着几分讥笑的劲儿，“那你为什么还是单身？”

真是一个直戳灵魂的好问题。

好到岳千灵根本不知道怎么回答。

长达三秒的沉默中，岳千灵在这场对话中已经完全处于下风。

而林寻却慢悠悠地“哦”了一声，尾音拉得很长，又陡然问道：“暗恋啊？”

那个“暗”字被他咬得极重，不偏不倚地戳到了岳千灵的痛点。

她倏地坐直了，不知道如何回话，慌张地眨了好几下眼睛：“我……”

她转念一想，不对呀，她面对一个网友有什么好心虚的？

“对啊。”岳千灵干脆将手机放在桌上，开了免提，昂着下巴说，

“暗恋怎么了？有什么好惊奇的？你没暗恋过人？”

“没。”

林寻答得很快。

岳千灵一时没反应过来，不知为什么，林寻也没说话，这通电话就这么又陷入沉默。

片刻后，林寻才慢悠悠地继续开口，语气里带着他那特有的漫不经心劲儿：“我做不出来暗恋这种事。”

虽然他的话里没带脏字，但岳千灵还是感觉到了他的蔑视，仿佛暗恋是什么见不得人的事。

算了。

跟他说这么多干什么。

“你就吹吧。”岳千灵连上耳机，“还上不上号了？赶紧。”

对面直接挂断语音电话。

莫名其妙。

岳千灵揉了揉脖子，回了印雪两条消息才登录游戏。

“就我和你？”岳千灵打开旁边的好友列表，“小麦和骆驼怎么没上线？”

话音刚落，这两人就一前一后上线了。

小麦依然是习惯性地忘开麦，骆驼则上来就开口问道：“咦？林寻，你怎么上来了？不是说今晚公司聚餐？”

林寻从鼻腔里“嗯”了一声，尾音甩得高高的：“被‘鸽’了[①]。”

“哇。”岳千灵接话道，“您是怎么做到被人‘鸽’了都说出一股‘鸽’了别人的嚣张劲儿的？”

骆驼笑呵呵地说：“他这人从小就这样！”

岳千灵“咦”了一声：“你们从小就认识吗？”

---

① 网络用语，被对方放鸽子了，指约定后对方不遵守诺言，没来赴约。

骆驼说："对啊，我们算是穿一条裤衩长大的。"

小麦终于开了麦，补充道："住楼上楼下，以前晚上他爸妈怎么骂他的，在我们家厨房都能听清楚。"

林寻突然插话："要不我玩单排去，给你们三位留下聊天室？"

小麦一看，这才发现自己还没准备。

林寻冷着脸匹配进出生岛后就没再说话，但岳千灵饶有兴趣地问："那他从小到大有过暗恋的女生吗？"

话音一落，耳机里出现了诡异的沉默，只有飞机轰隆隆飞过雨林上空的声音。

然后才是骆驼短促的笑声。

在喧闹的背景音中，岳千灵一头雾水。

片刻后，骆驼问："为什么问这个啊？"

岳千灵："刚刚我们聊天来着，他说他从来做不出来暗恋这种事情，我觉得他在装呢。"

"那我还真不知道，毕竟我比他大七八岁呢，他有心事也不跟我讲啊。"

骆驼转头就把问题抛给小麦："小麦，你知道吗？"

"不知道啊。"小麦一本正经地回答，"不过确实从来没见他跟哪个女生走得近，也从来没听他提过哪个女生……"

那他还真挺宅的，可能确实做不出来暗恋这种事情，爱情都献给二次元老婆了吧？

正在岳千灵意兴阑珊的时候，小麦又突然说："不对！他最近倒是经常提到一个女生。"

岳千灵和骆驼顿时都被勾起了好奇心。

"嗯？"

"谁？"

小麦："你啊。"

岳千灵突然眨了眨眼睛："我？"

小麦："对啊，他说没见过在游戏里一个人追着一队人打的女生，你是第一个。"

岳千灵："我谢谢你哦。"

她打了个哈欠，眼见已经跳伞落地了，赶紧逃离林寻。

但又觉得哪里不对。

身处八卦中心的林寻居然一直没说话，也没反驳，这可不像他。

正纳闷着，林寻懒洋洋的声音便响了起来。

"这位女士，"他慢悠悠的语调听起来有点欠，"你怎么这么关心我的感情生活啊？"

岳千灵的游戏人物一下子就停住不动了。

她皱眉盯着屏幕上站在她旁边的那个人，仿佛看见了好大一张脸。

就在她语塞的间隙，林寻似乎知道了什么，有点惊讶地说："该不会是你说的你暗恋的那个人……"

他顿了顿。

岳千灵已经知道他要说什么了。

这个想法刚刚闪过，果然就听他说："是我吧？"

即便有心理准备，岳千灵也没想到他能这么坦然地说出这句话。

队伍里也同时安静了两秒。

小麦："啥？什么？"

骆驼："小麻花，你暗恋他？你怎么这么想不开啊？！"

窗外夜空静谧，月光如水，岳千灵却感觉自己被雷劈了。

她深吸一口气，没说话，一转头便看见不远处的地面上有个手榴弹。她二话不说，捡起来就拉了线，朝林寻所在的地方扔去。

"我以为你很富有，没想到你这么缺自知之明。"

"啧。"林寻直接关了门，把手榴弹挡在外面，"开句玩笑。"

岳千灵冷笑着转身，跳进一栋小楼里，嘴里念念有词："你那不叫开玩笑，叫碰瓷。”

耳机里，林寻“嗞”了一声，一口气提起来，却又不可置信地沉默。

他随后才呵笑了一声，连话都不想说。

岳千灵怀疑他是被气笑的。

不仅他笑，连骆驼也笑了。

“想不到吧，你居然也有被这么嫌弃的时候！”

林寻转身就跳到了另一栋房子上去，回头看了岳千灵一眼。

“怎么，你暗恋的那个人很牛？”

“你不要管。”岳千灵专朝他的反方向跑，钻进一栋房子里，说道，“总之，你们俩除了声音相似，其他没一点像的地方，就不要‘登月碰瓷[①]’了，行吗？”

“你这么痴情呢？”林寻突然从窗户跳进来，站在她面前，堵着门不让她走，“是你同学？”

“你给我让开！”岳千灵挤了会儿，发现他纹丝不动，朝他挥了两拳后跳出窗子，“美女的事情你少管，OK？”

出来打开背包一看，岳千灵发现自己光顾着和林寻说话，东西都没怎么搜，而这片地区估计已经被小麦和骆驼搜刮得差不多了。

于是她拿着一把冲锋枪就往房区对面山坡上的野区跑去。

四处溜达的时候，骆驼骑着一辆蹦蹦车来载她：“走，我们去找辆车回来接他们。”

岳千灵看也没什么东西可捡了，便坐上了骆驼的蹦蹦车。

“小麻花，你真有暗恋的人啊？”骆驼开着车无聊，便说道，“这个我可太有经验了，来跟我说说是什么情况。你们是同学吗？认识多久了？”

---

① 网络用语，指双方差距过大，却强行捆绑营销。暗含嘲讽和鄙视之意。

这个队伍里，小麦腼腆，林寻不爱闲聊，所以平时基本都是岳千灵和骆驼在聊天。说起来，骆驼才是和她最熟的人，他又有一种靠谱大哥哥的感觉，因此她也愿意和骆驼聊这种话题。

“算不上同学吧，是同校的。”岳千灵想了想，“去年就认识了，一年多了。”

“那也挺久了。”骆驼嘿嘿笑了两声，“不过我跟你说，你完全没必要暗恋，喜欢就去追，你不试试怎么知道？等等，他没女朋友吧？”

“应该……”岳千灵不太有底气地说，“没有吧？”

讲道理，她虽然看着顾寻平时独来独往，但他有没有一个异地女朋友，她还真说不准。若不是骆驼这么问，她还真没细想过这个问题。

突然，耳机里响起一声冷笑。

岳千灵都不用看左上角的提示都知道是谁在冷笑。

岳千灵没理他，叫骆驼把车停在野区。

“咱们在这儿搜搜看吧。”

骆驼停了车，干笑了两声：“那你这情况有点复杂啊，万一人家有女朋友……”

岳千灵垂着眼睛，没说话。

骆驼：“小麻花你看开点，再等等，毕竟爱情这玩意儿……是吧。”

“有先来后到呗，我知道，我不做撬墙脚那种事。”

说得好像她撬得动一样。

说完，她没再继续这个话题，跳进了一栋房子。

她运气还算好，捡到了一把 M762 突击步枪，而且一出来就看见一个人机[①]从她面前跑过，躲到了房子后面。

这一把是小麦主动请缨要带领跳伞的，结果飞偏了，一路上都没

---

① 游戏术语，亦称“电脑人”，指战斗游戏（尤其是射击游戏）为了增加在联机模式中玩家游戏体验而设置的 AI 玩家。

遇到什么人。因而此时岳千灵一看到有人头可以拿，立刻扛着枪，默不作声地绕过房子，准备用她的“猛男枪”连扫——

然而她一梭子子弹没打出去，对面突然响起一道 M24 的声音，直接爆了人机的头。

岳千灵眼睁睁地看着左下角弹出的击杀信息，无语了半晌。

至于吗？

隔着几百米都抢她人头？

而且还用上了狙击枪？

“林寻，你就这么缺人头？！”岳千灵气不过，补了几枪，只拿到个助攻，“而且是我先看到的！”

“怎么？”林寻依然是那欠欠儿的语气，“爱情有先来后到，拿人头可没有。”

7

任岳千灵巧舌如簧，此刻她也想不出可以反驳这句话的理由。

但有道理归有道理，她心里还是不爽的。

她轻嗤了声，骂骂咧咧地去舔包[1]，心里盘算着和林寻差了几个人头——游戏的 MVP，她必须拿。

然而这一把还没结束，手机上方突然弹出一条微信消息。

岳千灵瞟了一眼，是她们小组拉的工作群。

她“咦”了一声，有点疑惑。

按理说，她离职之后，组长肯定会立刻再拉一个没有她的小群才合理，就算没有拉，怎么会又在这个群发消息？

---

① 游戏术语。在游戏中杀死敌人后，敌人会掉落一个盒子，玩家可从敌人掉落的盒子中拿到对方的装备，即为“舔包”。

她想了一下，决定趁游戏还没进入白热化打群架阶段，切出去看一眼。

这一看，就看见了和自己相关的消息。

组长：你们知不知道千灵要回来工作啊？

岳千灵满脑子问号，不懂她这是什么操作。

显然其他人也不懂，纷纷发来问号。

组长：我今天去楼上拿发票的时候听见老板在说这个事情。

群里没人接话，但不妨碍她继续说下去。

组长：老板发了好大的火呢，说千灵当公司是菜市场，想来就来，想走就走啊？而且公司又不是非她不可，不能让她这么破坏了规矩，不然她还以为自己是什么做出月流水好几亿元的大咖呢。现在的应届毕业生就是沉不住气，总想着一步飞天，心比天高也要有那个能力啊。

有个人接话了，但只发了一串意味不明的“……”。

而组长还在继续。

组长：当时陈茵听得脸色都一阵阵白，老板让她以后别招这种人进来了。

组长：唉，真可惜，本来这马上要出圣诞活动了，要是流水高，能拿很高一笔奖金呢。

组长：哎，这些事情你们可千万别说出去啊。

不一会儿。

黄婕：组长……你是不是发错群了？

几秒后。

组长：哎呀，我看错了！！

组长：@糯米小麻花千灵，不好意思啊，我刚刚说的可能夸张了，其实老板的态度应该是没那么生气的，你别放心上啊。

以岳千灵对组长的了解，自然能看出这是组长故意发错群，故意让她看到的，说不定语言里添油加醋了不少，所以她没打算配合组长完成表演。

但不搭理归不搭理，组长敢这么干，至少说明了老板的态度。

凉了。

没戏了。

正巧这时，手机上显示了陈茵的来电。

看着屏幕上跳动的画面，岳千灵深吸了一口气才接起来。

耳机里的女声轻言细语："喂，千灵啊。"

陈茵的声音一出来，岳千灵整颗心就坠了一截。

陈茵下一句便是："你可能没办法回来工作了，是这样的……"

她的言辞非常委婉，丝毫不提老板的态度，只说老板让她们按照规定办事，以试图来宽慰岳千灵的心。

岳千灵还剩那么一丝不甘心，问道："圣诞节活动马上要出了，我之前画的卡面还没落实，你知道玩家都挺吃我的画风的……"

"我当然知道。"陈茵打断她，"不过你也明白，咱们老板哪会在乎一个手游项目的原画师呢？我觉得我也不好再跟她提了。"

行吧。

岳千灵一脑袋磕在桌子上："我明白了，茵茵姐，麻烦你了。"

挂了电话，岳千灵直接摘了耳机，把手机丢开，坐在书桌前，陷入沉思。

回不去就回不去，大不了她曲线救国！

那片写字楼里的公司又不是只有 HC 互娱一家，如果她没记错的话，旁边就是知名动画公司。

再不行，旁边还有线上 AI 教育公司在找画手呢。

总之想要和顾寻出现在同一行动圈，办法总比困难多。

岳千灵说干就干，立刻打开电脑开始写简历。

之前参加校招实习的简历都还保存着，她没费太多工夫，主要是把自己这段时间的实习经历添加了上去。

一个多小时后，岳千灵投了三份简历出去，才心满意足地拿着手机躺上床。

然而她一滑开屏幕，便看见自己还在游戏界面，但显示掉线状态，另外三个人均已退出游戏。

她刚刚一忙起来，居然就忘了自己还在游戏中。

想着那三个队友，她连忙切换到微信想解释一下，却看见了好几个未接语音电话，以及四条未读消息。

校草：在?

校草：被绑架了?

与上面两条间隔了几分钟。

校草：你好，我是她的朋友，付你多少钱能放她出来打完这一局游戏?

校草：打完你再把她绑回去也行。

她对他满心的愧疚感瞬间消散了一半，甚至还有点生气。

糯米小麻花：没她，你就不会打游戏了?

校草：是。

校草：干吗去了?

糯米小麻花：接了个电话。

校草：?

糯米小麻花：?

校草：我在训练基地挨打，你却在煲电话粥?

挨打?

都用这个词了，岳千灵便下意识地以为他们三个这局玩得真的很惨，连忙打开游戏找到战绩页面。

看见林寻的杀人数、伤害和分数，岳千灵感觉自己是脑子里少了根筋，竟然会觉得他会挨打。他不追着人家打就已经是对游戏平衡最大的贡献了。

糯米小麻花：你什么时候学会卖惨的？

校草：我卖什么惨呢？

校草：我又没有丢下你去跟别人打电话。

糯米小麻花：工作！工作的事情当然比你重要！！

片刻后。

校草：可以，接受这个理由。

以前怎么没觉得他这么斤斤计较。

真的头疼。

岳千灵抬头一看，时间也不早了。她切到四人的微信群里。

糯米小麻花：不好意思，刚刚接了个电话，大家还玩吗？

校草：不来。

糯米小麻花：没问你。

小麦：你没事就好，我明早还有课，得睡了。

骆驼：这么晚了还有电话，男神啊？

糯米小麻花：我倒是想……

糯米小麻花：但是我们还没到那种程度。

骆驼：哈哈哈，他一定很帅吧？

糯米小麻花：超帅！头发丝儿都很帅，手也超好看！

骆驼：这么帅啊，有照片吗？

糯米小麻花：没有。

另一座寝室楼。

荧然灯光下，男生静谧的侧脸被白光映得过分清冷。

书桌下的空间无法安放他的双腿，他一只脚蹬着桌脚，靠着椅背，双手抱在胸前，眉头微拧，垂眸盯着桌上的手机。

看见“没有”两个字，他扯着嘴角轻嗤了声，放下了腿，正要起身，室友蒋俊楠突然推门而入。

这一学期的课业早已结束，另外两个室友去了外地实习，除了顾寻，仅剩蒋俊楠这个考研党在进行最后的冲刺。

“今天真的好冷啊。”蒋俊楠搓着手进来，冲到暖气片旁取暖，“还有几天我就解脱了，来打会儿游戏吗？”

顾寻将手机随手扔到桌上，抬手打开电脑，冷冰冰地说：“上号。”

枯枝萧瑟，天凝地闭，整座校园归于安静。

蒋俊楠憋了许久没放松，今天一摸游戏就停不下来，沉浸其中便浑然不知时间流逝。

等两人退出来，已是凌晨三点半。

蒋俊楠难得放肆也就罢了，只是没想到顾寻一个要工作的人竟也玩到这么晚。

玩得晚就算了，他还全程暴力输出，好几次的操作把蒋俊楠惊得以为对面玩家抢过顾寻女朋友。

他思忖片刻，问道：“你被开除了？”

顾寻侧头睨他一眼：“弱者才睡觉。”

蒋俊楠立刻再次戴上耳机：“那再来几把。”

顾寻摘下耳机，连电脑都没关，就往阳台走去。

门一开，室内立刻涌入一股冷气。

蒋俊楠抱了抱双臂，半靠着椅子，回头看他：“喂，顾寻，你今天是不是心情不好？”

顾寻在洗漱台前洗手，漫不经心地说：“心情好得很，不然能陪你打游戏到现在？”

一到年底，天气虽然越来越冷，但临近考试，各年级几乎已经结课，学校里的图书馆随时人满为患。

小麦考试，骆驼出差，两人自然没什么时间打游戏。奇怪的是，林寻这种闲人居然也神隐了，好几天没动静。

没有人每天找她上线，岳千灵便安安心心地在宿舍里做了几天毕业设计。

桌前，台灯光晕氤氲在她脸上，纤长的睫毛在下眼睑处投射出淡淡的阴影。

她撑着下巴，随手滑了滑手机，看见以前一个项目组的同事们都在朋友圈发了圣诞节活动预告 PV[①]。

岳千灵自从进入 HC 互娱，就一直在一个乙女游戏项目组。

她那时候运气好，碰上这个项目刚刚成立，正缺人手，所以她一个实习生才有机会担任其中两个男主角的原画师。

自游戏推出，那两个男主角的人气一直居高不下，断层式碾压另外三个男主角。

其中当然有文案编剧不小的功劳，但岳千灵对人物细节的刻画，亦是获得玩家喜爱的关键因素。

对比起来，组长所负责的另外两个男主角便显得千篇一律了。

时至今日，岳千灵看见新的预告 PV，有一种离异母亲去前夫那里看儿子的感觉。

朋友圈第一个发预告 PV 链接的就是组长。

岳千灵点了进去，只看了两眼，便皱着眉头退了出来。她几度打字想问问是谁接手了那两个男主角的卡面原画，但想了想，还是忍住了冲动。

但这不代表其他人看不出来，毕竟美术风格和氛围基调差了那么多。

没一会儿，就有个朋友私聊岳千灵了。

这位朋友是岳千灵的大学同学，因为曾经看见岳千灵在朋友圈宣

---

① promotion video 的简称，意为宣传片。

传过这个游戏便下载了玩，半年时间，她已经氪了不少金[①]。

她也非常开门见山，直接问岳千灵，男主角是不是换画师了。

糯米小麻花：?

糯米小麻花：你们怎么这么敏锐?

小婉：拜托，这可是我老公，他眉毛少根毛我都看得出来。

小婉：你怎么不画了啊?

糯米小麻花：我离职了啊。

小婉：这样啊，那这是谁画的?也太丑了吧!

小婉：我老公的笑容什么时候这么邪魅狷狂了?

小婉：还有这裤子，露出内裤标志是想干吗??

小婉：气死我了!就这脸，我都不想花钱抽卡了!我并不想接到他的电话，我怕把我油到!

小婉这么生气，也不知道其他玩家是什么想法。

岳千灵目光一转，打开了游戏的官方微博。

不出她所料，最新发布的活动预告 PV 微博评论区已经沦陷，话题广场自然也不能幸免。

这两个人物从概念图出来就是岳千灵接手，如今看他们挨骂，岳千灵心里还挺不是滋味。

可惜现在她也管不了了。

打了个哈欠，岳千灵继续做她的毕业设计。

不过没一会儿，居然有人主动来找她了。

黄婕：千灵，你看今天的预告 PV 了吗?

岳千灵想了想，没说实话。

糯米小麻花：还没看，怎么啦?

---

① 氪金，游戏用语。原为“课金”，指支付费用。氪金特指在网络游戏中的充值行为。

黄婕：唉，你是不知道，你原来画的男主角人气最高嘛，你走之后组长就接手了，结果今天 PV 一出来，玩家都炸开了锅，非常不满意呢。

黄婕：现在组长开会跟我们发脾气呢。

黄婕：真是的，关我们什么事啊？

黄婕：又不是我们画的！

这是她没想到的。

黄婕：要是这个月的流水达不到目标，我们就惨了。

黄婕：要是你没走就好了，唉。

黄婕：悄咪咪问一句，你愿意接外包吗？

岳千灵无语了好一会儿，才打了字回去。

糯米小麻花：不接，最近忙着做毕业设计呢。

虽然外包这点卡面对她来说其实花不了太多精力，还能挣不小一笔钱。可是，想到老板说的话，以及组长曾经做的事情——她才不要丢这个人。

就让组长发愁去吧。

黄婕：那只好让组长自己再改改了，反正我们是帮不上忙的。

改？

岳千灵倒是等着看这组长能改出个什么玩意儿。

第二天早上，因为是周末，岳千灵和印雪都睡了懒觉。

等她睁眼，已经日上三竿了，手机里还有几条未读消息。

小婉：HC 是想关服[①]了吧？

小婉：气死我了！

岳千灵迷迷糊糊地问了她一句“发生什么了”，顺便起床开了一盏灯。

---

① 指游戏关闭服务器，停止运营。

小婉的怒气快要冲破手机屏幕直逼岳千灵而来。

小婉：你居然不知道？

小婉：你直接去超话看！

岳千灵依她的话打开游戏超话，这一看，直接把她看清醒了。

事情是这样的：这款乙女游戏自面市后，虽然算不上现象级的大火游戏，但其月流水一直很可观。

玩家作为消费者，有不满意的地方，游戏公司自然要调优。

于是项目组连夜修改了两位男主角的卡面，并且发了道歉微博以及更新卡面的微博。

这样一来，老公还是那个熟悉的老公，游戏玩家还算满意，怒火总算被平息。

可是没一会儿，有人用 PS 对比了此次卡面与以往卡面，做了叠图出来。这根本就是只换了衣服和背景，男主角的脸直接用了旧的！

这一下，玩家的怒火彻底被点燃，别说圣诞氪金了，很多氪金大佬联合声明要罢氪，这直接戳中了游戏的命门。

至于小婉为什么直接来找岳千灵，因为连小婉都看出来了，这次卡面复制的人物脸部图是岳千灵中秋节画的活动卡面。

这破组长真的再一次打破了岳千灵的认知。她甚至不知道，到底是这组长傻，还是组长以为玩家傻？

啧啧称奇了半天，岳千灵摇着头放下了手机，感慨着林子大了真的什么鸟都有。

就在这时，她的手机屏幕突然亮了起来。

来电人——陈茵。

岳千灵心神一凝，立刻点了接听键。

对方可能也没想到岳千灵会秒接，说话声直接传了出来："老板真是想一出是一出！这种难为情的事情净叫我做！"

说完，意识到电话已接通，她愣了两秒，随即温柔的声音传了出来。

“千灵啊，睡醒了吗？姐姐找你有点事呢。”

8

下午两点。

这天虽然艳阳高照，气温却比昨天还低了几摄氏度。

风刀霜剑，路上行人各个缩着脖子、蒙着脑袋，迈着沉重不堪的脚步迎风而行。

岳千灵大概是唯一脚步轻快的人。她拎着一个小袋子，里面装着数位板、水杯和一些办公用的小玩意儿，站在 HC 互娱大楼前，仰头望着这栋写字楼，脸上仿佛写了五个字——“爷又回来了！”

因为不是上班的点，电梯里空无一人。

岳千灵对着镜面仔细整理着头发，确认自己的打扮一丝不苟且足够好看，才踏出电梯门。

手游事业部的人大多都知道了昨天那回事，所以看见岳千灵回来也不惊讶，只是或多或少都会多打量她几眼。

公司里向来没有包得住火的纸，更何况这种荒诞又好笑的八卦，早在岳千灵坐地铁的时候就已经悄然在各大微信群里传开了。

也不知道是谁把组长当初发在群里的话截图发了出去，现在几乎全公司的人都知道了：前天岳千灵后悔了，还是想回来工作，老板在人事部把话说得很绝，就差把岳千灵贬得一文不值了。

结果今儿早上游戏氪金大佬要集体罢氪，老板立刻就忘了自己之前说过的话，眼巴巴地叫人事部立刻给岳千灵打电话。

看人事部半天说不清楚事情，老板还自己抢了电话一顿叨叨。

甚至连隔天都等不及，这会儿就把人叫回来了。

此刻，项目小组的人看见岳千灵回来，都如释重负。

还有不到三天的时间就是圣诞节了，要是这次的活动卡面事件不解决，他们轻则丢了奖金，重则游戏凉凉[①]，他们直接连工作都没了。

所以这会儿岳千灵一来，他们立刻叫她赶紧开始重画卡面。

对，老板说了，这次直接重画。

但是岳千灵留了个心眼儿，卡面的事情不着急，她得先把入职手续办了。

“组长。”岳千灵拿着流程单，走到她的工位旁边，“我马上去办理入职程序，您先把需求文件发我一下。”

小组里其他几个人瞄了这边一眼，互相使了个眼色，什么都没说便坐了回去。

要说这次翻车事件，真正下油锅的人其实是组长。

当初岳千灵一走，组长直接把她手里的男主角任务接了过来，还假惺惺地说：“唉，她倒是说走就走了，这些任务又落在我头上，真头疼。”

然后她反手就把自己原先负责的场景原画任务交给了别人。

其实大家心里都明白，负责这种人气主角，虽然不至于多加点工资，但说出去总是面上有光的。

毕竟每回开会盘点角色人气流水这些事情，负责高人气角色的画师都处于高光位置。

所以当初岳千灵辞职，她一直没说出去，怕是早盼着接手这个香饽饽了。

但谁又能料到这事会翻了这么大的车?

画出来的水平不好，并不可怕，可怕的是有对比，还是被和实习生惨烈地对比。

这下原本有些眼红组长接手高人气角色的人都开始庆幸自己没去

---

① 网络用语，表示完蛋了、绝望、状态很差的意思。

抢这活儿，甚至还有些幸灾乐祸。

不过组长毕竟是个混了好几年的人，对这点尴尬的应付能力还是有的。

只见一直埋头于电脑前的组长终于抬头，皮笑肉不笑地点了点头：“哦，好，我马上就发给你。”

随即，她一边摆弄鼠标，一边以吐槽的口吻说道：“现在的玩家真是太难伺候了，只是风格变化大了点，就一个个这么大反应。唉，谁叫玩家就是上帝呢，还得麻烦你回来一趟了。”

“不麻烦，我涨工资了。”岳千灵笑着说，“不过这次的卡面可不是风格有问题，真的太丑了。话说，是谁画的呀？该不会是随便找了个外包吧？”

组长打字的手一僵，目光讪讪，半晌才吐出一句话：“我、我画的呀。哎哟，我最近真的太忙了，你这一走，我又得收拾烂摊子，哪有那么多精力呀，就随便画了画，没想到玩家们还只认你的画风。”

“啊，原来是您画的！”

岳千灵撑在桌前，拿纸捂着半张脸：“我刚刚那话不是那个意思，您别放心上啊。”

说完，她扭头扬长而去。

拥挤的办公区内，空留一室尴尬。

没一个人吭声，但组长像是听见了所有人的笑声，不知不觉就憋红了脸。

她倏地拍了一下桌子，说道：“周报赶紧交！”

另一边——

岳千灵轻车熟路地办理着入职程序，正朝财务部走去。

她消沉了好几天，以为自己没有可能再回来。

谁知一夜之间，峰回路转，还在组长面前狠狠出了一口恶气。

要不是环境不允许，她甚至都想原地跳两下。

办理工资卡的时候，财务部的人看她笑盈盈的，便说道："心情这么好啊？"

"当然啦。"岳千灵笑眯了眼，"又能看见你们这些美女，怎么会不高兴？"

财务的人被逗得咯咯笑，态度都比平时好了几倍。

拿了办好的各种卡，岳千灵正准备走，听见旁边一个女生在那儿抱怨："第九事业部的人又贴错发票了！"

岳千灵耳朵灵敏，抓住了"第九事业部"这个关键词，便停下了脚步。

那个女生拿着一堆单子不情不愿地走出来，嘴里还在碎碎念："他们脾气多大呀，一会儿又得给我脸色看。"

岳千灵看了她两眼，心思一动，便上前说："姐姐，你要把这些东西送去第九事业部呀？"

女生点头道："是呀，怎么了？"

"正好我也要过去。"岳千灵朝她伸手，"要不我帮你吧，省得你再跑一趟。"

那女生只是疑惑地看了岳千灵一眼，心想有人跑这个腿自然是好的，她才懒得去想岳千灵为什么"正好要过去"。

"那麻烦你了，交给主策划就好，告诉他们这个发票贴错了，要重贴。"她立刻把一堆发票单子塞给岳千灵，还不忘夸两句，"你长得这么漂亮，他们肯定对你温言细语的。"

岳千灵一听，瞬间更有信心了。

"那我去啦！"

这是岳千灵第一次来第九事业部，不知为何，有点紧张，还有点好奇。

她一进去便不动声色地四处打量，确定视线之内没有顾寻之后，才放松了脚步。

不知是不是位于顶层的原因，她感觉这里的采光都要比其他楼层好一些。

每个人的桌子上都凌乱不堪，甚至摆着各种精密的模型，一面墙上还投影着一把狙击枪的原画三视图。

员工们七倒八歪地坐着、站着，甚至跑来跑去，三五成群聚在一起，完全没有秩序可言，甚至还有好几个人围在一起打游戏。

很明显，第九事业部跟她们手游部门比起来，更吵闹，更扁平化，四处闹闹嚷嚷的，但充满生机。

情怀感扑面而来，充斥在每一方空气里，很难让人相信这儿和她们以流水定生死的项目同属一家公司。

踏进这里，仿佛踏进了一个乌托邦。

她看了好一会儿，终于想起自己的任务，于是随便找了个人问："请问你们主策划在哪儿呀？"

那人都没回头看她一眼，直接抬手指了一个方向："那个胖子就是。"

岳千灵顺着他指的方向看过去，那边确实站着一个比较胖的人，正在口沫横飞地打电话。

岳千灵道了声谢便朝那边走过去。

她就站在后面，等那人挂了电话，才开口道："您好——"

然而她下句还没出来，那人便拧着眉不耐烦地挥了挥手："我不好！我这儿烦着呢，一边儿去。"

她可明白为什么财务部的人这么排斥过来了。

眼看着那人扭头就要走，岳千灵连忙拉住他："您好，这是财务部返回来的发票。发票是错的，得重贴。"

那人看都没看发票一眼，粗暴地挣脱岳千灵的手，半吼道："什么玩意儿这么麻烦，有问题她们直接重贴不就得了？发工资不干活啊？快让开让开！别烦我！"

哪儿来的这么不讲道理的人？！还真以为自己是天王老子了？！

岳千灵一股火气冒了上来，双眼一凛，骂人的话就要脱口而出——

但她余光一瞥，一道熟悉的身影走了过来。

她心跳频率突变，到了嘴边的话忽然就变成了："您不要这么凶嘛。"

主策划听见这温柔又娇滴滴的声音，脑子里一激灵，一脸蒙地回过头，就见岳千灵眨着大眼睛，可怜巴巴地望着他。

这道声音不轻不重地飘远，传到顾寻耳朵里。

那声线像轻轻拨动着脑海里的某根弦，颤出一阵熟悉的涟漪，悄然间抓住了他的注意力。

有那么一瞬间，顾寻甚至以为是那个人在说话。

然而待他停下脚步，扭头看了过来，却听见——

"打扰到您工作，我也很抱歉，可是……"

岳千灵瞥见顾寻越走越近，声音也就放得越发软，咬了咬嘴唇，继续说道："这个发票是日期弄错了，只能麻烦您重新弄一下了，好不好嘛？"

大概是没有男人能抵抗这样的美女撒娇的。

岳千灵眼前的主策划果然放缓了脸色，说："哦，那你拿给我看看。"

岳千灵再次悄悄看了顾寻一眼，见他果然还在看这边，便再接再厉地摆出一副柔弱的样子，眨了眨眼睛："您真是太好了，不然我都不知道要怎么回去交差了呢。"

听到这里，顾寻终是皱了皱眉，轻啧一声，转头往稍远的方向绕了过去。

而主策划见小姑娘这么撒娇，再横的脾气也没了，和颜悦色地说："多大点事，拿来拿来，我等下就弄。"

岳千灵望着顾寻离开的方向，浅浅吁了一口气。

好险，差点儿就崩了小仙女的人设。

办好了差事，岳千灵高高兴兴地回了手游事业部。

由于活动逼近，大家都挺忙，岳千灵也乐得耳根子清净，坐下来便开始画线稿。

其实这次她临危受命，任务还挺重的。

原定圣诞活动在十二月二十二日开阁，如今她只剩下不到三天的时间。她得重新画两个卡面，如果不符合需求文件的要求，还得修改。

天际阴沉，微弱的日头不知什么时候隐到了浓云之后。

岳千灵处理好了线稿，抬起头来，窗外已被夜色笼罩，而办公室里大多数人还没走。

不过她必须回学校了，不然又得跟宿管阿姨掰扯半天才能进门。

收拾好东西后，岳千灵轻手轻脚地离开了公司。

走到楼下，她心思一动，转身抬头看。

顶层的第九事业部依然灯火通明。

他们应该更忙吧？不知道什么时候才会休息。

正想着，大楼大厅的电梯门一开，明亮的灯光下，顾寻正阔步而来。

两人目光穿过来来往往的人流，遥遥相撞。

岳千灵陡然收紧了呼吸，直勾勾地盯着他看。

所以她的选择没有错。

留在这里，真的会有各种意想不到的相遇机会。

比如这会儿，顾寻便正朝着她站的方向走来。

距离越近，岳千灵就越紧张。

短短几秒钟，她脑子里已经演练过好几种打招呼的方式。

仿佛只是刹那的工夫，顾寻与她便只有一步之遥。

那就问他要不要一起回学校吧。

岳千灵握了握拳，不动声色地调整了表情，正要说话，却没想到顾寻先于她开口："你不是离职了吗？"

他垂眸看着她。

岳千灵抿着唇角笑了笑，一时不知道怎么回答。

在她卡壳的瞬间，顾寻的下一句话已经脱口而出："怎么还没走？"

岳千灵想：你这语气是认真的吗？！

岳千灵笑意僵硬，化作嘴角尴尬的弧度。

她还是抿着唇，一字一句道："没走成，又被叫回来继续工作了呢。"

顾寻抬了抬眼。

岳千灵以为他要说什么，却只听见他丢下一句毫无情绪的"哦"，随即径直绕过她离去。

……今晚似乎格外冷一些。

顾寻直接去了公司旁边的一家餐厅吃晚饭。

夜里，餐厅已经快要打烊，大堂里没坐几个人，服务员都懒散地靠在吧台躲懒。

餐刚上来，桌边的手机便响了起来。

顾寻看了一眼来电显示，拿起来接通，另一只手拿起了筷子："什么事？"

"没事就不能找你？"

电话那头，骆驼刚出机场到达层，四周吵闹不堪："我刚下飞机呢，过几天又要去江城出差，来接待不？"

顾寻想也没想就说："没空。"

"你们这么忙啊？"

骆驼想了想，又说："不对，你忙个屁，我早上还听小麦说你前几天又把*COD5*①打了一遍。"

说到这儿，骆驼又想起了什么，问道："最近怎么又回去打单机游戏了，前段时间不是说吃鸡挺有意思的吗？"

"一个破手游，图图新鲜够了。"顾寻喝了一口凉水，"我吃饭，

---

① COD（Call of Duty），系列游戏名，又名《使命召唤》。

先挂了。”

“等会儿！”骆驼拦住他挂电话的趋势，“你最近不对劲啊。”

“什么不对劲？”

“你跟小麻花闹别扭啊？”

顾寻抬了抬眼皮，没什么语气：“我跟她闹什么别扭？”

“自从知道她有个暗恋对象后你明显不爽啊。”

骆驼虽然比顾寻大个七八岁，但他们从小一起长大，他又是个内心细腻的人，身边人的情绪变化都逃不过他的眼睛。

他早就觉得这事不对劲了。

顾寻是个玩 3A 游戏长大的人，向来看不上粗制滥造的手游，之所以会下载手游，还是因为那段时间骆驼做了个小手术，养病无聊，陪他玩会儿。

几个月过去，他还在玩，骆驼还以为这人转性了。

但这几天他闲着没事一琢磨，回想这段时间顾寻在游戏里的所作所为，终于醍醐灌顶。他清晰又笃定地说：“你有点喜欢她吧。”

通话沉寂了片刻。

顾寻端着水杯的手顿了一下，冰水里映着他倏忽变化的目光，餐厅里的杂音突然飘得很远。

随后，他的声音里终于有了点情绪：“我会喜欢一个连面都没见过的女生？”

骆驼哑口无言。

好像……也对。

挂了电话，顾寻吃了两口菜，突然听到外面一阵喧哗声。

他抬起头一看，霓虹灯光束下，片片雪花肆意张扬地飞舞着。

江城是一座常年不见雪的城市，更何况这样的鹅毛大雪。

乱琼碎玉簌簌落下，藏匿了一整个冬天的浪漫都被这场雪唤醒。

这座城市沸腾了，似乎所有人都在庆祝初雪的降临。

等岳千灵下了地铁，这场雪下得越发大了。

她兴奋地站在地铁口，和许多发现这个惊喜的人一样，第一反应是拿出手机发了个朋友圈。

只三个字。

“下雪了！”

不一会儿，手机开始频繁振动。

她看了一眼手机，突然惊诧地停住了脚步。

岳千灵的爸妈发消息让她注意保暖，朋友问她圣诞节去哪儿玩，这些都不奇怪。奇怪的是——那个好几天都没出现的人，居然莫名其妙地给她发了一条消息。

校草：你在江城?

9

岳千灵跟林寻认识这么久，从来没有流露出要了解对方真实生活的意愿。

在她眼里，游戏网友就是非常遥远的存在，与自己的生活没有一丝关系。

所以看见他问这个，突然有一种网络与现实的隔膜被打破的感觉，岳千灵脑子里一瞬间便闪过很多想法。

他怎么知道？？

难道他也在江城？？

他知道我是谁？？

不仅惊诧，还有一丝莫名的紧张，以至于岳千灵站在地铁口便伸出手快速打字回复。

糯米小麻花：你怎么知道？？？

等待回复的间隙，她还神经质地打量了一圈四周的人群，仿佛林寻就在其中看着她一样。

隔了好几分钟，对面才回复。

校草：江城下雪上热搜了。

原来是这样。岳千灵竟有一种松了口气的感觉。

糯米小麻花：吓我一跳。

校草：?

校草：你怕什么?

落雪正肆意，风里凉意加倍，路口正好亮起了绿灯，岳千灵被人潮裹挟着往前走，便没回消息。

等她过了马路，走进学校大门，走到了安全的人行道，才再次拿出手机。

怕什么呢?

其实她也不知道，就是觉得这种感觉挺奇怪的。

糯米小麻花：以为你跟我在一个城市啊。

校草：那不该是你的荣幸?

糯米小麻花：给你一个撤回的机会。

他没理。

岳千灵朝手心呵了口气，继续打字。

糯米小麻花：你这几天忙什么呢?

校草：工作。

糯米小麻花：哦。

聊天界面似乎又停在这里了。

岳千灵盯着屏幕看了几秒，感觉他不会再回了，于是准备把手机放进包里。

这时，聊天框才又弹出两个字。

校草：你呢?

糯米小麻花：工作啊。

她想了想，又补充了几个字。

糯米小麻花：我找到新工作了。

校草：这样啊，我以为你忙着约会呢。

岳千灵翻了个白眼。

这人真是哪壶不开提哪壶。

糯米小麻花：怎么可能，不跟你说了是暗恋？

校草：也对。

岳千灵：……

她怎么从这两个字里感觉到了一股幸灾乐祸的味道？

校草：那……

校草：一起去雨林挨打吗？

这么晚了……

岳千灵抬头看了一眼漫天飞舞的雪花，叹了口气。

她到现在还没成为名利双收的大触①，大概就是因为不够自律吧。

糯米小麻花：那……

糯米小麻花：就一会会儿啊。

把手机放进包里后，岳千灵一路小跑，终于回了寝室，寒风被隔绝在外，温热的暖风扑面而来。

她脱了外套，拿上耳机便坐到了书桌前。

印雪正好从卫生间出来，不可置信地看着她："下雪了欸！你就在这里打游戏？不下去拍照？"

"黑乎乎的，拍什么啊？"岳千灵正在登录游戏，头也没回，"人都冻傻了。"

印雪嫌恶不已地走开，嘴里念念有词："就你这德行，怪不得你单身。"

---

① 源于动漫、游戏领域，一般用来形容绘制高手。

这时岳千灵刚好被林寻拉进队伍，印雪的话便一字不差地传进了语音里。

但岳千灵浑然不知，还回头戗了印雪一句："我靠脸就够，知道吗？"

印雪："那你倒是去刷脸啊！我都替你着急！"

"急什么？"岳千灵笑眯眯地说，"我们都是同事了，以后一起上下班，可不就是天天都有刷脸的机会了吗？说不定还会一起聚餐团建什么的。"

"说得也是，如果这样你都搞不到他，那他可能真的不喜欢女人。"印雪说完便爬上床钻进了被窝。

岳千灵这才转头看了一眼游戏界面，发现左上角是双排标志。

"就我们俩？小麦和骆驼不来吗？"

"他们那么忙，又不是人人都会随时陪你打游戏。"

岳千灵皱了皱眉，嘀咕道："说得好像还是我求着你似的，明明是你很久没找我打游戏了，好吧？"

"嗯。"他说，"所以我不找你，你就不找我？"

岳千灵不明白，这个人是怎么做到如此理不直气也壮的？！

她不想说话，直到跳伞才又开口："左边有一队，注意注意。"

没了小麦和骆驼这两个拖油瓶，他们匹配的都是高端玩家，跳的地方又是训练基地，岳千灵便比平时谨慎几分，不敢浪了，一落地就开始找装备。

但是耳边的脚步声接踵而至，听着不像只落了一队人。

"是不是还有人啊？"岳千灵只有一个头盔和一把喷子[①]，她小心翼翼地走到角落藏着，"我怎么听着至少有两三队呢？"

林寻很敷衍地"嗯"了一声："或许吧。"

岳千灵在窗户边找了个视角往外面看，果然发现两个人在对面的

① 游戏术语，指霰弹枪。

房子里跳来跳去的。

她正紧张得不行，想找个机会溜出去偷袭，偏偏这时，林寻从窗子跳进来，在她面前晃了晃。

“所以你换工作是为了追人？”

岳千灵现在哪儿有心思跟他聊这个，扛着枪绕了出去，结果一出门就遇到一队人。

他们提枪就开干，岳千灵在一阵鞭炮似的枪声中大叫：“啊啊啊救命啊！！！”

这么近的距离，岳千灵的喷子根本干不过人家的步枪，没几秒就被击倒了。

然而就在她以为自己这把注定落地盒时，林寻不知道什么时候从楼顶跳了下来。

岳千灵连他的身影都还没看清楚，其中一人就在她面前倒地，另一个见势不妙立刻就绕到围墙后面打算逃跑。

没想到林寻提枪追了出去，没两步就把正在逃跑的那人爆了头。

危险暂时解除，岳千灵松了一口气，正想说什么，就听到公共语音里，被追着打的那人吼道：“你连队友都不扶就来打我，你牛！”

岳千灵心里疯狂点头，她说：“就是，万一这个时候有其他队伍的人过来捡漏，我岂不是一枪就没了？！”

“怕什么？”林寻蹲下来扶岳千灵，慢悠悠地说，“你永远可以相信我。”

一听这话，公共语音里那人退出这局之前说道：“算我倒霉，惹上带妹的了！”

林寻没开公共语音，什么都没听到。

至于岳千灵，她听到这话就很不服了。

她的电子竞技生涯，最恨别人说她是被带的妹！

于是她立刻打开公麦，不服气地说：“你说谁带妹？！你留下游戏 ID，我们比比 KD 啊！！”

可惜那人早走了，根本没听见她说的话。

她只好躲到一边去打绷带，调换视角到处看，同时还忍不住碎碎念：“拿着步枪被我一把喷子打掉半管血，还好意思给自己挽尊[①]？也就是不能单挑，不然我打得他满地求饶。还有一队人呢？不会是在阴我们吧？”

说完，她站起来舔了那两个人的盒子，然后跳下楼去了别的地方。

而林寻在离她一百米外的房子里，突然说道：“你还没回答我刚刚的问题。”

岳千灵想了半天，才回忆起他问了什么——换工作就是为了追人？

“不然呢？难道是为了梦想？”

林寻笑了一下：“你那个心上人知道你打游戏的时候这么虎吗？”

岳千灵愣了好一会儿，咬牙切齿地说：“你说谁虎？”

林寻正要说话，耳机里突然传来几道突兀的枪声。

紧接着，在噼里啪啦的枪声中，夹杂着岳千灵的尖叫。

“啊啊啊，又有人来了啊！啊啊啊，怎么有三个人啊？！救命啊！我要没了啊！！”

几秒后，枪声戛然而止，岳千灵收了枪，呼了一口气：“死完了，有一个人机。”

耳机里，林寻轻笑了一声，没说话。

岳千灵看着自己面前的三个盒子，突然反应了过来。

沉默。

两人谁都没再说话。

直到走出训练基地，岳千灵才讪讪地开口：“你们男生是不是都不太喜欢打游戏太虎的女生？”

---

① 网络用语，“挽回尊严”的简称。

“别的男人喜不喜欢我不知道，我反正是——”

岳千灵蹙紧了眉头，紧张地等着这个回答。

但林寻突然停顿，仿佛在思考要怎么说似的。

片刻后，他那漫不经心的嗓音才响起：“挺不喜欢的。”

果然。

岳千灵闷闷地说：“我就知道。”

她跳出窗子，掉头就往对面跑。

林寻没跟她朝同一方向跑，过了一会儿，他看了一眼地图，说道：“你可以再离我远一点吗？”

“你不要管我。”岳千灵头也不回，跑到海边，跳进去游起了泳，“我有我自己的精神世界。”

“你过来。”

“我不。”

“行。”

几秒后，林寻那边响起了枪声。

岳千灵不情不愿地从海里爬起来，扛着枪去帮队友。

途中她还骑了一辆摩托车，只是车技不太好，穿过房区的时候直接卡在了墙角。

听着那边枪声越来越激烈，岳千灵急了，打算弃车跑步。

但她刚刚跳下来，便看见自己队友的标志变灰了。

岳千灵挠了挠耳朵，没好意思说话。

枪声没了，脚步声也没了，耳机里安静得有点瘆人。

“我看看我队友离我多远。”林寻凉飕飕地说，“嗯，两百多米。”

“原来我是单人玩双排。”他又说。

“哎呀，电子竞技就是有输有赢，你要看开点……”

重新骑车过去后，岳千灵打开他的盒子，一看装备，她瞬间就看不开了：“不是，对方用什么枪啊？你满配用‘猛男枪’近战都打不过他？！”

M762是他最喜欢的枪，在雨林这种地图，他一般就带两把M762，一把用来近战，一把直接单点当狙。所以岳千灵想不明白他怎会两三下就被别人打死。

耳机里安静了两秒，随即响起他那有点散漫，又带了点理直气壮的声音：“我又没有队友。”

岳千灵扛起他的“猛男枪”就跑：“你别叨叨了，你队友这就追上去给你报仇，行了吧？”

宿舍里安静得只有暖气片里细微的流水声。

室友考完研便出去旅行了，接下来的日子只有顾寻一个人住宿舍。

他切换了观战视角，双手空闲，靠着椅子，垂眼看着手机屏幕。

这时，小麦突然发来消息。

小麦：你为什么在打游戏?

小麦：刚刚我叫你打游戏你说你没空。

顾寻顺手打了几个字。

菜也犯法吗sir：你不是要备考吗?

小麦：别跟我扯这些借口!

小麦：为什么跑去和小麻花玩双排了？

小麦：既然被我当场抓获了，就老实交代吧!

顾寻不知不觉坐直了，不再是那副懒散地靠着椅子的姿势。

他盯着手机屏幕，舌尖在毫无意识的情况下抵着牙齿，正想着要怎么说。

小麦：你是不是嫌我菜？！

顾寻又靠了回去。

菜也犯法吗sir：是。

小麦：?

小麦：淡了淡了，淡了淡了。

小麦真没想过二十年的兄弟，竟然会变成这样。

他转头就去跟骆驼告状。

小麦：林寻拒绝跟我打游戏，跑去跟小麻花玩双排了。

骆驼：？

小麦：他居然开始嫌我菜了！！！他以前不是这样的！！

过了许久。

骆驼：……

骆驼：他哪儿是嫌你菜？

骆驼：他是嫌你瓦数太高。

小麦：？

宿舍里依然安静。

耳机里女孩的声音时不时响起，让这宿舍有了一点人气，顾寻的嘴角也跟着时不时扬一下。

直到这一把结束，重新回到匹配界面，顾寻才扭头看了一眼窗外的雪。

他凝神片刻，再回过头，看着手机屏幕里那个粉头发的虚拟人物，缓缓开口："圣诞节要到了。"

女孩"嗯"了一声。

游戏里，圣诞活动已经推出，地图里挂上了显眼的麋鹿标志，天空还有圣诞老人车飞过，带起一阵清脆的铃响。

顾寻莫名想到江城每年圣诞节都会在湖心公园燃放烟火，好像年轻女孩都喜欢去那里。

他垂了垂眼，单手撑着太阳穴，盯着手机屏幕，问道："你打算怎么过？"

"一个西方节日有什么可过的？"她想到年年湖心公园成双成对的氛围，冷笑一声，"那不然我去街上卖圣诞帽？"

"红的十块，绿的免费，怎么样？"她说。

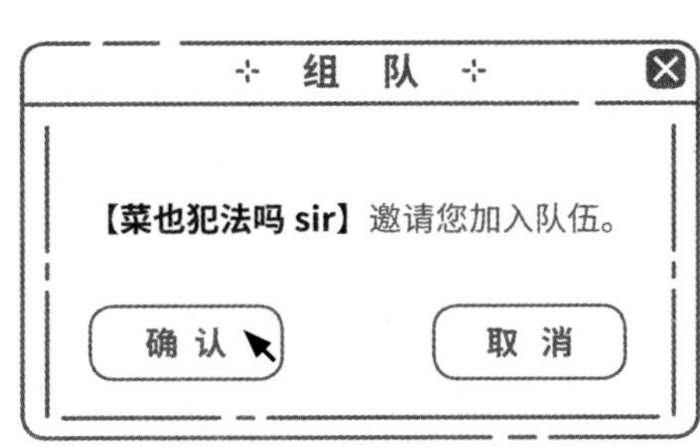
组 队
【菜也犯法吗 sir】邀请您加入队伍。
确 认
取 消

像我喜欢的人 第一章
你在江城？ 第二章
想见她 第三章
？？？ 第四章
？？？ 第五章
？？？ 第六章
？？？ 第七章
？？？ 第八章
……

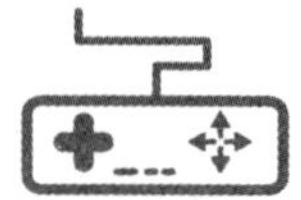

10

圣诞气氛的逼近，意味着卡面事件的压力逼近，岳千灵根本无心去想要怎么过节。

玩家们的网络声讨像一层愁云，笼罩在整个项目组上空，逼得人人都无暇喘息，仿佛预见了整个团队分崩离析的下场。

但正是因为这样，没有人关心岳千灵当初为何离职两天就决定要回来工作，也没有人再提组长在群里传达的老板意见，完美地避开了她预想中的尴尬场面。

这两天，也是岳千灵最美好的工作体验。

她只需要在自己工位上认真画画，没人找她闲聊，没有突如其来的会议邀约，就连组长也不强求大家集体吃午饭了。

只有主美术①不像往常那样下班前才来看看原画师们的进度，现在她没事就往岳千灵这里晃。

十二月二十一日晚上，岳千灵顺利向主美术提交两位男主角的圣诞活动卡面。

然而还没等到主美术把内容提交到主服务器，主策划自己就胳膊夹着笔，急匆匆跑到她们这边来。

他什么开场白都没有，直接在主美术的电脑里打开图片，凝神确

---

① 即首席设计师。游戏等行业多称该职位为“主美术”。

认了几遍后，立刻去安排再次发布卡面预告。

看主策划的态度，应该是没什么问题了，算是卡点赶上了明天的开阁。

组内的人或多或少都松了一口气，但大家都没急着下班，而是在座位上等着看官方微博公布新修改的卡面后玩家的反应，以求最后的心安。

只有岳千灵因为一整天都没吃什么东西，刚刚拿着手机下楼去了便利店。

此刻，唯有组长打开电脑刷着邮件，时不时看看窗外的夜色，眼里有几分慌乱。

坐在这儿的人都希望这次调优能获得玩家的良好反馈，她却没办法流露出这样的期盼，甚至希望玩家们继续破口大骂。

毕竟，玩家对岳千灵重新画的卡面越满意，就越打她的脸。

她宁愿为这次翻车背锅，也不愿承受那样的羞辱。

所以在游戏官博重新发布卡面预告后，她立刻打开手机，紧紧盯着屏幕。

仅仅几分钟，评论区就出现很多个“？”。

见此状，她长长地舒了一口气，感觉压在心里几天的石头总算落了下来。

看样子，玩家们对今天的卡面果然是不满意的，甚至怒气更甚，所以话都不想说了，直接发问号。

事情的走向正合了她的心意。

组长的肩膀终于松弛下来，她把评论截图发到了工作群里。

组长：唉，我就说吧，把千灵叫回来也没有用。

组长：这就不是咱们美术人员的问题，谁知道这些玩家吃错什么药了呢。

组长：还这么麻烦你赶回来一趟，老板这次可能会对你失望喽。

岳千灵并没有及时看见她发在群里的内容，也不知道目前玩家的舆论情况。

此时便利店里人满为患，岳千灵正专心地扫视货架，搜罗自己想吃的东西。

可是那些速食产品实在让人提不起胃口，她选了半天，决定还是回学校去吃自己喜欢的那家店。

慢悠悠地回到公司，就快走进项目组办公区的时候，岳千灵才感觉手机又在连连振动，这才拿出来看。

距离组长在群里发那些话已经过去了十几分钟。

这会儿的接连振动，是因为其他同事也发了截图。

黄婕：事情好像不是你说的那样吧？

图片中，游戏官微评论区的风向已经非常一致。

热赞第一条：早让这个画师画不就好了？你们就是欠骂！之前那个画师不要合作了，那个画风看到一次，我们罢氪一次。

热赞第二条：所以你们前两天是皮痒了单纯想挨骂，才出了那么个玩意儿？？

后面的评论基本都是这样的言论。

很显然，前几分钟玩家们发的问号是在单纯地表达“你们既然有这个水平的卡面，那前几天是在发什么疯”这个意思。

后来有人发表了详细的想法，再配上自己的氪条，就被顶到了最前排。

所以岳千灵滑到上面，看见组长说的话，简直一脸莫名其妙。

但凡有点脑子的人都会知道，氪金大佬们要是真想骂，不会只发一个问号这么简单。

她一边思考着这个组长的脑子到底有什么毛病，一边发了一个简简单单的“？”过去。

然后群里便死一样地寂静，没人再说话。

那个“？”就一直停留在屏幕最下方，像一个巴掌印子，烙在了组长脸上。

几分钟后，有人注意到群里人数少了一个。

黄婕悄悄凑到正在收拾东西准备离开的岳千灵身边，低声说：“尹琴退群了。”

尹琴就是组长。

其实从职位而言，她和岳千灵以及黄婕算是平级的原画师，只是她资历最老，公司为了便于管理才设置了这么一个组长。她平时主要搜集整理一些信息，分担细碎的工作。

以前大家当她是前辈，叫一声“组长”是出于尊重，并不代表真的唯她马首是瞻。所以岳千灵得知她退群了，也没什么感受——本来她就不喜欢加这种群。

“哦，退了也好。”她收好了东西，一抬头便对上尹琴的目光，尹琴难以维持住表情，愤愤地拎着包瞪了她一眼，随即转身离开。

什么毛病。

岳千灵拿起手机，对黄婕说：“那我先回学校了。”

“还早嘛。”黄婕拉住她，说道，“我请客吃晚饭，算是庆祝你回来工作，怎么样？”

岳千灵想了想，笑着说“好”。

她发现只要没有尹琴强行组局，她还是很乐意和这些女孩一起吃饭的。

黄婕又叫了几个同事携伴下楼。

楼下餐厅不多，又正是周边互联网公司下班的点，她们连续找了几家才遇到有座位的店。

这家中西结合的餐厅，装潢年轻化，氛围轻松，大厅里有好几张可以容纳二十人的长桌，是这一带最受上班族欢迎的聚餐点。

现在只剩下靠门的一张桌子还没有人，她们刚坐下，又听见门口的迎宾声响起。

岳千灵背对着门，没回头看，只是低着头玩她的手机。

黄婕坐在她对面，突然挥起了手："易鸿！你们也来这儿吃饭啊？"

"对，我们找了半天都是满座。你们部门聚餐啊？"

"不算聚餐，就几个同事一起吃吃饭。你们呢？"

"我们也是。"

"哎，你们要不过来一起坐吧？"黄婕环顾四周，"也没其他空桌了。"

"呃……"易鸿问了一下同行的人的意见，大家都点头，他便说，"那打扰你们了。"

"都是同事，客气什么。"

岳千灵不知道黄婕口中的"易鸿"是谁，听黄婕的语气，应该是某个她不认识的同事。

听见几人脚步声渐近，岳千灵虽然不认识这些人，但打算礼貌性地打个招呼。

她一抬头，却看见顾寻也在这一群人中。

餐厅氤氲暧昧的灯光下，他垂着眼，穿过几张空凳子，在岳千灵正对面的位置，伸腿将椅子与桌子蹬开一段空隙。

他落座的那一刻，岳千灵的心却高高悬起。

等他坐好了，一抬眼，两人的目光在意料之中相撞。

顾寻抬了抬眉，眼里有几分惊讶，但没到他需要询问一句的程度。他只是点了点头，便扭头去看桌面的菜单。

只有岳千灵兀自沉浸在她私密的窃喜中，嘴角忍不住上扬，只好也低下头去看菜单。

"这是我们项目组的原画师们。"黄婕就坐在顾寻旁边，隔着他跟易鸿介绍，"应该平时有见过吧？"

其实几乎是没见过的，他们第九事业部完全像另外一个公司，易鸿和黄婕还是前几天在便利店吃泡面的时候认识的。

不过易鸿对岳千灵有印象，便含糊点头道："见过见过。"然后指了指和自己同行的人，"这边是我们事业部的开发人员。"

大家都抬起头来互相打招呼，岳千灵发现自己的好几个女同事都盯着顾寻看，心里有点不是滋味，顿时有些坐不住。

可她除了端端地坐在那里，也不能做什么。

好在顾寻一直没抬头，只偶尔和身旁的易鸿说两句话，仿佛没看见对面一排女生似的。

狭窄的桌下空间不足以容纳他的双腿，点好了菜，他便仰靠着椅子，屈起一条腿踩到桌下的横栏上。

既然大家都在看他，"法不责众"，岳千灵也光明正大地抬起了眼。

但顾寻似乎并没注意四周几个女生的目光，他正专注地看着手机，头还微微有点偏，头顶的灯光正好把他侧脸的轮廓勾勒得更深邃。

这个距离和角度，岳千灵能清晰地看见他浓密的睫毛在下眼睑处投下的淡淡阴影。

他像一幅镶嵌在嘈杂背景里的漫画，好看得有些不真实。

不知看了多久，他倏地抬眼。

两人的目光再一次猝不及防地相撞。

顾寻眼神依然平静，而岳千灵带着一丝被抓包的惊慌之色，慌忙移开视线，抓起手机胡乱按键以试图掩盖自己偷看的事实。

在鼓乐喧阗的环境里，岳千灵依然清晰地听见自己的心跳声。

跳什么跳？！

不就是偷看被抓包吗，有什么大不了的？！

争气点！给我停下！

好一会儿，她听见易鸿和顾寻在低声说着什么，才放心地"从洞里钻出来"。

顶风作案再偷瞄一次，见他神色如常，岳千灵终于松了口气。

她惊慌之余，更多的还是开心。

回来工作果然是正确的选择，这才几天，就已经同桌吃饭了。

再过一段时间，说不定就集体看电影去了，到时候她一定要抢到他身边的座位。

思及此，岳千灵的目光在易鸿和黄婕身上徘徊，若有所思。

手机突然振动起来，群里有人说话。

骆驼：终于回家了，来吃鸡不?

小麦：看书呢，等会儿。

骆驼：@ 糯米小麻花 @ 校草你俩呢?

校草：现在没空。

糯米小麻花：我也没空，亲亲同事聚餐啦。

校草：你聚餐就聚餐，啦什么啦?

糯米小麻花：要你管啦!

小麦：就是就是，你管那么多干什么？你又不是人家男朋友。

校草：?

糯米小麻花：?

骆驼：@ 糯米小麻花你不是离职了吗?

糯米小麻花：又新入职啦!

骆驼：哦，新同事是应该多聚餐来着。行吧，那我先整理行李去，一会儿吃鸡喊我。

岳千灵放下手机，不经意抬眼，见顾寻也在看手机，不知在想些什么，盯着屏幕，不太开心的样子。

“新同事”——顾寻盯着这几个字，久久地拧着眉。

而岳千灵目光一转，看了顾寻身旁的易鸿一眼，突然灵光一闪。

背后的迎宾声响起，随着其他客人进来，一阵寒风钻了进来，岳千灵立刻捂着嘴，别开脸，咳了两声。

没几秒，门又被离开的客人打开，岳千灵再次咳嗽了起来。

黄婕原本在跟别人聊天，注意到岳千灵咳嗽，立刻关心地问："你怎么了？感冒了？"

"有点呢。"岳千灵又皱眉咳了两声，"人进人出的，风就对着我吹，有点受不了。"

声音清晰地传进耳朵，顾寻的目光突然凝注片刻，随即抬眼直直地看着岳千灵。

这已经是第二次感觉到她的声音很耳熟，熟到几乎不可能是两个人。

一些细碎的片段在脑子里浮现，几乎恰好都能匹配，比如：正在和同事聚餐、江城、校友、声音相似……

他眯了眯眼，手指不动声色地捏紧了手机。

这边，黄婕看着岳千灵，正想说什么，另一边的易鸿已经站了起来。

"要不你坐我这里来吧。"他拉开椅子，朝岳千灵抬了抬下巴，"我穿得多。"

岳千灵连忙摆手："这怎么好意思。"

"都是同事嘛。"易鸿已经朝她走来，"过去吧，我坐哪儿都一样。"

岳千灵嘴里说着不好意思，人却已经飞快地起身，朝他的座位走去。

灯光下，岳千灵用余光注意着顾寻的反应，生怕他拒绝自己坐到他身边。

他却没有说话，反而直勾勾地看着她的脸，即便两人目光对上，他也没有一丝要收回视线的意思。

岳千灵很不争气地脸红了。

好在餐厅灯光昏暗，堪堪藏住了她的马脚。

顾寻终于移开了目光。

此时背景音乐恰好切换到缱绻、浪漫的小提琴独奏曲。

但旁边的人是顾寻，岳千灵压根儿不会因为这样的一个对视就妄想他一眼看上自己。

难道……

岳千灵脑海里飞速闪过无数个想法。

他发现我换座位的真实目的了？

不可能呀，我刚刚装得挺像的。

难道其他地方露马脚了？

怀揣着各种疑虑，岳千灵战战兢兢地在顾寻身旁坐下，故作矜持地没有看他，余光却注意着顾寻的一举一动。

有限的视角让她没办法清晰地看见顾寻在做什么，只知道他垂眼看着面前的手机，手指轻叩桌面，似乎在沉思什么问题。

点的菜终于开始陆陆续续地被端上来，四周的同事已经聊开了。

黄婕向来会照顾人，发现岳千灵没点喝的，立刻问："你要不要喝点酒呀？"

她的手越过顾寻，递来一杯酒："你这几天也蛮累的，喝点酒放松一下？"

岳千灵瞟了一眼对面几个女生面前摆的果汁，连忙摆手道："我不喝酒的。"

黄婕："那换米酒吧，米酒没什么度数。"

"不用不用。"岳千灵还是摇头，"我酒精过敏的，滴酒都不能沾。"

黄婕总觉得哪里不对。难道去年一起喝酒的不是岳千灵？她记错了？

"那行吧，你喝果汁吧。"

黄婕终于坐了回去。

岳千灵松了口气，偷偷瞥一眼顾寻，想看看他的反应。

不料他突然侧过身来，看着岳千灵，问道："那你打游戏吗？"

"打啊。"岳千灵保持着笑容，"游戏公司的人怎么会不打游戏呢。"

顾寻的眸色又深了些。

“打什么游戏？”

“市面上的游戏都会玩一玩的。”

这倒是实话，提起游戏，岳千灵如数家珍：“像育碧啊，暴雪啊，柯乐美这些公司出的游戏，基本都会玩一玩。”

但顾寻并没有露出岳千灵预想中的欣赏表情，他坐直了些，姿势看起来少了几分懒散。

“那……”他盯着她，问道，“手游呢？”

“手游？”

岳千灵脑海里飞速闪过前几天陈茵嘴里说的那句“他们第九事业部的人很看不起手游的”。

于是，她一字一句道：“我从来不玩手游，太没技术含量了吧。”

11

说完这句话后，岳千灵就眼睁睁看着顾寻眼里某种复杂的情绪陡然散去。

他莫名其妙地勾着嘴角，扯出一个大概能算是笑的弧度，随即又恢复了刚刚那爱搭不理的样子，靠回他的椅子，双眼一垂，仿佛自动屏蔽了身旁的人。

和刚刚紧紧盯着她的模样简直判若两人。

怎么，他们第九事业部那些贼牛的数据天才不是看不起手游吗？

那顾寻为什么不说话了？

在那之后很长一段时间，岳千灵都想不通自己那句话错在哪儿了。

她脑海里不断重复演绎着刚刚的情景、对话，思维发散得如同枝繁叶茂的大树，同时还要时刻保持矜持的状态，背挺直，腿放好。

真累。

她好几次想戳一戳旁边的顾寻，让他继续游戏这个话题，她能说个三天三夜。

可惜旁边的人时不时看两眼手机，再没把注意力放在岳千灵身上。

这饭吃得食不知味，岳千灵百无聊赖，连视线都不知道该往哪儿放。

手机突然振动了几下，岳千灵拿起来看，是小麦在群里叫了她。

小麦：@ 糯米小麻花你最近跟你男神什么进度了？

岳千灵偷偷瞄了一眼旁边的人，抿着笑打字。

糯米小麻花：正在一起聚餐呢。

小麦：原来你新入职后跟男神成同事了！怪不得你今晚这么高兴。

糯米小麻花：嘻嘻，你问这个干什么？

小麦：没事，关心关心你，祝你早日成功。

糯米小麻花：承你吉言！

回完小麦的消息后，岳千灵最喜欢吃的杧果糯米饭终于被端了上来。

她一整天没怎么吃饭，这会儿饥肠辘辘，舌头上每个味蕾都在沸腾。

可顾寻坐在旁边，她总不好做出一副饿狼扑食的样子吧？

于是，意思意思吃了几口后，岳千灵放下了筷子，纤长的手指把白色瓷碗推到一边。

这一幕正好被站起来夹菜的黄婕看见，她筷子僵在半空，问道："千灵，你不吃了？"

岳千灵拿着纸巾擦了擦嘴，笑着说："我吃好了。"

黄婕愣了几秒，恍惚间以为自己听错了："不是，你今天不是没怎么吃饭吗？你不饿啊？刚刚主策划一点头，你不是就冲下去找吃的了吗？"

岳千灵暗暗咬了咬牙，恨不得用一捆胶带把黄婕的嘴封上。

“我没什么胃口。”她攥紧了手里的卫生纸，笑容半僵，“可能是太累了，你不用管我，我没关系的。”

“这样啊，这几天真是辛苦你了，你多少再吃点呀。”

黄婕一脸心疼地坐下了。

而岳千灵微微侧头，发现自己的这番表演好像是独角戏。

顾寻原本在低着头吃饭，根本没在意身旁的女生说了什么，直到桌上的手机接连响了好几声。他看见小麦在群里说的那句话，目光倏然停在屏幕上。

果然。

怪不得今晚这么开心，平时动不动就要跟人对狙的人居然嘻嘻哈哈的。

至于吗？

他嗤笑了一声，拿手机买了单，随即拎着没喝完的可乐站了起来。

“你们慢慢吃，我先回学校了。”说完，他推开椅子，朝大门走去。

这一切发生得太快，许多人都没反应过来，岳千灵下意识转头去看他的背影，直到那扇门关上，她也突然站了起来。

“要到学校宵禁时间了，我先回去了。”

她没有顾及一群同事的目光，拿着包便大步追了出去。

深夜的冷风在半空中肆意狂吹，扬起地上的灰尘与落叶。

岳千灵忘了戴围巾出来，刺骨的风里带着霜，直让人睁不开眼睛。

她四处张望了许久，才看见顾寻的背影。

才这么一会儿，他居然都走那么远了。

岳千灵拔腿要追上去，手机突然响起语音来电铃声，她只好一边走一边拿出手机。

屏幕显示：校草邀请你进行语音通话。

岳千灵这个时候哪儿有心情跟他闲聊，立刻掐了这通电话。

抬起头来，她发现顾寻走得更快了。

路灯将他的影子拉得很长，岳千灵要一路小跑才追得上，跟着他进了停车场。

在岳千灵正打算开口叫他时，见他随手将易拉罐丢进垃圾桶里，砸出“哐当”一声重响，在幽静的停车场里回荡了一遍又一遍。

岳千灵莫名吓了一跳，脚步也慢了下来。

怎么感觉他心情很不好的样子？

这一犹豫，岳千灵便不太想去打扰此刻的顾寻。她默不作声地停下脚步，又看了一眼他的背影，这才转身。

然而她脚还没迈出去，却听见了他的声音从背后传来：“你跟着我干什么？”

岳千灵懊恼地攥紧了拳。

原来他一直都知道自己跟着出来了。

早知道就早点打招呼了，现在搞得她像个跟踪狂似的。

“那个……挺晚了。”岳千灵一点点转过身来，扯出一个笑，“我想说能不能跟你一起回学校来着。”

顾寻背着光，半隐在阴影里，岳千灵看不清他的表情，但清晰地感觉到他在看自己。

四周寂静无声，更容易放大人的感官。

在顾寻没有说话的这一两秒里，岳千灵莫名地感觉到，顾寻好像知道她的小心思了。

一旦有了这个想法，岳千灵的脸就止不住地烧了起来。

还好停车场的光线不太亮，既藏住了她的脸红，也减轻了几分慌乱。

没等顾寻回答，她立刻后退了一步，故作轻松地笑着说：“没事，你不方便的话，我坐地铁回去也可以。”

顾寻现在心情挺烦的，岳千灵这么说了，正合他意，连拒绝的理由都不用想了。

不过岳千灵转身的刹那，顾寻拿出手机看了一眼时间，已经十点十五分了，还有什么地铁。

“你急什么？”他不急不缓地叫住了岳千灵，并打开了车门，“我什么时候说不方便了。”

岳千灵在原地愣了两秒，反应过来后，立刻小跑雀跃起来。

两步后，她见顾寻在驾驶座上朝这边别了别头，便条件反射地刹住了脚步，改为稳重的迈步姿态。

上车后，顾寻接了个电话，岳千灵便安安静静地坐着，绞尽脑汁地想着要怎么找话题。

可惜他这通电话并不长，岳千灵还没想到要说什么，他便放下了手机。

车里又陷入尴尬的沉默。

片刻后，岳千灵终于想到一个既礼貌又不生硬的切入点。

她开口问：“顾阿姨最近好吗？”

顾寻：“挺好。”

岳千灵：“那恭喜啊。”

我说了啥？

救命。

救命啊！

岳千灵拳头倏地攥紧，天灵盖一阵发麻，目不斜视地看着前方挡风玻璃，并不敢去看顾寻的表情。

要不换个话题吧。

岳千灵强行让自己忘掉刚刚的对话，讪讪地开口：“你们部门工作忙吗？”

顾寻本来想用一个“忙”字应付过去，可惜他现在连敷衍的心情都没有。

“其实，”顾寻直直地看着前方十字路口的红绿灯，脸上没什么表情，“如果不知道说什么，可以不说话的。”

“……噢。”

岳千灵平静地闭上了嘴，平静地拿出手机，平静地给印雪发消息。

糯米小麻花：啊啊啊，顾寻送我回来！

糯米小麻花：但是我太紧张了，把天聊死了！

糯米小麻花：怎么办？

印雪：你们说了啥？

岳千灵原原本本地把那少得可怜的对话复述给印雪。

几秒后，印雪发了一长串省略号过来。

印雪：不是你把天聊死了。

糯米小麻花：？

印雪：是他不想跟你聊。

糯米小麻花：。

印雪仿佛从这个句号里看出姐妹的难过，终是于心不忍，琢磨着安慰两句。

她刚打出“不过”，又有新消息跳出来。

糯米小麻花：唉。

糯米小麻花：嘿嘿。

糯米小麻花发了一个“可爱”和一个“害羞”的表情。

印雪：……

印雪：你伤心疯了？

糯米小麻花：没有。

印雪：？

糯米小麻花：就……我刚刚偷偷看了一眼。

印雪：？

糯米小麻花：顾寻侧脸好帅啊。

印雪：……

糯米小麻花：嘿嘿。

印雪：滚……

虽然这一路确实再无话说，但顾寻带她一起回学校，岳千灵已经很满足了。

窗外的风景飞速后退，岳千灵时不时偷瞄一下顾寻的侧脸，明显感觉他的心情不好。

所以，他只是单纯地不想说话，不是不想跟我说话。

嗯，就是这样。

思及此，岳千灵拨云见“月”，那股淡淡的郁闷瞬间消散，苦中作乐只剩下“乐”，近三十分钟的路程竟然眨眼间便到了终点。

下车的时候，路灯的光柱正好罩在岳千灵头上，将她的双眼映得像星星一样亮。

四周安静到了极点，偶尔有鸣笛声从远处飘来，又转瞬即逝，只有岳千灵的心跳声持续不断地被放大。

应该不会被听到吧？

她偷偷看了一眼。

荧然灯光下，顾寻看见岳千灵用那样的眼神看着她，总觉得她有什么话要说。

果然——

岳千灵借着夜色深沉，鼓足了勇气，开口道：“你……圣诞节准备怎么过啊？”

这一路上，顾寻都被一股莫名的躁意围绕着，说不清道不明。听到“圣诞节”三个字，顾寻压抑了一整个晚上的躁意瞬间被点燃。

他用力关上车门，在那道砰响中，岳千灵听见他说：“一个西方节日有什么可过的？”

12

晚上十一点十五分，距离宿舍宵禁时间已经过去了十五分钟。

印雪正要给岳千灵打电话，便听见门锁有轻微的响动。几秒后，岳千灵带着外面的冷气一同钻了进来。

“你居然回来了？”印雪坐在床上，啧啧叹气，“我还以为你今晚不回来了呢，真没出息。”

岳千灵刚刚在楼下和宿管阿姨求了好一会儿情，费了太多唇舌，没什么精力再和印雪斗嘴。她脱了外套，有气无力地“嗯”了一声，拿着换洗衣服准备去洗澡。

“所以今天怎么样？”印雪探出个脑袋，好奇地问，“过圣诞节，他怎么说？”

岳千灵之所以会在下车的时候那样问顾寻，就是因为印雪给她出了这么个主意。

不提还好，一提起来，岳千灵顿时忘了自己要去洗澡这回事。

“你猜他说什么？他说，西方节日有什么可过的？我这辈子没这么无语过！”

岳千灵喘了口气，继续说：“大学都读了四年了，哪吒都能抓周了，他为什么还这么不解风情？！”

岳千灵这辈子也没这么心情复杂过。

印雪不知道要不要告诉岳千灵：人家不是不解风情，人家只是不想解你的风情。

“没事……”印雪缓缓躺回去，望着天花板，面无表情地说，“臭男人就是这样，你不要跟他们一般见识。”

岳千灵闷闷不乐地在书桌前坐了一会儿，自我调节了一番心情后，才想起自己不久前挂了林寻的语音电话。

她慢吞吞地打了几个字过去。

糯米小麻花：刚才找我什么事？

过了好几分钟。

校草：我有事才能找你？

糯米小麻花：唉。

糯米小麻花：我刚刚有点事嘛。

校草：嗯，用脚指头都能想到你干什么去了。

校草：没关系，我一个人也挺好的。

糯米小麻花：你别乱想，我刚刚是赶路，有点着急。

糯米小麻花：又不是故意要挂你电话的。

片刻后。

校草：行。

看见他的回复，岳千灵下意识地松了口气。

骤一回神，她心里却浮上一层微妙的感觉。

我为什么要跟他解释？

为什么要哄他？

但因为太累，岳千灵没有再纠结这个问题，迅速洗了澡便倒头睡去。

圣诞节这天正好是周末，学校里格外热闹。

班里好几个男生约岳千灵出去玩，但她没什么心情，只想留在宿舍里做毕业设计。

印雪倒是和高中同学玩去了，岳千灵一个人待着，偶尔听见其他宿舍的女生兴高采烈地经过，可那个兴奋感并不能感染到她。

甚至她偶尔还会觉得顾寻说得对。西方节日有什么可过的？不懂那些人为什么这么快乐。

圣诞节就这么平平无奇地过了。

由于顾寻的态度，岳千灵也没想过元旦能约到他，况且临近寒假，学业和工作的事情都挤压到了一起，她也没心思再想别的。

毕竟跨年夜当天，全公司都还在加班。

就连平时的例会也挪到了晚上六七点，可所有人都盼着放假，各个心不在焉地东摸摸西抠抠，魂儿早就不在了。

领导们也没了细讲的心思，大致总结了工作后，提到了本次圣诞节活动的成果。

具体的成绩，运营人员那边已经开过会了，主策划也只是顺便提了一嘴。

只是当他一说这个，尹琴的肩膀陡然僵硬，目光闪烁地盯着桌面。

还好主策划也没说什么，话题又转到了其他地方。

尹琴松了口气，又怕岳千灵趁机邀功，于是悄悄看了她一眼，见她静静地盯着电脑桌面，不知道在想些什么。

尹琴总算放下心来，但那股淡淡的煎熬感依然裹挟着她，让她无法做到真的平静。

自从圣诞活动开阁以来，她连游戏官方微博都不敢看一眼。那些玩家的每一条评论都像鞭子一样在她身上抽来抽去，鞭笞得人吃不好睡不好。

原本她可以不经历这些的。

当初进这个项目，她就是看中了这个游戏没什么情怀，费不了什么脑细胞，运气好的话还能赚不少钱。

平时摸摸鱼，工作能敷衍就敷衍，费那么多力气干吗，让自己过得轻松一些不好吗？

谁知道半路杀出个岳千灵。

还没毕业的实习生看不懂局势，精力又旺盛，每次主美术安排的任务她总是按时完成，偏偏还有那么点天赋，产出几乎都是一次通过。

她自己要表现就罢了，可是主美术私底下没少拿她跟尹琴做比较，搞得尹琴的压力与日俱增，对她怎么喜欢得起来。

比如这会儿，眼看着例会都结束了，离开会议室时，尹琴又听到主策划跟主美术嘀咕，说他不会用人，瞎安排任务，差点儿捅出娄子。主美术也委屈，说这是尹琴主动请缨的，在一个项目做了这么久，谁知道她会用力过猛。

两人说是嘀咕，但声音其实也不算很小。

尹琴看了一眼岳千灵的背影，不知道她听见了多少。

其实岳千灵一个字都没听见。

刚刚开会的时候印雪一直在给她发消息，问她什么时候下班，两人约好了一起去市中心跨年。

会议一结束，岳千灵哪儿有心思听领导们在嘀咕什么，她连忙回去收拾自己的东西，急着去跨年。

今天加班的人多，电梯里人满为患，岳千灵她们小组的三四个人踩在电梯超重的边缘挤了进去。

门一关上，旁边一个运营组的人突然对岳千灵说："你没几个月就要毕业了，会留在公司吧？"

岳千灵踌躇片刻，说道："我不太确定。"

实习这种事情，又不是她想留就一定能留下来的，谁知道中间会出什么岔子。

那人以为岳千灵在摇摆，便说道："犹豫啥呢，老板喜欢你，以后肯定有好发展的，总比去其他公司从头做起好吧。"

尹琴本来就看不惯岳千灵，这会儿听到别人还在劝岳千灵毕业后留下来，她心里烦躁，却笑着说："你不知道具体情况，反正我觉得千灵犹豫一下还是正确的，毕竟上司如果对你心存芥蒂的话，以后的路还是不好走。"

岳千灵只是平静地看了她一眼，没接话。

"嗯？"那个运营前段时间请了几天病假，并不知道公司里那点八卦，“什么芥蒂啊？”

岳千灵不想别人在公共场合讨论自己的事情，正想说什么，身旁的黄婕突然扯了扯她的袖子，咳了两声。

她疑惑地回头，瞥向电梯一角，于是闭上了嘴。

但是旁边几个人没有注意到黄婕的动作，接着这个话题便聊了下去。

“就是千灵之前不是离职了嘛，又说要回来，老板特生气。”项目组里一个男生说到一半，想不起原话了，扭头问尹琴，“当时老板怎么说的来着？”

具体怎么说的？

尹琴稍微卡壳了一下。

因为那天她就听见老板说了句“不吃回头草”，随后就让陈茵把岳千灵拒绝了。至于她在微信群里发的那些话，都是她自己添油加醋的。

不过她记忆力还算好，没几秒就回忆了起来，把自己编的那些话原原本本地复述了一遍。

只是她没注意到，自己在说这些话的时候，电梯里的氛围正在悄然发生变化，原本嘈杂的环境莫名安静了下来。

等她说完最后一个字，整个电梯已经彻底陷入诡异的沉默。

落针可闻的安静。

尹琴刚刚察觉到不对劲，回头到一半，就听见一道颇有威严的声音从人群中传来：“我什么时候说过这话？”

这句话如一块重石，“哐当”一声，砸穿了电梯里的沉默。

尹琴脸色倏地一变，僵着脖子再往后转了那么一点，就看见了站在电梯角落里的老板。

她们老板个子不高，打扮朴素、低调，往人堆里一站，确实不太显眼。

所以尹琴做梦也没想到，老板竟然就在这趟电梯里。

偏偏电梯里其他人这个时候都跟聋哑人似的，一点声响都不出，将她的尴尬与无措放大了数十倍。

她半张着嘴，脑子里一片糨糊，双颊青一阵红一阵，半晌没吐出一个字，电梯便停了下来。

门一开，站在前面的人没走，后面的老板也没动。她只是将抱着的手臂抬起来，指了指尹琴："你，来我办公室一趟，我们聊聊。"

一出写字楼，黄婕便笑弯了腰。

不是夸张，她真扶着无障碍通道的把手，捂着肚子，笑得眼角挤出了几滴泪，也直不起腰。

"这是什么戏剧化场面，我服了，这辈子没笑成过这样。"她用纸巾擦了擦眼角，感觉脸笑僵了，又揉了两下苹果肌，"你等会儿，我再笑笑。"

作为本次事件的主人公，岳千灵其实没那么想笑，甚至还有点无语。

她看了眼手机，印雪还在催她，于是说道："我得走了，我同学还在等我。"

黄婕笑着朝她挥挥手，岳千灵便转身朝地铁站走去。

今天风特别大，路边绿化带的梧桐叶簌簌飘落，若不是四处张灯结彩、披红戴绿，还真有点压不住这冬日的萧瑟气息。

岳千灵今天忘了戴围巾，受不住冷风一阵阵地往脖子里灌，于是她戴上了外套的帽子。

帽子上有一圈白色绒毛，厚厚一圈，将她的脸裹住了一大半，便衬得她双眼格外大。

手机上，印雪不停地发消息催，岳千灵便小跑了两步，蹦蹦跳跳地下了台阶。

站稳后，她一抬头，便看见不远处，顾寻和一个微胖的男人迎面朝她走来。

岳千灵当即便站在了原地，踌躇着要不要上前打个招呼。

就在她犹豫的这一两秒，顾寻已经从她的前方走到了后方，好像根本就没有看见她。倒是他旁边的微胖男人侧头看了岳千灵两眼。

前后交错开几步后，那个微胖男人说话了。

“美女啊。”他扯了扯顾寻的袖子，笑道，“难怪说江城出美女，我这才刚到呢，就迎面撞上一个。”

顾寻都懒得回头看一眼他嘴里的“美女”。

“郭洛。”他抬起手臂，把骆驼的脑袋掰了回来，凉飕飕地说，“你别忘了你已婚。”

骆驼甚感无趣，啧了一声：“看两眼而已，你嫂子现在天天抱着手机看帅哥，还给人家花钱、投票。”

顾寻没接话，带着他回公司拿上自己的东西后便去了地下停车场。

骆驼一个多小时前刚刚落地江城，自个儿坐地铁来找顾寻。他最近工作忙，元旦也不得闲，也就今晚能一起吃个饭。

两人也不讲究，没打算去人山人海的市中心，在网上找了个评价不错的餐厅便订了位子。

这家店不仅装潢精致，氛围有格调，上菜速度也特别快。刚下单没多久，几道开胃小菜便已经摆了上来。

骆驼夹了两口菜，闲聊道：“今年过年早，你什么时候回家？”

“不回。”顾寻给自己倒了一杯凉水，并没有动筷子，“回去跟我妈也是吵，不如让她过个舒心年吧。”

本来骆驼想说他两句：天下父母心，哪儿有不见面就过得了舒心年的？

但想想顾寻家里的情况，他也不便再多嘴。

即便他今年快三十岁了，若是置换到顾寻的位置，他大概也会做出同样的选择。

“那你去看看林叔叔吗？”话音刚落，骆驼自个儿又挠了挠后脑勺，垂眼盯着桌上的餐盘，“算了，你还是别去看了，他最近过得挺好的，还是老样子。”

“挺好的”和“老样子”放在同一句话里，便莫名显得讽刺，饭桌上的气氛瞬间比刚才沉重了几分。

骆驼不喜欢这种沉默，便岔开了话题：“对了，你跟小麻花怎么样了？”

顾寻倏然抬头，明晃晃的灯光下，他眼里的情绪陡然变化，眸光也比刚才亮了几分。

“我跟她能怎么样？”

岳千灵一下地铁，便后悔和印雪约在市中心了。

步行街上人满为患，商店里摩肩接踵，光是看一眼就让人头疼。

两人对着人山人海沉默了半晌，决定找个餐厅吃了饭就早早回学校。

但是这时候的餐厅也都要排队，奶茶喝了一大半，排号才前进七八位。

印雪在一旁看起了电视剧；岳千灵等得无聊，甚至想打几把游戏。

正巧，她刚刚拿出手机，四人游戏群里就有新消息进来。

小麦：@骆驼 @校草，你俩碰头没？吃什么了？

岳千灵盯着这两句话看了两秒，才反应过来：骆驼和林寻应该是在一起跨年。

前几天骆驼在游戏里好像提到过，不过岳千灵没在意，这会儿才回想起来。

既然这样，看来今天是没机会吃鸡了。

她正打算放下手机，骆驼突然往群里发了一张照片。

他应该是在回答小麦的问题，拍的是餐桌上的几道菜。

但这张构图随意的照片里，出现了一只手。

几乎是出于下意识，岳千灵就认定了那是林寻的手——

骨节分明，匀称修长，多一分便粗糙，少一分便纤弱，好看得像游戏里 3D 建模出来的手。

都说手是人的第二张脸，手好看成这样，就不得不让人去遐想这双手的主人是什么模样。

岳千灵也不例外。

喧闹的商场里，她盯着这张照片，脑海里不由自主地开始描绘林寻的模样。

几秒后，她得出一个结论：搞不好还真是一个校草。

另一边，骆驼和顾寻的话题并没有因为小麦的打岔结束。

他给小麦发了照片后，继续说道："什么你跟她怎么样？当然是这样这样、那样那样。"

"……"

顾寻一言难尽地看了骆驼一眼，把一碟糖醋排骨推到他面前："吃饭，行吗？"

"你少来。"骆驼不接顾寻的话茬，甚至连筷子都放了下来，笑嘻嘻地盯着他看，"话说，你知道她是哪儿的人吗？听口音，应该也是南方人吧？说不定还挺近的。"

顾寻低头吃了两口菜，没回答骆驼的话。

咀嚼吞咽后，他才抬眼，看着骆驼，不紧不慢地说："江城人。"

"江城？就我现在所在的这个江城？"

骆驼愣了好一会儿，看见顾寻肯定的眼神后，突然猛地拍了一下桌子："这你不约她见个面？"

顾寻有点烦了，不耐烦地皱了眉，语气开始有些冲："我为什么要约她见面？"

但骆驼根本不在乎他这点小情绪。

"因为你喜欢她啊。"

"……"

顾寻手里的筷子不动了，片刻后，他紧紧凝视着骆驼，语气却有些散漫："你哪只眼睛看见我喜欢她了？"

骆驼伸出两根指头，往眼前比画两下："我两只眼睛都看见了。"

顾寻懒得跟他继续说，端起杯子喝水。

"别跟我装，咱俩从小一块儿长大，我能不了解你？我从来就没见你对哪个女生这么上心过。要不是因为她，你能成天在那儿玩你最嫌弃的手游？"骆驼眯眼笑着，"喜欢还不敢承认，你㞞不㞞？"

说完，不等顾寻回答，他脸色突然变了变，伸手拍了拍自己的下巴。

"哦对，人家有个暗恋的人。"

顾寻放下杯子，嘴里凉水下肚，喉结滚动了两下。他瞥眼看着旁处，眸子里没有明显的焦点，眉间皱着，明显带了些不爽。

"暗恋算个屁。"

这语气……

骆驼彻底笑开了："我看你这就挺像暗恋的。"

顾寻扯了扯嘴角，意味不明。

不管顾寻承不承认，都不会改变骆驼的看法。

小时候，林家总是三天一小吵，五天一大吵，顾寻从小就练就了一身冷漠的本事，任凭父母吵翻了天，摔锅砸碗，他都能在房间里泰然自若地打游戏。

更多的时候，父母不是在吵架，话语里却总是夹枪带棒，你一言我一语，明里讽刺，暗里挖苦，外人听了都难受，更何况总是夹在中间的顾寻。所以他在骆驼和小麦家里待的时间比在自己家还长，如果没什么特别的事，他几乎都是在小麦家里过夜。

相对而言，骆驼认为自己算是非常了解顾寻这个人的。

顾寻对人一直没什么耐心，也不喜欢和那些说话三层意思的人相处，不论是男是女。

他朋友也不算多，从小到大确实总有女生前赴后继地拥上来，但很快又像潮水一样退去。

但小麻花这个女孩有点特别。

她心思好像特别简单，打游戏的时候总是第一个冲在前面去刚枪，打赢了沾沾自喜，打输了骂骂咧咧地要再来一把，不拿 MVP 就不想睡觉。

重点是，声音还特好听。

一开始骆驼只是觉得这个女孩有点好玩，他和小麦都喜欢跟她打游戏，顾寻对这种事情大概是无所谓的。

但是这几天他回头一琢磨，发现自己忽略了很多细节。真要细数起来，大概几个小时都罗列不完。

“这年头，网恋多正常啊。”骆驼想了想，笑道，“我说，要不咱把小麻花叫出来吃个饭？这都在一个城市了，多好的机会啊。”

他说完这话便盯着顾寻看。

谁知道，顾寻不但没反驳，还点了点头，拿出了手机。

“可以，不过我得先告诉嫂子一声，你来江城约女网友见面。”

骆驼：“……你有病！”

就在这时，骆驼的手机突然振动了两下，他以为顾寻真告状去了，忙不迭拿起手机。

哦，又是小麦。

小麦：你们吃得怎么样了？

小麦：晚上打游戏不？

骆驼和顾寻两个大男人本来也没打算去干点什么，吃了饭，各回各家，当然是打打游戏。

骆驼：我俩可以。你问问小麻花呢？

他打完这句，贱兮兮地瞥了顾寻一眼，又敲字。

骆驼：这良辰美景，万一人家有约会呢？

小麦：@ 糯米小麻花你呢？有空打游戏吗？

对面没立刻回消息。

几分钟后。

糯米小麻花：你说呢？

糯米小麻花发了一张照片。

骆驼和顾寻同时打开了这张照片。

她举着一杯奶茶，面向排着长龙的餐厅拍的这张照片，意思很明确：在外面玩，没空。

但顾寻的注意力却落在举着奶茶的那只手上。

五指纤纤，葱白无瑕，指甲修得干干净净，没有花里胡哨的美甲。就连露出的一小截手腕也像玉石一般，在商场的灯光下透着莹莹淡光。

仅仅是一只好看的手，却莫名地牵动了顾寻的某根神经。

遥遥相隔在网络另一端的人好像有了具象，是一个生动的、具体的，和他生活在一个城市的人。

他盯着这张照片，脸上不显山露水，但无数根神经都在疯狂颤动，刺激出一股强烈的冲动——

想要见她的冲动。

13

商场的人流并没有因为夜色渐浓而消退，扶梯上人头攒动，餐厅外的长龙已经排到了电梯口。

岳千灵喝完了第三杯茶水，无所事事地数了数排队的具体人头，然后走去问餐厅的迎宾服务员大概还要等多久。

得到一个令人绝望的数字后，岳千灵耷拉着眉眼坐了回去。

早知道，还不如在学校里待着，吃什么不是吃。

“要不我们看看其他家？”岳千灵拉了拉印雪的袖子，说道，“这儿还要等四十分钟呢。”

印雪抬起头四处张望一番，皱眉道：“我怕我们去了其他地方也没位置，这边又是过号不等的。”

说得也是。

岳千灵掏出手机，看见小麦十几分钟前的邀约，想了想，低头打字。

糯米小麻花：我在排队，估计还有得等，要不来几把？

小麦没回。

骆驼：你在哪儿啊？

骆驼：排了多少人？要不你来我们这边吃，这边人不多。

岳千灵以为骆驼看错了。

糯米小麻花：是我，不是小麦！

骆驼：我知道啊。

仿佛不认识这几个字一般，岳千灵把这句话看了两遍，才把其中关系捋清楚。

林寻知道她在江城，所以告诉了骆驼。而骆驼这么说，是因为他们也在江城。

那之前——

岳千灵回想起她问林寻是不是也在江城那次，他好像确实没有否认。

如果是真的，这也太巧了。

岳千灵不死心地想再确认一下。

糯米小麻花：你们在江城？

几秒后。

校草：是。

糯米小麻花：？

校草：怎么，你这么惊喜？

……

原来真是这样。

心绪陡然回溯到初雪那一天，一种说不清道不明的情绪莫名地在岳千灵心里蔓延开来。

鬼使神差地，她又打开刚刚那张照片，这次不只是看那只出镜的手，还看了看桌上的菜，观察了一下餐厅的装潢。

以为远在天边的人，竟然近在咫尺，甚至有可能曾经在某个瞬间擦肩而过。

仔细想想，还挺奇妙的。

她许久没有回消息，骆驼又问了一遍。

骆驼：来吗？我们在 CBD 这边。

印雪就坐在岳千灵旁边，她当然不可能去见网友。

而且，她想了想，就算不是今天，没有印雪，她大概也……不会去的吧？

但心里没个肯定的答案。

因为她感觉自己对林寻好像还挺好奇的。

如果再熟一点……

等等，打住。

商场里人声鼎沸，无数个陌生人络绎不绝地经过她跟前。

岳千灵移开紧盯手机屏幕的视线，看向别处。

就算再熟一点，她一个二十岁出头的女生，去和男网友见面，好像还是怪怪的。

如果对方是个女生还好。

“网友见面”这种行为一旦和“异性”牵扯到一起，似乎总归是少了一层纯洁感。

于是，岳千灵很快打消了那一闪而过的念头。

糯米小麻花：算了算了，我跟室友在一起呢。

骆驼：行。

放下手机，骆驼对着顾寻耸了耸肩膀："哦吼，人家不来跟你见面。"

顾寻自从在群里说了那一句话后，就再没看过手机，此刻正低着头吃菜。

听见骆驼的话，他眉心轻微地跳动了一下，咀嚼速度变慢。

片刻后，他才抬起头。

"你这什么语气？"他抬了抬眼皮，漫不经心地说，"怎么，你约不到女网友很失望？"

骆驼并不在意顾寻的态度，自说自话地嘿嘿笑了两声："倒打一耙全国冠军，你称第二，没人敢居第一。"

他又说："不过吧，人家一个小姑娘不出来见网友是应该的，防人之心不可无，谁知道网络背后是人是狗呢？是狗还好，万一是个对人家小姑娘有不轨想法的臭男人，那才危险呢。"

顾寻偏着脑袋睇了他一眼，也不说话，眼神凉飕飕的。

骆驼感觉顾寻已经快被他逗奓毛了，赶紧又说："但是，元旦这种时候她跟室友一起过，你知道这说明什么吗？"

顾寻凉凉地说："说明人家友情在线，暂时不会出现殴打兄弟的情况。"

骆驼撇嘴啧了一声："你戾气咋这么重呢？"

骆驼用指骨敲了敲桌子："说明她跟她那个心上人暂时没什么希望啊！"

餐厅的驻场歌手登台，灯光渐渐暗了下来。

背景墙投下的阴影中，顾寻微不可察地勾了勾唇角。

"你吃不吃？不吃就买单走人。"

“急什么，我难得放假。”骆驼打量了一眼台上的歌手，眯眼跟着哼了两句歌词，又问，“一会儿吃完，我们有什么娱乐活动？”

顾寻说了个清晰的安排：“我回学校，你回酒店。”

“不是吧？”骆驼不满地皱眉，“江城的那个什么公园的跨年烟花不是很出名吗？”

他想到万人齐聚一处，一边倒数着新年的到来，一边看着烟花，露出了憧憬、向往的眼神：“难道你不准备带我去看看吗？”

顾寻抬眼看着他，面无表情。

“郭洛，你是不是觉得自己很浪漫？”

印雪之所以选择这家爆满的餐厅，是因为它距离湖心公园很近。

两人排队花了一个多小时，吃饭只用了不到四十分钟。

但她们走出商场，看着不远处高架桥上堵得水泄不通的车流，顿时觉得等的那一个多小时还是值得的。

两人步行不到二十分钟便到了湖心公园，门口大大小小的摊位张灯结彩，摊贩叫卖着闪闪发亮的头箍和各式各样的仙女棒。

印雪拉着岳千灵挤进人群里，花了半个多小时挑选了一些装饰物，把自己打扮得花里胡哨的。

公园里火树银花、斑驳陆离，让死气沉沉的冬夜变得五彩缤纷。

除了零点的焰火，湖心公园的扮装表演以及歌舞，和其他游乐场所的没什么区别。

印雪找了个光线好的地方，先是拿着手机一顿自拍，又拉着岳千灵摆各种姿势、找各种角度拍了几十张照片。

而后，岳千灵一路闲逛，印雪就顾着低头修图。

好一会儿，她终于挑选出两张最满意的，准备发朋友圈。

发之前，她把手机递给岳千灵看：“我发这两张啊。”

岳千灵随意地瞥了一眼：“随便。”

印雪点了点头，又问："相册里还有好多张呢，你选几张不？"

"你随便发几张给我吧，修没修过无所谓。"

反正她要这些照片，只是为了保存下来留个纪念，没想过发朋友圈。

这几年，因为学业、校园活动，以及实习后的工作接触，岳千灵的微信上加了不少算不上朋友的人。

每次她一发照片，就有好些个她连脸和名字都对不上的男生来私聊她。

尬聊的还好，敷衍两句还能找借口终止对话；遇到那种死缠烂打的，除了拉黑几乎没有其他解决办法。

微信好友与日俱增，次次都单独分组也麻烦，久而久之，岳千灵就没什么发朋友圈的心思了。

一年到头，她也就在节假日会憋出几句祝福语。

印雪发了朋友圈后，把手机放进包里，挽着岳千灵朝湖心走去。

"今年好像还有灯会，去看看吧。"

两人进公园时便已经接近晚上十一点了，再随便闲逛一会儿，跨年烟火便蓄势待发。

岳千灵和印雪没有刻意找路，顺着人潮不知不觉就站到了观赏烟火的地方。

她们两个女生身材娇小，站在人堆里，视线被遮了一大半。

两人在人堆里挤了半天，终于找到一个台阶，一站上去，视线果然宽广得多。

印雪踮起脚，漫无目的地四处扫视，突然看见了什么，猛地拉住岳千灵的手："看！那个是不是顾寻？！"

"顾寻"这个名字就像一个神奇的按钮，岳千灵只要一听见，所有注意力都会集中于此。

她立刻回头，顺着印雪指的方向看过去。

夜色浓稠，灯光炫目。

顾寻穿着黑色外套，站在茫茫人海中。隔着二十来米，虽然他的脸被闪烁的光影照得模糊不清，但他比四周人都高了一个头，清晰利落的面容轮廓矫矫不群，很容易被人一眼捕捉到。

那一瞬间，岳千灵原本普普通通的心绪像火光一样被点燃，眼里映着五光十色的彩灯。

她终于有了兴奋感，不是节日带给她的，是顾寻带给她的。

不过他怎么来这里了？

岳千灵略一思忖，突然有些紧张，不知道他是不是陪哪个女生来的。

否则他一个大男生，怎么会有闲情逸致来这里看跨年烟火？

“该不会是约了女生吧？”

印雪显然和岳千灵是同一个想法。

于是岳千灵踮起脚精准搜索了一番，确定顾寻身旁的女生都不是他的同行人，并且还看见了今天晚上遇见的那个微胖男人后，岳千灵才放下了心。

随着时间逼近零点，观景台的人群越来越拥挤，开始缓缓朝最佳视野的地方挪动。

“要不我们挤过去？”岳千灵拉住印雪的手，跃跃欲试。

印雪看着水泄不通的道路，拍了两下手掌：“来，岳千灵，你给我往前挤，你要是挤得过去，我印雪今天就算冒着进局子的风险也把顾寻绑到你床上去。”

话糙理不糙。

岳千灵收起了冲动，老老实实地站在台阶上。

不过此时她的心情已经不复刚才，隔着人海，只要远远地看顾寻一眼，那种不需要共鸣的开心感就会在心里蔓延开来。

正好这时，公园随处可见的仿真石头音响放起了音乐。

欢快的音乐把节日气氛推向高潮，原本就喧闹的人群渐渐开始沸腾。

在万人倒数声中，岳千灵遥遥地看了一眼顾寻。

视线还没来得及收回，“砰”的一声，新年第一道烟火伴着这声巨响升空，在浩瀚的夜幕中硕然绽放成璀璨星空。

观众的欢呼声在这一刻达到顶峰，气氛还未见一丝松懈，烟火紧跟着接二连三蹿上天空，交织出一片五光十色的绚丽光影。

几乎所有人都拿出了手机来记录这个时刻，但岳千灵看见顾寻只是抱着手臂站在原地，侧头和身旁的同伴笑了一下，便仰着头继续看焰火，侧脸的轮廓在交相辉映的光晕中反倒更明晰。

岳千灵立刻拿出手机，打开相机，对准半空。

在烟火定格到最盛大的那一刻，她按下了拍照键。

照片上半部分是绚烂的烟花，下半部分是密密麻麻的人群。

拍好照后，岳千灵打开朋友圈，发现几乎所有人都在这一分钟内发了新年祝愿。

她勾了勾唇角，将这张照片发了出去，配文四个字——

“新年快乐。”

反正没有人会发现这张照片里，黑压压的人群中有一个顾寻的模糊身影。

而顾寻也不会知道，她悄悄地对他说了一个简单的祝福。

“大海啊，全是水。跨年啊，脚上全是腿。”

烟火秀进行到一半，骆驼已经被踩了不下十次，他终于知道两个大男人跑来看这跨年烟火是个错误的决定。

好在他们的位置并不算靠前，想要退出是一件容易的事情，没几分钟便离开了人堆。

“我还是回酒店打游戏吧。”

顾寻嗤笑一声，问他：“浪漫了吗？”

“喜欢，下次还想要。”

骆驼恬不知耻地咂了咂嘴，摸着脑袋四处张望，找了个厕所。“我去去就来。”

顾寻没去，就在原地等他。

这会儿大部分人都在看焰火，路上反而没什么人。

顾寻靠着游乐设施的栏杆，掏出了手机。

头顶，烟火依然在绽放，巨响一声盖过一声，反而衬得这个地方格外安静。

手机里收到了不少新年祝福，顾寻回了几条亲戚发来的，很快便失去耐心，后面的连看都没看。

他将消息列表往下滑了很久，终于找到了小麻花。

两人的对话还停留在昨天。

顾寻打开消息框，敲了四个字。

但消息发出去的前一秒，他看着她的头像，顿了片刻，然后点进了她的朋友圈。

十分钟前，她更新了一张照片，配文也是那简单的四个字。

顾寻扫了一眼，本打算关上了，天空又响起一阵烟花绽放的巨响。

他突然蹙了蹙眉，再次低头看了一眼那张照片，突然定住了眼神。

这片夜空，这绚丽的烟花，这拍照角度，无一不在说明她也在这个地方。

随着上空的烟火一阵阵绽放，顾寻的情绪像此刻正极速膨胀的空气，无声地爆炸，抓不住清晰的思路，说不清为什么，但那股想要见她的冲动又卷土重来，比几个小时前更汹涌。

他凝神片刻，突然收起手机，掉头朝观景台走去。

可是离开了一小会儿，观景台的人比刚才还多，千万个人挨山塞海，张袂成荫，里面的人退不出来，外面的人挤不进去。

顾寻被困在这人山人海里，进退不得，干脆拿出手机给她拨了个语音电话。

等待接通的那几秒，烟火秀暂告一段落，正在为下一个主题蓄势。

没有烟火的巨响，四周显得安静多了，顾寻心里却涌上一股莫名的躁意，挠得他心痒难耐。

他突然觉得自己有点神经病。

人家都不想出来和他见面，他在这里瞎找个什么劲儿？

要不是印雪提醒，岳千灵根本没注意到自己的手机在振动。

她以为还在加班的主美术有什么事情找她，连忙从包里拿出手机，看到来电显示的时候愣了一下。

他怎么会这个时候拨语音电话过来？

岳千灵愣了片刻，才接通："喂，怎么啦？"

然而电话那头，却没人说话。

因为离燃放烟花的位置很近，爆炸声格外大，四周人声鼎沸到了极点。

岳千灵以为对方听不见自己的声音，又加大了音量："有事吗？我在外面，很吵，没事我就挂了。"

对方还是没有说话。

烟花正进行到最盛大的环节，耳边人声如浪般一波盖过一波，岳千灵心想他多半是手机被挤压导致误拨，这种事情她经常遇到，于是准备挂了。

手机刚离开耳朵一毫米，听筒里终于传来了声音。

他那边的环境似乎也很嘈杂，但岳千灵还是清楚地听见了他说的话。

"没什么事。新年快乐。"

像我喜欢的人 第一章

你在江城? 第二章

想见她 第三章

回来还爱我吗 第四章

? ? ? 第五章

? ? ? 第六章

? ? ? 第七章

? ? ? 第八章

……

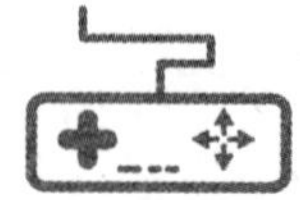

14

本轮烟花秀以一道组合烟花的骤然绽放暂时告一段落，眩光逐渐暗淡，将黑色归还于夜幕，而观众还没从绚丽景象中回过神来，观景台寂静了片刻。

就是那一两秒，四周嘈杂的人声不再，而电话那头的人似乎也没立即反应过来，一声不响。

仿佛全世界都安静了。

突然，下一个主题的首发烟花旋转升空，在夜幕中盛放成一蓬蓬巨大的星状花朵。

巨响震彻天际，炸开了浓稠的夜色，也炸开了一直堵在顾寻心里的东西。他看着天际的烟火，没等电话那头的人说话，勾了勾唇角："挂了。"

顾寻利落地把手机放进外套兜里，一转头，便看见骆驼正朝他小跑过来。

"我上个厕所出来你人就没了？"

骆驼喘着气在他面前，环顾四周，发现他又回到了观景台："我找你找了一大圈，打电话也打不通，结果你又回来了？"

顾寻面不改色地搭着骆驼的肩膀，慢悠悠地往出口走去："等得无聊，随便逛逛。"

骆驼没多想，只觉得确实有点困了，脚步倒比顾寻还快。

两人很快离开了湖心公园。

因为烟火秀还没结束，路上行驶还算通畅。

上了高架桥后，骆驼打开车窗吹了会儿风，拿出手机给老婆打了个电话。

两人在一起十来年，没那么多腻歪的话，简单聊了几句后便挂了，骆驼这才刷起了朋友圈。

十几秒后，他突然猛伸手，把手机搾到顾寻面前："顾寻！你看！"

顾寻瞥了一眼屏幕："怎么？"

"这是不是就是咱们刚才看烟花的地方？"骆驼激动地晃着手机，"小麻花刚刚跟咱们在一个地儿呢！"

顾寻眉心轻微地跳动了一下，嘴角带着似有若无的弧度，漫不经心地"嗯"了一声。

"嗯？你就嗯一声？"

骆驼恨铁不成钢地拍了一下大腿，回头张望，湖心公园已经彻底消失在视线里。

"唉，我早点看朋友圈，你们就不至于这么失之交臂了！哎呀！林寻！可惜啊可惜！"

顾寻没被骆驼的情绪感染到半分。

"有什么可惜的？"他手臂搭在方向盘上，看着前方连成排的路灯光晕，漫不经心地说，"来日方长。"

"也对，是我莽撞了。"骆驼摸了摸后脑勺，说道，"人家现在都没有想见面的欲望。那句话怎么说的来着？"

他花了几秒钟想措辞："嗯，要她想见你的时候，你们的见面才有意义。"

此刻车正好停在十字路口，顾寻放在中控台的手机振动了一下，进来一条新的微信消息。

糯米小麻花：你玩真心话大冒险输了？

顾寻盯着这行字看了半晌，脑海里莫名浮现出一个古灵精怪的女孩一脸蒙地看着手机的模样。

他嘴角的弧度又大了些，偏着头，迅速敲了几个字。

菜也犯法吗 sir：你就当作是吧。

什么叫“你就当作是吧”？

岳千灵看见这条回复，更蒙了。

这人大晚上给她打个电话过来，什么也不说，沉默半天后跟她说了句“新年快乐”，怎么也不像正常行为。

她还想继续追问，但这个时候整个观景台的人都在退场，拥挤不堪，一不小心就会发生踩踏事件，岳千灵只好把手机放进包里，专心致志地走路。

她们花了半个小时才走出湖心公园，道路上的车堵得水泄不通，鸣笛声此起彼伏，尖锐刺耳。

幸好两人原本也没打算回学校，提前订了附近的酒店，没有在路上花太多时间。

洗完澡，岳千灵躺在床上，还记挂着林寻给她打电话那事。

总觉得有什么地方不对劲。

从青春期开始，岳千灵其实遇见过不少这样的事。

每逢节日，总是有学校里的男同学给她发消息或者打电话。她年龄小的时候懵懵懂懂；长大了点，她也知道了是什么意思。

正因为如此，她今晚才百思不得其解。

总不会……林寻也是跟那些男生一个意思吧？

“印雪，”她翻了个身，摇了摇印雪的肩膀，“问你个事。”

印雪困到不行，迷迷糊糊地“嗯”了一声。

“如果你的一个网友，就是打游戏认识的那种……”她踌躇片刻，才又接着说，“大晚上给你打电话祝你新年快乐，他什么意思啊？”

印雪扭头，半睁着眼睛看向岳千灵，有气无力地说：“唔……打游戏认识的……那你们见过面吗？”

岳千灵：“没有。”

印雪深吸了一口气，闭上了眼睛：“岳、千、灵！”

岳千灵：“嗯？”

印雪：“你该不会以为一个没见过面的网友都会拜倒在你的石榴裙下吧？！”

岳千灵沉默着，觉得好像也不是完全没可能。

半晌没听到岳千灵回话，印雪侧眼看着她：“你也不看看自己打游戏的时候是什么德行。别的女生会撒娇会卖萌，当然会吸引男生，但是你呢？”

她抬起手臂，做关公状，开始模仿岳千灵打游戏时说话的语气。

“来人哪！把我的大狙抬上来！

“狗东西，我今天就是死，也要带走你们队唯一的妹子，破坏你们游戏体验！嘻嘻！

“什么？两枪还没打爆你的二级头？看我反手点一个举报！

“狗东西！我一拳给你干回快乐老家！”

酒店里寂静无声。

岳千灵翻身盖上被子。

“晚安。”

岳千灵一觉睡到了第二天上午十点。

酒店的遮光窗帘将亮光完全隔绝在外，房间里只开了一盏昏黄的床头灯，偶尔有鸣笛声传来，伴随着印雪绵长的呼吸声。

岳千灵翻身背对着印雪，拿出手机。

很巧，几分钟前骆驼和小麦已经在群里聊起来了。

骆驼：你们江城这边什么早餐比较好吃?

小麦：?

小麦：你跟林寻没在一起?

骆驼：废话，我们昨晚就分道扬镳了，我在酒店。

小麦：那你们今天准备怎么过？

骆驼：不准备一起过，我下午要去代工厂看一下，晚上就回去了。

骆驼：唉，头发挺长了，得拾掇拾掇再去见人。

骆驼：你们江城哪里头发剪得好？

此时顾寻刚刚和蒋俊楠打完篮球，两人正往宿舍走。

他拿出手机看到骆驼问的话，正要打字，对话框里突然又弹出一条消息。

糯米小麻花：寺庙。

骆驼：……

小麦：哈哈哈！

顾寻看到这里也低着头，轻笑了一声。

蒋俊楠瞥了他一眼："你笑什么？"

"没什么。"

顾寻没再继续打字，就看着群里的消息一条条地蹦出来。

骆驼：你醒啦？

糯米小麻花：嗯。

骆驼：早上吃鸡吗？

糯米小麻花：现在不行，我朋友还在睡觉呢。

骆驼：行吧，那我起床了。

糯米小麻花：我也准备吃个早饭。

骆驼：你吃什么？

骆驼：有没有什么好吃的早餐推荐？我这会儿吃了就不吃午饭了。

早餐啊……

岳千灵平时早餐吃得比较随便，常常都是在便利店解决的。

不过骆驼远道而来，作为朋友——虽然只是网友——她也想骆驼在这里吃好玩好，于是她开始挨个儿私聊那些本地同学，问他们有没有什么推荐的。

几分钟后。

糯米小麻花分享了一个链接。

糯米小麻花：这家店的米粉特别好吃，就是不知道你那边点不点得了外卖。

骆驼：我看看哦。

骆驼：这家店的特色是香菜啊……

骆驼：妈呀，我不吃香菜。

糯米小麻花：你不吃香菜？

骆驼：……

骆驼：说出来你可能不信，咱们这个群里，除了你，其他人都不吃香菜。

骆驼：@ 校草你出来说说，是不是？

顾寻本来想回一个“香菜也是人吃的东西？”，但他的字还没打出来，蒋俊楠突然用手肘撞了他一下：“咱们中午吃什么？”

顾寻：“都行。”

蒋俊楠闻言，重重地叹气：“都行都行，我现在听见‘都行’两个字就头皮一紧！”

他拧开矿泉水瓶猛灌了自己一口，才又接着说：“昨天晚上跟我女朋友出去吃饭，问她吃什么，她也说‘都行’，结果你猜怎么着？！”

顾寻的视线落在手机上，只“嗯”了一声，示意蒋俊楠自己在听。

“就因为记不住她的喜好，我头都被骂烂了！”

蒋俊楠想起昨天晚饭的场景，还觉得一阵后怕。“我的天，我记得她不吃葱，结果她说她只是吃面的时候不吃葱，吃烧烤是一定要加葱的。还有蒜，我分明记得她说过蒜蓉生蚝很好吃，给她点了好几个，结果她又说她不吃蒜了。这谁记得住啊？！”

蒋俊楠话音刚落，顾寻手机里就又跳出两条消息。

糯米小麻花：你们真是失去了人生一大乐趣！

糯米小麻花：我可太喜欢香菜了！

顾寻抬了抬眉梢，扭头看着蒋俊楠："然后呢？"

"能怎么办？当场认错呗。"

蒋俊楠无奈地撇嘴："然后我昨晚花了一个多小时，把她的喜好全部记在备忘录里了，以后跟她出去约会前我必背诵十遍！"

"至于吗？"

顾寻鼻腔里轻哼了一声，视线再落到手机上时，看见岳千灵又发了一条消息。

糯米小麻花：如果是辣椒调料里加上一把切碎的香菜，那就更绝了，我能一天三顿都吃这个！！！

他目光倏忽变幻，心里莫名荡起一阵轻微的涟漪。

随后，他点进岳千灵的个人信息，选择修改好友备注。

顾寻先是简单敲出了"辣椒香菜"四个字，跟在她的微信名字后面。

按确认键的时候，他却顿了一下，随即删除了全部文字，然后，将她的备注改成了——

"爱吃辣椒的香菜精"。

15

岳千灵和印雪的计划原本是，起来洗漱后，找一家餐厅吃饭，然后逛逛街，晚上六七点的时候便坐地铁回学校。

真是轻松又愉快的新年第一天。

但现实总比计划骨感。

临近中午十二点，没有一个人有想要起床的意思。

最终，午饭是点外卖解决的，原订的逛街计划也变成了在床上玩手机。

磨蹭到下午四五点，两人直接踏上了回校的归程。

没有外出过节的学生就在学校附近的餐厅聚餐，因此这个点，学校周遭的步行街反而格外热闹。

印雪从地铁口出来，看见这样热闹的景象，却莫名有点伤感。

“唉，今年过年早，下下周就放寒假了，咱们人生中最后一个寒假了，几个月后，我们就不是学生了，我好舍不得啊，呜呜呜。”

岳千灵本来开开心心的，听印雪这么一说，心情也受了点影响。

“是啊，以后上哪儿去住两千块一年的市二环中心，地铁直达、公交围绕的地段啊。”

印雪那点悲春伤秋的细腻心思顿时没了：“你说的也对，咱们下学期回来就要着手找房子了吧？”

她们都不是江城人，要留在这里工作，租房是不可或缺的一个环节。

但是两人工作的地方相隔有些远，如果想继续住在一起，好像有些困难。

她们一边聊着这个问题，一边向学校大门对面的步行街走去。

这一年多来，她们已经把学校附近的餐厅吃了个遍，对每家的口味与价格如数家珍。

或许是早上骆驼提了一下香菜的事情，岳千灵突然就很想吃一家中餐店的香菜牛肉，印雪也没什么异议，两人直接进了那家餐厅。

这家店生意一直很好，岳千灵和印雪走进去时只剩下两张靠近大门的桌子。

落座后，两人都没怎么看菜单就点好了菜——毕竟这家店最出名的就是香菜牛肉，她们两个女生胃口不大，再点一个素菜、一个汤便够了。

她们熟门熟路地点好了菜便开始各自玩手机。

岳千灵看微博看得入神，没有注意到四周的情况，直到后面那桌的女生窃窃私语，话语中出现了一个熟悉的名字。

“哎哎，快看，那是顾寻吧？”

岳千灵像被按键了一般倏然抬头，果然看见顾寻和一个男生一同走了进来。

那个男生，岳千灵之前在篮球场看见过，好像是顾寻的室友。

两人进来便直接坐了仅剩的那张空桌，分坐两端，蒋俊楠面对岳千灵，顾寻则背对着她。

服务员连忙拿着菜单走了上去，他们也没到处张望，注意力都在菜单上。

岳千灵不动声色地用手肘撞了撞印雪。

印雪原本没认出顾寻的背影，但是岳千灵这种反应，还能是谁。于是她小声凑在岳千灵耳边说：“这么巧遇上了，不去打个招呼？”

“好尴尬啊，打招呼说什么呢？”

岳千灵想了想：“真巧，你也来这儿吃饭？然后他说，不然我来洗碗？”

印雪撇嘴，无奈地叹了口气：“你怎么就学不会有的女生那种聪明机灵呢，我看有的人随时随地都能找到机会搭讪。”

岳千灵也想啊。

她要是跟人家一样会，就不会白白错过那么多机会了。

不一会儿，岳千灵这桌上菜了。服务员的一个托盘里端了两份香菜牛肉，放了一份在她们桌上后，又端着另一份去了顾寻那边。

岳千灵的注意力一直在他们那边。

她看见蒋俊楠对着香菜皱了皱眉，将它往顾寻面前推了些。

顾寻便拿起筷子，吃了一口。

岳千灵这个视角看不到他的表情，只见他一口接着一口，似乎还挺喜欢。

见这一幕，她根本不受控制地想象了许多画面，还有点小得意，忍不住要分享。

于是她又小声对印雪说："你看见没有，顾寻也喜欢香菜牛肉，我们口味还挺合得来的，以后至少不会在吃饭上面产生分歧。"

印雪放下手机，冷冷瞥了她一眼："看人家吃同一道菜，你就想到以后吃饭产不产生分歧了，那是不是人家请你吃顿饭，你就要开始考虑以后学区房买在哪里了？"

印雪——人间清醒。

岳千灵被堵得无话可说。印雪拍了拍她的脑袋："我的乖乖，别东想西想产生幻想，有这工夫，你还不如想想怎么先跟人家加上微信呢。"

岳千灵盯着顾寻的背影，手心微微有点出汗。

也是，上次一起回学校，她因为太紧张错过了绝佳的机会，今天既然又偶遇了，她应该试一试。

蒋俊楠见顾寻已经连续吃了好几口香菜牛肉了，忍不住放下筷子，问他："你不是不吃香菜吗？今天抽什么疯？"

"试试不行吗？"顾寻说着，又夹了一口。

"当然可以，但是你有必要吗？"

蒋俊楠抱着手臂，打量顾寻半晌，又摸着下巴，想了半天，问："你是不是得了什么不治之症，香菜是某种偏方？"

有时候，顾寻真的特别想不明白蒋俊楠这种人为什么会有女朋友。

他被看得没了胃口，不满地看向蒋俊楠，说道："我是吃香菜，不是吃毒药，你能不能别拿那种眼神看着我？"

"这儿要是有一面镜子，我真想让你照照你自己吃香菜时候的表情。"蒋俊楠把另外一道菜推到顾寻面前，语重心长地说，"都要吐了，就别吃了好吗？哥，相信现代医学，别信偏方，放过自己。"

顾寻这下是既没有胃口又没了心情。

况且——

香菜吃起来是真的很恶心。

他放下筷子，拿起手边的水壶给自己倒水。

蒋俊楠也是不吃香菜的，这会儿桌上只有另外一道素菜，他满心等着吃排骨，便不住地往里面的厨房张望。

这一张望，就看见了岳千灵。

“喂。”他伸腿踢了踢顾寻，小声说，“岳千灵在这里欸。”

顾寻正在喝水，也没听清楚他说了什么，等咽下去了，才“嗯？”了一声。

蒋俊楠以为他是压根儿不知道岳千灵这个人，便说：“岳千灵啊，美术学院的，这你都不知道啊？”

见顾寻没吭声，他又说：“她是大三时才从江滨校区搬过来的，跟你一样，是咱们学校告白墙微博常驻选手啊，咱们宿舍里之前不是经常聊吗？”

顾寻放下杯子，往后看了一眼。

岳千灵本来在偷瞄，猝不及防对上顾寻回望的目光，顿时慌乱无措，立刻就要扭开头假装看风景。

印雪瞧她这副样子，立刻掐了一下她的大腿。

岳千灵浑身一激灵，也反应过来了，于是她视线乱撞了一番，又僵硬地回过去，再次对上顾寻的目光。她僵硬地朝他点了点头，算是打招呼。

顾寻其实只是听蒋俊楠那样说了，潜意识驱动他回了一下头。

没想到她还真在那里，还跟他打了个招呼。顾寻也只好点点头，算是回应。

转回头来，蒋俊楠惊讶地问：“你们认识啊？”

顾寻：“嗯。”

蒋俊楠：“什么时候认识的啊？怎么没听你提过？”

“我妈跟她妈是同学，之前一起吃过一次饭。”

顾寻三言两语交代了他和岳千灵的关系，正好服务员端上了其他菜，他便低头继续吃饭。

蒋俊楠却久久没回过神。

男生宿舍的夜聊话题除了游戏、足球、篮球，就是美女。

特别是美术学院的人刚刚从滨江校区搬过来那段时间，宿舍里几乎隔两三天就会聊起岳千灵。

而顾寻从来没插过话，所以蒋俊楠一直以为他压根儿就不知道这个人。

结果不仅知道，还认识。

蒋俊楠越想越觉得不可思议，忍不住偷瞄岳千灵。

几分钟后，蒋俊楠突然小声开口：“顾寻，我跟你说个事情，但是你先答应我，你不要回头看。”

顾寻抬了抬眉梢：“什么东西这么神秘？”

“我觉得……”

蒋俊楠舔了舔唇角，把声音压得更低：“我觉得岳千灵喜欢你，因为她几分钟内已经偷瞄你好几次了。”

顾寻夹菜的动作卡顿了片刻，扯了扯嘴角，掉转筷子的方向，去夹了一块香菜牛肉。

蒋俊楠以为他不信，补充道：“相信我，我的直觉绝对没错，她那个眼神，绝对是喜欢你。”

“嗯。”顾寻漫不经心地接话，“知道了。”

知道了。

就，知道了？

蒋俊楠简直不敢相信自己听到的话。

“你就一句‘知道了’？哥，那可是岳千灵欸！”

顾寻抬眼，没说话，但脸上的表情已经很明确地表达了他的意思。

那不然呢？

其实他早就有点这个感觉。

从第二次见面开始，他就注意到岳千灵看他的眼神总是不太自然，甚至不太敢直视他。

但她又常常在他视线以外的地方偷瞄他——频率之高，连顾寻自己都不经意发现过几次。

包括后来的几次碰面，她总是扭扭捏捏的，连话都说不利索。

有些事情或许不需要明说，但顾寻心里有数。

只是今天连蒋俊楠都看出来了，顾寻也就更确定了。

但是，那又怎样呢？

“你一个有女朋友的人，在激动什么？”顾寻问。

若不是考虑到岳千灵就在离他们不远的地方，蒋俊楠都要拍桌子了。

“我这是替你激动啊！你怎么就没点反应？”

“我跟她又不熟，而且……”顾寻停顿片刻，抬了抬眼皮，轻飘飘地丢出一句，“我不是颜控。”

“瞎扯吧你就，还不是颜控，哪有不颜控的男人？”

蒋俊楠一个字也不信，他觉得顾寻就是在装：“你要是哪天真带一个长得一般般的女生回来，我把头剁下来给你凉拌下酒。”

顾寻突然沉默，不知想到了什么，思绪突然有点发散。

他脑海里开始描绘一张模糊的，但很灵动的脸。

半晌，他似自言自语一般说道：“或许长得也不错。”

蒋俊楠：“什么？”

“没什么。”

男生吃饭总是比较快。

差不多同一时间到的餐厅，岳千灵和印雪才吃到一半，顾寻他们那桌就已经吃完了。

而蒋俊楠接了个电话，先一步走了出去，留顾寻在这里买单。

印雪见机，扯了扯岳千灵的袖子："趁这会儿他一个人，你赶紧去找他要微信。"

"现在吗？"岳千灵慌张地看了看四周，"这么多人呢！"

"就是因为人多，他才不好拒绝你啊！"

"那我要怎么说？"

印雪恨铁不成钢地啧了一声："你就说……就说……"

但印雪也没什么追男生的经验，卡壳了半天也想不出来要怎么说。

直到顾寻起身往外走了，印雪替岳千灵着急，目光一扫，突然看见过道地上落了一张校卡。

"机会来了！"印雪连忙指着地上的校卡说道，"他校卡丢了！你快给他送过去，顺便加个微信，这不是顺理成章吗？！"

这种时候，岳千灵也有点着急，听印雪这么一说，脑子一热，觉得很有道理，立刻去把校卡捡起来，追了出去。

顾寻和蒋俊楠还没有走远，岳千灵攥着那张校卡，小跑了几步便追上了他们。

"顾寻！"

听见这道喊声，顾寻和蒋俊楠同时回头。

见是岳千灵，蒋俊楠做作地咳了一声，小声揶揄道："你看，我没说错吧，这不就追上来了。"

顾寻冷着脸睨了他一眼，蒋俊楠立刻收起了调侃的表情。

但顾寻再看向岳千灵时，脸色也没有缓和几分。

不过岳千灵没多想，因为她好像也没怎么见过他除此之外的表情。

就算有，也是更脸臭的模样。

她小步迈了过去，微微仰着头，把卡递给他，柔声说道："你的校卡刚刚掉在地上了，还好你没有走远。"

蒋俊楠闻言，有些诧异地挑了挑眉，思忖片刻后，嘴角揶揄的笑意更是藏不住。

为了憋笑，他拿手抵着嘴巴扭开了头。

而顾寻垂眸看着岳千灵手里的校卡，一言难尽的心情不便表达，只扯了扯嘴角："我的？"

岳千灵眨了眨眼，还没反应过来他什么意思，就听到身后一个气喘吁吁的声音大喊道："同学！"

随即，一个戴眼镜的男生跑到了岳千灵面前，看见她手里的校卡，顿时松了口气："哎哟，可算追上你了，谢谢你啊。"

岳千灵看了一眼那个男生，又看了眼自己手里的校卡——

"姓名：万小鹏"。

那一瞬间，岳千灵脑海中有无数道火花闪过。

她似乎明白了什么，但还是不死心地问："你的？"

男生点头，看着岳千灵手里的卡，说道："对啊，谢谢啊，谢谢，刚刚吃饭的时候不小心掉地上了。"

见岳千灵愣着，没有要还卡的意思，男生又补充道："幸好被你捡到了，不然这个时候补办校卡可麻烦了。"

怎么讲呢——如果杀人不犯法，岳千灵此刻已经提刀去砍印雪了。

她就是想不通，为什么人生中最尴尬的时刻，一次不差地都在顾寻面前？

哦，顾寻。

她现在压根儿不敢去看顾寻，光是感觉到他落在自己头顶的目光，岳千灵就要窒息而亡了。

但是现在她要稳住人设。

"不客气不客气。"她强行憋出一个笑，"下次小心点。"

男生有些腼腆地点了点头，接过校卡后，却没有走。

"谢谢啊。"他清了清嗓子，害羞地看着岳千灵，说，"那……方便加个微信吗？"

桃花什么时候来不好，非得这个时候来？！

岳千灵平时挺能应对这种情况的，但此刻在顾寻面前，她莫名感觉脸上笼罩着一层火辣辣的灼烧感。

不知为何，在顾寻面前被陌生男生搭讪，她只觉得难堪又窘迫，生怕自己处理不好，就会被顾寻误会什么。

她涨红了脸，抿着唇，看了一眼顾寻，很快又收回了目光，嗫嚅开口："不、不太方便……"

男生顿时臊得不行。

不只是因为岳千灵拒绝了他，还因为她刚刚看顾寻的那一眼。

男生明显感觉到顾寻的脸色很不好，甚至有点不耐烦，而旁边的蒋俊楠似乎也面露尴尬之色。

他好像明白了什么。

"不好意思不好意思。"他连忙道歉，"我不知道你有男朋友了！"

然后他立刻又转头对顾寻说："真是不好意思啊。"

岳千灵迷茫地看向顾寻。

那个男生也讪讪地看着顾寻。

而顾寻在两人的注视下，面不改色地扭头看向蒋俊楠："你吗？"

蒋俊楠："什么？"

顾寻："你什么时候换的女朋友？"

蒋俊楠："……啊？"

16

岳千灵觉得，顾寻还挺厉害的，一句话就把所有尴尬转移给了其他人，独善其身。

——如果当事人不是她自己的话。

此刻，应对尴尬最有效的方式就是逃避。

那个男生显然已经搞不清楚现在的状况了，只知道自己可能搞了个大乌龙，讪讪地摸了一下后脑勺，掉头就走。

始作俑者一走，留岳千灵善后。

但她除了强颜欢笑，想不出别的办法。

“原来你校卡没丢啊，那可太好了。”岳千灵不动声色地退了一步，皮笑肉不笑，“那……新年快乐。”

说完，她气定神闲地转身。

直到拐了个弯，确定自己的身影不在顾寻他们的视线里后，她才一路小跑起来。

回到餐厅，她喘着气，耷拉着眉眼，活像刚经历了一场生死劫。

不用开口，印雪就知道事情肯定没有按照她的预料发展。但怎么至于这副表情？

“怎么了这是？没要到微信吗？”

“别提了！”

岳千灵捂着脸，不肯回答印雪的问题。

朝夕相处了几年，她早该知道印雪这个“母胎单身”在这方面也极不靠谱；而她们一个敢教，一个竟然也敢听。

现在好了，不仅微信没要到，还丢脸丢大发了。

过了好一会儿，岳千灵整理好了情绪，抬起头来继续吃饭，但就是不告诉印雪发生了什么。

直到两人回了宿舍，她才有勇气把刚刚发生的事情一五一十地告诉印雪。

但印雪这个狗头军师不仅不自我反思，还一点同情心都没有，笑到巡寝的宿管阿姨来问她们是不是违规用水壶烧开水了。

元旦就这么不太愉快地收了尾。

短暂的假期结束，一月四日早上，岳千灵照常去上班。

因为走到学校门口才想起忘了拿手机，岳千灵折返回去，耽误了二十多分钟，所以她到公司的时候比平时晚一些。

小组的人几乎都到了，看着和往常没什么区别，等岳千灵坐下了，却觉得哪里不对。

她打量了一圈附近的同事，大家都没说话，但总有若有若无的视线落在她身上。

于是岳千灵打开电脑，登录微信，找出了黄婕的聊天框。

糯米小麻花：发生什么事情了吗？

坐在对面的黄婕望了岳千灵一眼，忍着笑打字。

黄婕：可不是嘛，你没发现少了一个人吗？

岳千灵再次扫视四周，突然睁大了眼睛。

糯米小麻花：尹琴该不会被开除了吧？

黄婕：那倒不至于，就是上周她在电梯里那事都在公司传开了，她大概也知道自己万众瞩目了，所以到现在还没来。

黄婕：要不是现在行情不好，我估计她都要辞职了。

黄婕：反正换我，我是待不下去的。

黄婕的消息刚弹出来，岳千灵便听见背后有脚步声。

一回头，尹琴果然姗姗来迟。

她看起来和平时没两样，但仔细看面容，确实有点憔悴，看来这个元旦小长假过得不是很舒心。

不过尹琴最擅长的就是假装无事发生，她放下包，依然笑盈盈地跟大家打招呼，只是略过了岳千灵而已。

岳千灵倒不在意这些——不跟尹琴打交道，她求之不得。

只是想到以后要和一个跟自己有点过节的人共事，还是有点心塞。

她甚至想，如果时间能倒流，她希望自己就当个隐形人，不要卷入这些莫名其妙的风波中，让自己的生活更舒心一点。

但老天好像偏不如她的愿。

十一点的例会上，主美术倒是没什么异样，一切如常，只是在分配任务的时候，明显把尹琴边缘化了。

作为一个名义上的组长，却画着边边角角的场景，饶是尹琴再能装，此时脸上也有些挂不住。

在座的人心知肚明，主美术的行为多多少少是老板的意思。

那尹琴不能怪老板，不能怪主美术，只能暗自不爽地看了岳千灵一眼。

恰好岳千灵一抬头就接住了这个眼神，尹琴又略微慌乱地移开了视线。

岳千灵无声地叹了口气，心知这梁子大概是结下了。

其实岳千灵一直不明白尹琴为什么不喜欢她，回想实习的这段时间，她没觉得自己有做错什么事情。

虽然她平时不太热情，下班之后还有点喜欢躲懒，但是她分内的事情从来没有耽误过，也没有给别人惹过麻烦。

思来想去，大概只能是因为——她太美了？

例会结束之后，大家陆陆续续离开会议室，相继去拿外卖。

电梯里，黄婕刷着票务软件，问道：“要放假了，你买票没？”

“不急，我坐高铁就行。”

说到这个，岳千灵突然掏出手机，想跟她妈妈说一声回家的事情。一打开微信，却看见一条未读消息。

唐信：千灵，你什么时候回家？

岳千灵挠了挠头，不情不愿地打了几个字。

糯米小麻花：还没确定。

唐信：那你确定了跟我说一声，我来高铁站接你。

糯米小麻花：不用麻烦啦，我爸爸会来接我。

唐信：没事，不麻烦，反正我放假早，在家里待着也没什么事。

话都说成这样了，岳千灵不知道还要怎么拒绝。

这个唐信是前两年搬到她家楼上的邻居，两家人关系挺好，父母们常常约着一起玩。

至于唐信本人，岳千灵对他没什么意见，就是感觉到……他喜欢自己。

他比岳千灵大一岁，在另一个城市读研究生，所以他平时只能在微信上找岳千灵聊天。

这一点岳千灵应付应付不是问题，但是每逢寒暑假，他总是格外热情，总找机会约岳千灵出去玩。

两家抬头不见低头见，父母又相处得好，岳千灵没办法次次都拒绝。

而且他又从来没点明过他的意思，岳千灵没办法精准击破，只能跟他打着太极。

暗地里她也表示过好几次了，但唐信就跟听不懂似的。时间久了，真的有点累。

拿了外卖回到工位，岳千灵没心情吃饭，盯着唐信的聊天框，反复斟酌着用词，却始终想不到完美的拒绝理由。

人家作为邻居，好心来接你，总不能这个情都不领吧？

可是这种小恩小惠接受多了，以后他要是真表白了，岳千灵拒绝起来都没有底气。

岳千灵连着叹了好几口气，想找个人聊聊这个问题。

聊天框往下一滑，便看见他们的游戏群。

男人是最了解男人的，说不定他们有什么好办法。

岳千灵略一思忖，便开始打字。

糯米小麻花：问你们一个事。

骆驼：你说，我正好在等外卖。

糯米小麻花：就是，如何在一个男生没表白的情况下，打消他对我的非分念头？

骆驼：？

小麦：？

校草：？

小麦：都没表白，你怎么确定人家喜欢你？

糯米小麻花：我就是确定！

小麦：那万一你误会了呢？

糯米小麻花：怎么可能误会？

糯米小麻花：他经常找我聊天，嘘寒问暖比我爸妈还勤快。每次放假回家，他总约我出去玩，吃什么好吃的也会给我带回来。哦，对了，逢年过节还总给我送礼物。

骆驼：好了，那确实是喜欢你。

骆驼：暗示暗示就懂了吧，比如约你出去玩，你拒绝几次？

糯米小麻花：都是邻居，跟爸妈关系不错，总不好一直拒绝，以后总要相处的。

小麦：那你直说吧，我觉得男的很多都听不懂暗示。

糯米小麻花：这怎么直说啊，多尴尬，抬头不见低头见的。

小麦：呃……

小麦发了个“挠头”的表情。

骆驼：这就难办了。

看来这群男的也没什么办法，那只能到时候再说了。

岳千灵又叹了口气，打开外卖，准备吃饭。

这时，群里又跳出一条消息。

校草：这还不简单？

糯米小麻花：？

校草：下次他再约你出去玩，你就说你要陪男朋友。

校草：这样他还能不懂？

糯米小麻花：可是我上哪儿找一个男朋友摆在他面前？

校草：异地的不行？

校草：陪男朋友打游戏不行？

糯米小麻花：好像有点道理。

糯米小麻花：那万一他不信呢？

校草：要是不信的话。

校草：我可以勉为其难扮演你男朋友，给你打电话。

糯米小麻花：有点东西！

骆驼发了一个“微笑”的表情。

小麦发了一个“微笑”的表情。

糯米小麻花：怎么了，你们觉得不行吗？

骆驼：没有，我觉得非常行。

骆驼：某人可太聪明了。

小麦：这可太行了，我怎么就想不到这么好的办法。

小麦：真是一举两得呢。

他们两个还在每条消息后面都配了“大拇指”的表情。

校草：你们两位有什么毛病吗？

骆驼：没有。

小麦：没有，非常好。

糯米小麻花：嘻嘻，那下次他约我出去玩，我就这么说了。

过了一会儿，岳千灵又想到另外一层。

糯米小麻花：那万一被我爸妈揭穿了怎么办？

校草：揭穿了不好？

校草：这要是还不懂你在拒绝，他是个傻子？

糯米小麻花发了一个“大拇指”的表情。

校草：还有问题吗？

糯米小麻花：没有了！

校草：晚上上号。

糯米小麻花：好嘞！

解决了这个事情，岳千灵的心情一下子畅快了许多，一边吃饭，一边想着回去之后唐信要是再约她出去玩，她就立刻甩出一个男朋友。

一劳永逸。

眨眼便到了下班时间。

临近春节，所有人的心已经飞到了假期，离开的时候三五成群都在聊着过年回家怎么安排。

岳千灵站在电梯口，脑子里正在排练如何骗唐信自己有男朋友。

能摆脱掉一个大麻烦，她还怪兴奋的，想得入迷，直到面前的电梯门打开，她才猛然回神。

一抬眼，看见顾寻就站在电梯里，岳千灵双眼倏然亮了。

但是下一秒，想到前几天发生的事情，那股羞耻感瞬间压倒了一切情绪，导致岳千灵不敢直视顾寻，默默低头走了进去。

转过身，背对顾寻，她又回想起还校卡那一幕，连呼吸都变得小心翼翼。

电梯缓缓下降。

安静的窄小空间内，她听见一个女生说："顾寻，你过年有什么安排吗？"

男人了解男人，同样的，女人也了解女人。光是这一句话，岳千灵就感觉到说话的人藏着怎样的心思。

她顿时收紧了呼吸，拳头握紧，硬逼自己不要回头看。

随后，顾寻的声音响起："怎么？"

女生的语气很大方："去不去云南玩呀？难得有这么长的假期，我们在组队呢，人多点好玩些。"

可恶！

岳千灵咬紧了牙，却还是没忍住偷偷回头，迅速瞄了说话的女生一眼后立刻收回了目光。

不妙。

那个女生好漂亮。

而且还是第九事业部的 3D 建模师，和他朝夕相处的那种。

无数个不好的预感在岳千灵心里飞速闪过，她几乎屏住了呼吸，紧张地等着顾寻的回答。

同一时刻，顾寻垂眼，目光扫过岳千灵的背影。

她一动不动，耳朵有点红，肩膀僵硬，手指紧紧攥着袖子，看起来似乎很紧张。

顾寻收回视线，平静地说："不去。"

听见这两个字，岳千灵大大地松了口气。

然而这口气还没完全沉下去，顾寻的声音又传了过来："过年要陪女朋友。"

电光石火间，岳千灵感觉眼前一黑。

距离寒假不到两周，学校里已经开始张罗过年的布置。

绿荫大道两侧的树上挂满了红灯笼，绿化带也张灯结彩，一到晚上，看起来便格外有喜庆的气氛。

岳千灵就像一个孤魂野鬼，在操场走了一圈又一圈。

夜跑的人陆续离开，不知不觉，岳千灵便成了操场上唯一的人。

寒风刮得肆虐，吹得岳千灵脸颊刺痛。

她的胸口像被一块大石头压住，明明在室外，却堵得她呼吸不畅，几度眼睛泛酸，却哭不出来，连一个合理的宣泄口都找不到。

毕竟，她连哭一哭的立场都没有。

她早该知道的。顾寻这样的人，怎么可能没有女朋友？

人家从来就没有说过自己是单身，一切期待都是她自己制造的，所以此刻的难受她也只能自己承受。

可是一想到他平时那样冷漠，却会对另一个女生柔情蜜意，岳千灵便难受得几度哽咽。

她的初恋才刚刚萌芽就被掐灭。

而那个人，却从来不知道她的心意。

操场的夜跑灯也关了，只剩遥远的几盏路灯施舍着微弱的星点灯光。

岳千灵坐在台阶上，试图让冷风把自己吹清醒一点。

这时，手机又振动了起来。

她以为是印雪在找她，便连忙把手机拿出来，却是林寻打来了电话。

岳千灵原本不想接，但她手指冻得有点僵，按到了接听键，只好把手机放到耳边。

“几点了，还没到家？”

岳千灵不想说话，闷闷地“嗯”了一声。

“活着就好。”他漫不经心地说，“给你十分钟的时间准备上线。”

岳千灵现在才没有心情打游戏：“不来。”

大概是听出了岳千灵的情绪，电话那头的人声音突然变柔了：“怎么了？”

怎么了？失恋了呗。

而且一听到他说话，岳千灵就想到今天下午他出的那个主意。

没想到，她还没用到唐信身上，就孽力回馈[①]到了自己这里。

真讽刺。

连带着，岳千灵对林寻也没什么好脾气。

她踢开脚边的小石头，沉闷地开口：“你可真晦气。”

17

不知道电话那头的沉默是表达震惊还是无语，总之，他好几秒没说话，岳千灵便挂了电话。

---

① 网络用语，指遭恶毒的行为或恶毒的话反噬。

后来他又打电话过来，岳千灵没接，只给他发了几条消息。

糯米小麻花：忙着呢，别烦我。

校草发了一个“微笑”的表情。

之后他便没了动静。

在操场又吹了会儿冷风，岳千灵赶在宵禁前最后一分钟跑回了宿舍。印雪刚洗完澡出来，抱着一堆衣服，看见她趴在桌上，走过去拍了拍她的肩膀。

“又加班了？”

岳千灵没说话，只是摇了摇头。

在一个宿舍住了几年，印雪仅凭一个动作就感觉到了她的情绪。

“你怎么了？”

好一会儿，岳千灵才抬起头来，张了张嘴，却说不出话。

印雪看见她泛红的眼眶，突然慌了：“怎么还要哭了？谁欺负你了？”

“没有人欺负我。”岳千灵深吸了一口气，想控制住情绪，没想到话一出口，嗓音便喑哑着，“就……就是今天知道了顾寻有女朋友。”

“什么？！”

宿舍陷入极致的安静。

好一会儿，印雪才眨了眨眼睛：“有女朋友？谁说的？”

岳千灵胸腔里始终有一个无形的重物压着她，那是一种并非想大哭一场的难过情绪，压得她连说话都变得断断续续。

一时间没听到她的回答，印雪下意识就只想安慰安慰她的心情。

“搞错了吧，怎么可能啊，从来没见到过啊。

“真要是有女朋友，不可能学校里一个人都没碰见过吧。

“你是不是看错了，可能是朋友，或者妹妹。

“我看是女装大佬也不是没可能。”

岳千灵抬头，揉了揉眼睛，声音像得了重感冒：“我亲耳听他说的。”

“啊……”印雪抓紧了手里的衣服，“他、他说什么？”

“过年要陪女朋友。”

“这样啊……”

印雪哑口无言，沉默了半晌，觉得事已至此，安慰的路走不通，那只好另辟蹊径。

“也是，我之前就说他怎么可能没有女朋友，原来是异地的。”

“你想开点，没啥大不了的啊。世上男人千千万，不行咱就换。”

“呃……”印雪自己都说不下去了，挠了挠头，岔开了话题，“你要不要去洗个热水澡？会舒服很多。”

岳千灵说“好”，但依然在桌前坐着没动。

印雪最不会安慰人，知道自己这时候说什么都没用，岳千灵也不会有心情和她闲聊，于是她只好吹干了头发躺上床。

正值考试周，学校早已停课，就连夜晚也格外安静。

印雪在沉重的气氛中难以入睡，又架不住困意，昏昏沉沉中，不知过去了多久，她听见浴室里响起水声，才放心地睡去。

这段时间岳千灵明显很消沉，每天回到宿舍就埋头做毕业设计，骆驼他们叫她打游戏她也没兴趣，只称自己很忙，没有空。

日子就这样一天天过去，岳千灵每天都给自己找事做，不然她一旦闲下来就会胡思乱想。

现实已经是这样，岳千灵不想再庸人自扰，日子总要过下去。

只是夜深人静的时候，她还是会陷入意难平的情绪中。

印雪曾说，做不成情侣，做朋友也挺好啊。

可是一见钟情的人，怎么甘心只做朋友？

她偶尔还会想，终究是自己不够好，所以在第二次见面的时候顾寻就对她没有任何兴趣，才会蹉跎了那么多次碰面的机会，却没有一丝进展。

直到人家有了女朋友。

这种时候，大概只有换个环境才能转变心情，因此岳千灵格外期待放假。

回家这天，岳千灵简单地收拾了一些行李，前往高铁站。

途中她的爸爸打电话过来又问了一遍到达的时间，岳千灵想着不是唐信来接她，心情也轻松了些。

但没想到她刚下车，就接到了唐信的电话。

“你到了吧？我在三出口，你行李重不重，用不用我来帮你拿？”

怎么又是他。

岳千灵有点烦，皱着眉说：“我爸呢？”

“岳叔叔跟我妈她们打麻将呢，叫我来接你，你出来没？”

“噢，来了。”

走出高铁站，顶着明晃晃的日头，岳千灵看见唐信的眼镜在阳光下反着光，却依然挡不住他热情的笑。

岳千灵深深地叹了口气，正要继续迈步，唐信就上前帮她拿行李箱。

平心而论，唐信其实挺优秀的，长得清秀斯文，学习也不错，脾气又好，也没什么坏毛病。

就是有点过分热情。

“不用了，我自己来吧，这个不重。”

“没关系，你一路上累了吧？好好休息。”

岳千灵拗不过他，只好顺从地坐上了副驾驶位。

“今年就要毕业了吧？你打算留在江城工作还是回青安啊？”

“江城。”

“噢，挺好，那边机会多。实习还顺利吗？”

“还行。”

就这样聊了一路，岳千灵都开始为自己的敷衍感觉有点不好意思了，唐信却浑然不知似的。

下车后，他依然帮岳千灵拿着行李箱，等电梯的时候，他看着跳动的楼层，突然叹了口气。

岳千灵总觉得他有话要说，便假装没听见，眼观鼻，鼻观心。

但六层的人不知道在干什么，电梯就停在那一层，一直不下来。

终于，唐信还是开口了："以前过年回家挺开心的，自从毕业就不是那么一回事了，爸妈总催我找女朋友。"

岳千灵头皮一紧。果然，该来的还是会来。

她卡顿了半天，才干笑了一声，依然没说一句话。

唐信又问："千灵，你爸妈会催你吗？"

岳千灵："我还小，不着急。"

"也是。"

唐信仰着头，自言自语一般说："那你有男朋友吗？"

"我……"

岳千灵虽然从林寻那里得到了应对准备，却没想到唐信问得那么直接。她愣了一下，才支支吾吾地开口："我有男朋友的。"

"哦？有男朋友了吗？"

唐信眼里有几分惊讶，很快便转为温和的笑："也是，你这么好看，怎么会没有男朋友。"

这种谎一旦撒出去，就要用无数个谎言来圆。

所以很少撒谎的岳千灵此刻其实很忐忑。况且她刚刚失恋，还要给自己凭空捏造一个男朋友，真够扎心的。

她舔了舔下唇，不知道该说什么。

"挺好啊。"唐信看着她笑，"趁着还没毕业，就该好好谈恋爱。"

"哦……是啊。"

岳千灵偷偷观察着唐信的表情。怎么觉得……好像跟想象中不一样？

正好电梯终于下来了，两人一同走进去。

唐信低头看了岳千灵一眼，踌躇片刻，又问："能不能问你一个问题？”

“嗯？”岳千灵点头，“你说。”

“你应该……很难追吧？”唐信有点腼腆地低头笑，“你男朋友怎么把你追到的？”

这听起来，怎么还有点那意思呢。

岳千灵低头不语，正踌躇着，唐信又问：“我就想学一下，我追一个女生很久了，都还没追到。”

“啊？”岳千灵猛地抬起头，“你追的女生？”

“是啊。”唐信不好意思地挠头，“我们是一个导师的学生。她跟你一样，很好看，也很优秀，就是有点难追。”

原来还真是自己孔雀开屏了。

岳千灵睁大了眼睛，又羞又尬，一下子连话都不知道怎么说。

还好她没有直接把屏开到人家脸上去，现在还有挽救的余地。

“还好啦……我不难追的，就自然地在一起了。”

“这样啊，真羡慕。”

除了在顾寻面前，岳千灵还没这么尴尬过，她连话都不知道怎么接，就那样僵硬地站着。

还好唐信没有察觉到这个氛围，看了一眼腕表，说道：“大金他们也回来了，于于晚上到，我要去机场接他，要不要一起吃个夜宵啊？好久没见了。”

他说的那几个人都是住在一个小区的同龄人，平时关系也不错。

而且岳千灵一想到唐信平时对自己那么好，她却在背后编派人家，心里愧疚感顿时拉满，连忙答应了下来。

“好的，没问题。”

回到家里，岳千灵连连跟唐信道了三次谢，还非要塞一些水果给他，让他带回家吃。

等他一走，岳千灵一脑袋栽到床上，抱着枕头滚来滚去。

还好她没听小麦的！

这要真直说，一句“我不喜欢你，麻烦你以后不要对我这么好了”丢出去，她可以直接连夜买站票躲回江城了。

在床上翻来覆去几个来回后，岳千灵顶着一头乱糟糟的头发坐了起来。

正好岳千灵的妈妈回来了，一推开门，看见她这个样子，吓了一大跳。

“你这孩子，衣服都不换就往床上坐，赶紧去给我换衣服！坐过高铁，多脏啊！”

被妈妈一顿吼，岳千灵没心思想别的，连忙起身去换家居服。

她妈妈就站在一旁看着她：“怎么感觉你瘦了？没吃好吗？”

岳千灵低头看了一眼自己的腰，裤子确实有点松。

“唉，还好，就是有点累。”

她不敢告诉妈妈是因为失恋，好几天都没什么胃口。

好在到了家里，总有事情转移注意力，她不去想顾寻有女朋友的事情，时间便快得多。

不一会儿，岳千灵的爸爸也打完麻将回家了。

一家三口一起吃了晚饭，在客厅里看了会儿电视，妈妈便催着她去洗澡。

“不急，我等下要出门。”岳千灵说，“唐信叫我去吃夜宵，大金他们都回来了。”

刚说完，包里的手机频频振动，岳千灵以为是唐信在叫她，没想到却是骆驼和小麦在叫嚣要打游戏。

小麦：我妈天天叫我打扫卫生，烦死了。等会儿来不来打游戏啊？！

骆驼：我可以啊。你问问林寻。

小麦：@ 校草 @ 糯米小麻花，好久没有玩四排了，你们对电子竞技事业已经懈怠了！

自那天之后，岳千灵确实很久没有心情打游戏，只是偶尔跟他们聊两句。

糯米小麻花：你们还真是人菜瘾又大。

小麦：……怎么突然骂人呢？

骆驼：你好久没来啦，放假了没？

骆驼：晚上来甜蜜四排啊。

糯米小麻花：今天不行，等下要出去吃夜宵。

这时，一直没有说话的那个人突然出声了。

校草：跟谁？

糯米小麻花：就是上次跟你们提的那个人。

校草：？

提到这件事，岳千灵还是没能忍住吐槽欲，转过身背对爸妈就开始打字。

糯米小麻花：你们不知道有多尴尬，我今天都搬出男朋友大法暗示他了，结果他说他有喜欢的女生！

糯米小麻花：太惊险了！幸好我没直说！

小麦：我就说吧，人家没表白，怎么好确定是喜欢你？

糯米小麻花发了一个“尴尬”的表情。

骆驼：哈哈哈，是误会就好，免得以后不好相处。

糯米小麻花：唉，其实人家就是人好，都怪我乱想。

校草：你怎么知道他说的喜欢的女生不是你？

糯米小麻花：？

校草：大晚上约你出去，能是什么好东西？

糯米小麻花：就吃点夜宵而已。

校草：是吗？

校草：你多穿点。

糯米小麻花：？

校草：我怕你冷。

糯米小麻花：你别这么说……

校草：这叫男人最了解男人。

岳千灵没再跟他继续闲扯。

但不知为何，她觉得林寻这么笃定，或许有几分道理。

如果唐信真的在追某个女生，还对自己这么好，那可真是有点渣。

但唐信看着又不像渣男。

好好的一个晚上，岳千灵的思路成功被顾寻带偏，以至于晚上唐信叫她出去的时候，她脑子里都还在转悠着林寻说的话。

这次是大金开的车，他们一行五个人，岳千灵坐在后排中间，唐信和另外一个女生坐在她两边。

青安的夜晚人不多，路上安静，而车里空间不大，三个人挤在一起，连互相的呼吸声都听得见。

感觉到唐信的目光好像时不时落在自己身上，岳千灵心里越发觉得……

等等，不要再想了！

唐信对她那么好，她却总在背后觉得人家有非分之想，这才真的是以小人之心度君子之腹！

岳千灵揉了揉额头，强迫自己把那些乱七八糟的想法丢出去。

这时，林寻突然给她打了个语音电话过来。

岳千灵接起来，轻轻地“喂”了一声。

林寻的声音也很轻：“出去了吗？”

岳千灵：“嗯。”

林寻：“跟那个男的在一起？”

害怕唐信听见，岳千灵做贼心虚地看了他一眼，见他在看窗外，这才放下心。

“怎么了？”

林寻：“坐得近吗？”

“挺近。”岳千灵皱了皱眉，稍微往一旁侧了侧身，低声问，“你到底有什么事？”

突然，听筒里林寻的声音变大。

“跟谁出去了？

“男的女的？

“去干什么？

“什么时候回家？”

听到这里，岳千灵已经蒙了，连眼睛也不眨了。

随后，最后一击终于到来。

“回来还爱我吗？”

原本就安静的车厢突然变得更安静了。

而林寻那句“回来还爱我吗？”仿佛在整个车厢回荡。

岳千灵呆若木鸡，感觉到异样的眼神落在自己侧脸。

她缓缓转头，果然看见身旁的女生意味深长地看着她；转向另一边，唐信也用同样的眼神看着她。

岳千灵干巴巴地眨了两下眼睛，露出一个尴尬又不失僵硬的笑：“家里那个……管得比较严。”

听筒里，林寻“嗯”了一声，便挂了电话。

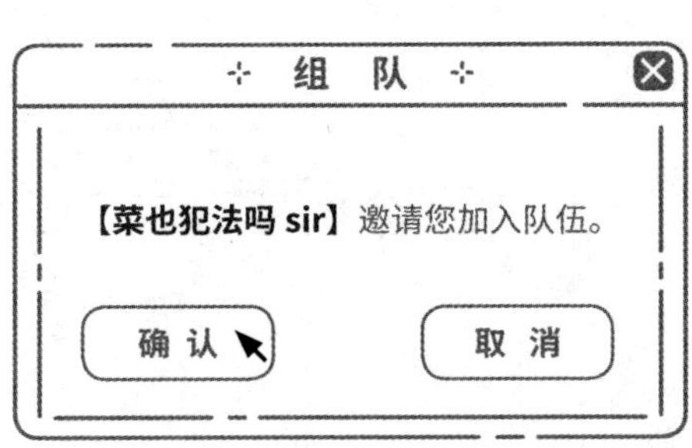
组 队
【菜也犯法吗 sir】邀请您加入队伍。
确 认
取 消

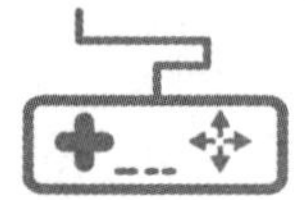

18

驾驶座的人什么都没听见，认认真真地开着车，一路平稳地朝目的地驶去。

可能是被电话里的致命五连问震慑住了，那股微妙的沉默持续了好一会儿，唐信才干笑了两声：“你男朋友挺有意思啊。”

他话音一落，前排两个人都惊讶地回头，毫不遮掩自己的八卦心。

“千灵，你有男朋友了啊？”

岳千灵直想抚额，手抬到半空了，僵了一下，改为挥手的动作。

“你好好看路。”

现在全车人都等着岳千灵的回答，她根本躲不过去，只好露出一个僵硬的笑：“一会儿你们不喝酒吧？我还没拿到驾照呢。”

可是她避而不答根本不能打消这些人追问的欲望。

“大学同学吗？”

“哪儿的人啊？条件怎么样啊？”

“有没有照片给我们看看啊？”

岳千灵从没觉得十几分钟的车程这么难熬。

“是同学。

“江城人，条件一般。

“长得不咋样，照片拿不出手。”

她一边糊弄着朋友们的问题，一边拿出手机，点开林寻的对话框，咬牙切齿地戳了几个字。

糯米小麻花：你给我等着。

消夜进行到一半，全桌的话题还是时不时绕到岳千灵的“男朋友”身上。

大家都对岳千灵找了个长得丑、条件还一般的男朋友表示震惊。这年头，鲜花怎么总喜欢往牛粪上插？

只有唐信喝了点酒，问道：“那他对你好吗？”

岳千灵对大家的询问已经麻木了，满腔都是对林寻的怨气，冷笑一声，脱口而出：“好得很呢。”

桌上四个人都以一种“你这个恋爱谈得似乎不太开心”的眼神看着她。

唐信低头笑了笑，说道：“对你好就行。”

另一个女生不乐意了，立刻接话：“对你好算什么呀，找男朋友还是要找条件好的，再不济得长得帅。对你好是最廉价的爱，不然找个保姆不省心吗？”

岳千灵：“你说得对，回去就分手。”

大学恋爱嘛，本来就不太靠谱，这个话题就这么以岳千灵极不配合的态度收了尾，大家都聊起了各自的感情生活。

半个多小时后，一行人终于打道回府。

一回到家，岳千灵急着“分手”，连招呼都没跟爸妈打，径直冲进房间关上门，给林寻打了一个语音电话过去。

打一个没接，她又打第二个。

接连打了四个，还是没接，岳千灵拨了第五个。

等待接通的时候，房门突然被敲了两声。

岳千灵还没来得及说“请进”，头才回了一半，门就被急促地推开，一道尖锐的声音同时传了进来：“听说你找了个又丑又没本事的男朋友？！”

紧跟着，她爸爸也一路小跑过来："听说还很穷？！对你也不好？！"

岳千灵坚强地把头回完，不出她所料，看见了岳文斌先生和鞠云珍女士写满了"恨铁不成钢"的脸。

她都不用问，肯定是今晚一起吃夜宵的某个人回家告诉了父母，转头哪位叔叔阿姨就告诉了岳千灵爸妈。

只是这个消息经过了几轮加工，到她爸妈耳朵里不知道变成了什么样子。

朋友们八卦的时候，她还能面不改色地满嘴跑火车，轮到爸妈来质问，岳千灵实在不知道怎么糊弄。

见她哑口无言，鞠云珍当她默认了，痛心疾首地伸手掐了岳文斌两把："你看看你看看，我当初就说让孩子寒暑假多参加点夏令营什么的，长长见识，免得以后被男的轻而易举就骗走。你当初嫌麻烦不乐意，你看现在好了吧！"

岳文斌可不愿意背这个锅，立刻反驳道："那是我嫌麻烦吗？是咱闺女自己不想去，要待在家里打游戏。要我说，还是得怪你，你非得惯着她，给她买那么贵的游戏笔记本电脑，不然她能成天在家里待着，什么都不懂？"

鞠云珍："孩子喜欢玩游戏有什么错？一台电脑能多贵？难不成还让她成天往网吧跑？而且我又不是什么都给她买，她上回说要什么什么贼贵的键盘我就没同意啊，你倒是说说，你是不是悄悄给她买了？"

"你可别冤枉人啊，我没买！"岳文斌在吵架方面向来不是老婆的对手，没什么逻辑，想到什么就说什么，"喜欢玩游戏不是错，看男人眼光不成就是错了？！"

鞠云珍冷笑着抱起双臂："那没办法，孩子随我，看男人眼光不行！"

岳文斌："说孩子就说孩子，你扯到我身上干什么？"

岳千灵本来都在思考要怎么应对父母了，没想到他们自己先吵了起来。

她实在听不下去了，连忙打断他们："爸妈，你们要不吵完了再来听我解释？"

鞠云珍往房间里瞄了一眼，见岳千灵拿着手机打语音电话，敛了敛神色，说道："你有事？那我和你爸先出去，你等会儿出来跟我们聊聊。"

房门关上，耳边终于清净。

岳千灵的目光再回到手机屏幕上，发现电话已经接通了五十六秒。

岳千灵眉心不受控制地跳了跳，没什么语气地问："你从什么时候开始听的？"

"大概是……"林寻的声音平静地响起，"从你爸妈说我又丑又穷、对你还不好的时候。"

行。

岳千灵打算彻底破罐子破摔了。

"既然你都听到了，那我摊牌了。我爸妈不同意，我们分手吧。"

"你要不再考虑考虑？"林寻一本正经地说，"其实我不穷。"

他顿了一下，沉沉的嗓音带上了笑意："也挺好看的。"

男生清澈好听的声音说出这样的话，莫名有一种蛊惑人心的感觉。

岳千灵脑海中不受控制地开始想象他的模样，并因为曾经露出的一只手，他的形象竟然有了大概的轮廓。

等等——

岳千灵拍了拍自己额头。

想什么呢。

"你现在打开知乎，搜一搜'男生长得帅是什么体验'，看看那些觉得自己长得帅的男的到底长什么样。"

岳千灵面无表情地继续说："你不用再挽留了，现在你面前就两个选择，要么分手，要么吃我拳头。"

"有第三个选择吗？"

“有啊，先吃我拳头再分手。”

“非要分手？”林寻的语气还是一贯地漫不经心，还带了点欠欠儿的尾音，“要不你说说我哪里做错了，我下次改。”

岳千灵就只想冷笑：“不必，下辈子记得改就行。”

正说着，岳千灵的门突然又被推开。

她不满地皱眉，回头说道：“妈，就不能敲一下门？”

“忘了，下次一定。”鞠云珍很没有诚意地道了个歉，眼神却往岳千灵的手机屏幕上瞟。

岳千灵自认为行得端、坐得正，也不遮掩，大大方方地让她看。

只是鞠云珍在这个距离也看不见啥，只隐隐约约觉得是个男生的头像，于是放下手里的东西，说道：“唐叔叔炸的酥肉，给你放这儿了，一会儿打完电话出来看电视。”

“噢，好，知道了。”

鞠云珍一转身，岳千灵却突然想到什么，又问：“妈，这酥肉，谁送过来的？”

“当然是唐信，不然还能是谁？”鞠云珍又瞥了一眼她的手机，“问这个干什么？”

“没什么……妈，你先出去，我等一下就来。”

鞠云珍再次离开房间，岳千灵又变得了面无表情。

她刚要说话，林寻的声音就先一步传出来：“唐信就是那个男的？”

岳千灵想也没想就“嗯”了一声。

随即，她听到林寻冷笑了一声，这通电话便陷入了沉默。

片刻后，岳千灵挠了挠头：“应该不会吧，他都说了他在追他的一个同学。”

这话说出来，岳千灵自己都没有底气，更遑论林寻。

“你要是觉得没可能，刚刚为什么要问是谁送来的？”

小心思就这么被一个隔着网线的人直接戳破，岳千灵怪不好意思的，哑言了片刻，才想起自己打这通电话的目的是问罪。

她连忙抬高音调："你闭嘴吧！你刚刚也听到了，等一下我就要出去给我爸妈交代你这个男朋友是怎么回事。说吧，你想怎么死？"

"这不挺好交代的？"林寻的声音里一点愧疚都没有，"如实交代，一切都是误会。"

岳千灵冷哼了一声，正想说自己当然会如实交代，就听见他又说："告诉他们，你男朋友并不丑，也不穷，对你还挺好的。"

"……滚！"

岳千灵直接挂了电话，自我做了一番思想工作，然后推开门。

客厅里，她爸妈分别坐在沙发两端，一见她出来，两人都笑着伸手拍了拍沙发中间的位置。

岳千灵有时候不明白，为什么她爸妈总是能在一两句话的工夫吵起来，然后就迅速和好。

她慢吞吞地走过去，屁股还没挨到沙发，鞠云珍就已经迫不及待开了口："灵灵啊，爸妈不是反对你谈恋爱，你也成年了，但是你说你为什么要找一个既没有本事又不好看，还对你不好的男生呢？

"要不是大金妈妈说这是你亲口说出来的，妈妈是打死也不信你眼光会那么差的。"

"你是怎么想的呢？该不会是那个男生那啥你……网上怎么说的来着，PUA[①]？是这么说的吗？"爸爸说。

岳千灵本来耷拉着脑袋默默地听她妈说话，听到这么一个提问，下意识就回答："是的。"

"什么？！"岳文斌差点儿跳了起来，"那臭小子还真PUA你？！"

---

① 全称"Pickup Artist"，原意是指"搭讪艺术家"，其原本是指男性接受过系统化学习、实践并不断更新提升、自我完善情商的行为。后来泛指很会吸引异性、让异性着迷的人和其相关行为。多含贬义。

“不、不是！”岳千灵连连摆手，“我刚刚只是在回答妈妈的问题！他没有PUA我！”

一说完，岳千灵差点儿想给自己一耳光：“不对，什么PUA不PUA的，我根本没有男朋友！”

客厅里突然安静了。

鞠云珍和岳文斌分别打量着岳千灵，最后还是妈妈先开的口：“灵灵，有问题我们就解决，你要是把男朋友的事情说清楚，我们也不是不能接受，但撒谎可就不对了啊。”

岳千灵无语望天，欲哭无泪。

她其实很不想把关于唐信的事情讲给爸妈听，害怕他们告诉唐信的爸妈，但是事已至此，她没办法隐瞒了。

以非常谨慎的措辞交代了整个事情的经过后，岳千灵怕爸妈不相信，还把她和林寻的聊天记录给他们看，这才打消了爸妈的疑虑。

“事情就是这样，我根本没什么男朋友，只是一场戏而已。”

说完，岳千灵虽然此刻怀疑唐信还是喜欢她的，但为了避免节外生枝，她双手合十，恳请爸妈：“全都是误会，唐信也是误会，是我想多了，人家根本不喜欢我，你们千万别说出去啊，不然以后我怎么面对人家啊。”

鞠云珍和岳文斌两口子显然不明白这些年轻人怎么有这么多弯弯绕绕的东西，愣怔地点点头，保证不会说出去。

“行了，知道了，没找那样一个男朋友就好。”

鞠云珍拍了拍她的肩膀：“不过你也不小了，该找男朋友了，都二十一岁了。”

岳千灵撇嘴：“不急，白素贞一千七百多岁才嫁人呢。”

“……岳、千、灵！”

岳千灵连忙跳起来逃离现场：“我去洗澡睡觉啦！”

放假第一天就发生这么多鸡飞狗跳的事情，不累身，却挺累心。

不过她洗完澡，躺到床上，才发现自己这一晚上都没心思去想顾寻女朋友的事情，反倒没那么难受。

只是这会儿想都想起来了，她心里不免又开始堵得发慌。

人的心思真的很奇怪，最经不起的就是比较。原本以为顾寻对所有女生都一样冷淡，结果人家会用整个春节假期去陪另一个女生。对比之下，这种难受更甚于他的忽视和冷淡。

岳千灵翻了几次身都酝酿不出睡意，干脆拿出耳机听歌。

今夜的青安风清月皎，万象澄澈，连风吹过落叶的“沙沙”声都格外温柔。

与青安相隔不远的江城却云层厚重，压抑了一整天的绵绵阴雨终于悄悄下了起来，让本就天寒地冻的城市更添了几分阴冷。

整栋宿舍大楼只有几盏灯亮着，像黑夜里的零星光点，衬得这雨夜越发惨淡。

每年春节都有学生留校过年，要么是攻克实验项目，要么是准备阶段性考试。单纯不想回家的，大概只有顾寻一个。

放假后的学校安静得不像话，连风声都没有。

顾寻洗完澡出来，坐到桌前，刚准备敲两行代码，突然想到什么，拿起手机，给他妈转了五万块钱。

放下手机没几秒，来电铃声突兀地响起。

顾寻看了一眼来电显示，台灯映在眸子里的光倏然晦暗了几分，却浮动着复杂的情绪。

他接起电话：“妈，还没睡？”

电话那头女人的声音很严肃：“你突然给我转钱干什么？”

“过年了，”顾寻平静地说，“一点心意。”

“心意？你是跟我炫耀你现在赚钱多？”女人的声音尖锐了几分，“我不缺你那几个钱，我就缺个做正经事的儿子。”

顾寻突然觉得很累。

他合了合眼，将手机丢到桌上，开了免提，一边说话，一边敲键盘：“那你随意处置那些钱。我写会儿毕业论文，你早点睡。”

电话在沉默五秒后被挂断。

半个小时后，顾寻再次拿起手机，发现那笔钱还没被收下。

他盯着屏幕看了一会儿，眼前的代码变成了毫无意义的字母和数字，于是他再次将手机拿起来，点开了岳千灵的对话框。

菜也犯法吗 sir：女朋友，睡了没？

她回得很快，看样子也没睡。

爱吃辣椒的香菜精：谁是你女朋友？

菜也犯法吗 sir：我们都这关系了，叫一声“女朋友”不是挺亲切？

爱吃辣椒的香菜精：那你叫我“爸爸”不是更亲切？

顾寻嘴角倏然勾起一弯弧度，抬手合上了笔记本电脑，朝阳台走去。

爱吃辣椒的香菜精：有事快说，我要睡了。

顾寻看了一眼远处的灯光，想了想，不紧不慢地打字。

菜也犯法吗 sir：帮我想个送人的礼物。

爱吃辣椒的香菜精：？

爱吃辣椒的香菜精：父亲节还有好几个月呢，不着急。

菜也犯法吗 sir：？

爱吃辣椒的香菜精：礼物要自己选的才有诚意！

菜也犯法吗 sir：我要是清楚女生的爱好，还来问你？

爱吃辣椒的香菜精：哦，送女生啊。

爱吃辣椒的香菜精：送给喜欢的女生吗？

菜也犯法吗 sir：不是。

爱吃辣椒的香菜精：那有什么好选的，直接打钱不是更省事？

菜也犯法吗 sir：别废话，快选。

爱吃辣椒的香菜精：那你总得告诉我她有什么喜好啊！

爱吃辣椒的香菜精：喜欢化妆吗?

菜也犯法吗 sir：一般，不太喜欢打扮的样子。

爱吃辣椒的香菜精：那喜欢首饰这些吗?

菜也犯法吗 sir：应该不喜欢。

爱吃辣椒的香菜精：这女生挺脱俗的哈。

菜也犯法吗 sir：一般吧。

爱吃辣椒的香菜精：那喜欢打游戏吗?

菜也犯法吗 sir：挺喜欢的。

爱吃辣椒的香菜精：噢！那我知道了！

顾寻笑了笑，正想问她知道什么了，却见她发来一条链接。

一个月前，岳千灵看见了一款名牌机械键盘，手感是那个牌子的一贯水准，只是这新款的马卡龙色系彩灯实在太好看，再配上精致的键帽，即使是岳千灵这种对键盘外表没有什么追求的人都怦然心动。

唯一的缺点就是有点贵。

说到底，她也不缺机械键盘，刚好那段时间花钱也有点多，便没舍得买。

她心里又有点记挂，于是找机会暗示了一下她妈妈，但请求也被驳回了。

那款键盘就一直在她的收藏夹里落灰，直到刚刚，她睡不着，还点进去看了一眼，依然没有决定要不要买。

所以当林寻问她的时候，她第一时间就想到了这个键盘。

把链接复制给他后，岳千灵还忍不住吹了吹自己的审美。

糯米小麻花：你找我真是找对人了，这款键盘，没有电竞女孩不喜欢。

糯米小麻花：你尽管送，对方要是不喜欢，我把头给你当凳子坐。

校草：OK.

糯米小麻花：那我睡了。

校草：等会儿。

糯米小麻花：?

校草：你的地址和电话是?

糯米小麻花：干什么?

糯米小麻花：你想线下约架?

校草：……

校草：你不敢?

岳千灵随手把一个地址甩了过去。

糯米小麻花：你带几个人来？我好准备一下。

校草：我带爸妈来。

糯米小麻花：现在流行带爸妈打架了?

校草：闭嘴。

校草：刚刚点开链接看了，第二件半价。

糯米小麻花：?

校草：那就顺便给我女朋友也送一份新年礼物。

19

爱吃辣椒的香菜精：真的吗？?

看见她这么惊讶的样子，顾寻将地址复制了下来。

“青安市桐景区华安街道89号。”

这一行字，和当初那张端着奶茶的照片一样，无形中将他们的距离又拉近了一点点。

之前在同一座城市都不打算和他见面，现在至少愿意给他地址了。

顾寻的笑意蔓延至眼底，在嘴角彻底荡开。他洗了洗手，正准备打字，对面又发来一条消息。

爱吃辣椒的香菜精：真的第二件半价欸！！！

菜也犯法吗 sir：。

岳千灵的第一反应，的确是去看看第二件是不是真的半价。

看见那大大的红标，她喜上眉梢，心里迅速打起了小算盘：要是合买两个，算算折扣，双方都得利。

可是近三千元一个的键盘，第二个半价，折算下来一件也要两千多元呢，好像也没便宜多少。

岳千灵咬了咬手指，逐渐打消念头。

换作以前，她找爸妈要钱，花两千多元买个键盘眼睛都不眨一下。

但自从实习之后，她每天都在感慨赚钱真难，要养活自己更是有数不清的花销，永远不知道工资到底花在了哪里。她也同时感觉到了自己以前花钱有多大手大脚，想想都替爸妈觉得心塞。

因此她开始有意省掉不必要的开支，到现在，键盘用的还是大三开学时买的那个黑轴的，显卡更是强撑着没有更换。

只是这个键盘……她真的好喜欢啊。

岳千灵又看了看自己的工资卡，万念俱灰。

糯米小麻花：你的心意我心领了，礼物就不必了。

糯米小麻花：钱留着，对自己好点。

糯米小麻花：爱你哦。

校草：闭嘴，睡觉。

糯米小麻花：好的。

校草：晚安。

从年二十九开始，岳千灵要不就被爸妈带着去各处拜年，要不就是在家里接待客人，她时时刻刻都被使唤着打扫卫生，感觉比工作还忙。

这样也好，她几乎没有一个人坐着发呆的时刻，白天忙忙碌碌，晚上和高中同学们出去聚餐唱歌，耳边总是热热闹闹的。

只要不想起顾寻女朋友那档子事，她还是很快乐。

转眼便到了初六中午。

法定春节假期就要过完，岳千灵买了下午的高铁票回江城，此刻正在收拾行李。

但是她一想到自己又要回到江城，不管是公司还是学校，处处都是顾寻的影子，心情顿时一落千丈。

以前求之不得的再靠近一点点，现在却变成了她的桎梏。

思及此，岳千灵收拾行李的动作变得格外磨蹭。

她现在一点也不想回江城。

二十分钟后，岳千灵把行李箱放到房间角落，叹了口气，准备去厨房切点水果。

客厅里的电视重播着春晚当背景音，而鞠云珍则坐在沙发上聊微信。

岳千灵探出头，喊道："妈，你要吃苹果还是香蕉？要榨汁吗？"

这句话正好被录进她刚刚发的语音里，她侧头看了岳千灵一眼："拿两个橘子就够了。"

岳千灵不一会儿便切好了苹果，顺便捧了两个橘子出来。

经过鞠云珍面前时，鞠云珍正好点开一条微信语音。

"女儿就是好啊，真贴心，不像我儿子，唉……"

妈妈们玩微信不喜欢打字，语音也基本公放，岳千灵回来这几天已经从鞠云珍的微信里听到了不少八卦。

而这一个阿姨的声音有点陌生，岳千灵把橘子剥了皮递给她，并随口问道："谁啊？"

鞠云珍接过橘子，漫不经心地说"顾阿姨"，然后便按下了语音键。

岳千灵却整个人一激灵，嘴里的苹果忘了嚼，竖起耳朵听她妈说话。

"贴心什么呀，儿子女儿都一样闹心。"鞠云珍一边嚼着闹心女儿剥好的橘子，一边说道，"你儿子多优秀呀，一表人才的，成绩还那么好，我们灵灵学习要是有你儿子一半好，当初也不用花那么多钱送她去学美术了。”

岳千灵皱了皱眉，不满地嘀咕：“我又不是因为学习不好才去学美术的，我是喜欢美术，你别乱说。”

鞠云珍斜睨她一眼，没搭理，点开了新语音。

“你是不知道，成绩好有什么用？我儿子从小就喜欢打游戏，工作了也没去个正经公司，这连过年都没有回家。”

顾寻过年都没有回家？！

岳千灵那些原本已经沉寂的神经又被牵动，她下意识朝她妈妈靠近，好像这样能听见更多消息一样。

却不想，鞠云珍一开口就把刀子扎在了自己亲女儿心上：“哪有公司过年不放假的呀？你儿子是不是谈恋爱了？”

对面很快回了消息。

“也没听他提过，我得去问问，要真是谈恋爱了，至于连家都不回吗？”

岳千灵头皮倏地一紧，脑子里嗡嗡直响，偏偏鞠云珍听完这句话就放下手机往卫生间去了。

虽然已经亲口从顾寻嘴里知道了他有女朋友，但是又听见他妈妈这么说，岳千灵就像做阅读理解一样，试图从中解读出一万种可能，导致她坐在沙发上挪不动腿。

桌上的手机振动了一下。

鞠云珍迟迟没从卫生间出来，岳千灵看着她的手机，好几次想滑开屏幕听听顾寻的妈妈说了什么。

这几分钟被掰成一秒一秒，就像几个世纪那么难熬。

直到鞠云珍从卫生间出来，岳千灵眼巴巴地看着她，等着她放语音。

但鞠云珍拿起手机就往房间走，并说道：“我去换衣服，你把桌子收拾一下，咱们准备出发去高铁站了。”

“哦，好……”

她妈妈跟顾寻的妈妈高中毕业后便相隔在两个城市，这些年见面的次数屈指可数，联系也不多，偶尔问候聊天，话题也并不能持续很久。

所以岳千灵很想拉住她听完对方回了什么，可是无从开口。

坐上回江城的高铁，岳千灵的呼吸一次比一次沉重。

早知道她就不去切那一个苹果，就不会听到顾寻为了陪女朋友，过年连家都不回的消息。

这得是多甜蜜，才会做出这种事情啊。

花了大半个月整理好的心情，又毁于一旦。

晚上到了学校，岳千灵有气无力地拖着箱子打开宿舍门，印雪正在里面晒衣服。

“你怎么这么晚才到？”

“路上堵车。”

岳千灵放下行李箱，见印雪的桌边放了一个纸箱子，里面装着各种杂物：“你这是干什么？”

“这不是要毕业了嘛，”印雪说，“我加了个学校的二手群，打算把不方便带走的东西都卖掉。”

岳千灵“哦”了一声，洗了个手，坐到桌前打算看会儿微博，休息一会儿。

也不知道是不是手机被监控了，她一刷新，居然弹出一条外设店开团购的广告微博。她看上的那个键盘就在活动中。

岳千灵点进详情一看，开团购买的话，能便宜小一千块，只是还差七个人才成团。

加上她没想到自己今年过年还能收到压岁钱，那被压制了许久的购物欲立刻就涌了上来。

她立刻把链接发到四人游戏群。

糯米小麻花：有人要买键盘吗？！快来跟我拼团啊！

糯米小麻花：@骆驼你老婆玩游戏吗？要不要送她一个？

校草：？

糯米小麻花：？

校草：我不是送了你一个吗？

糯米小麻花：？

岳千灵瞪着眼睛，不可置信地看着手机屏幕。

糯米小麻花：你真给我买了？

校草：不然呢？

校草：这么多天，你还没收到？

校草：地址不对？

糯米小麻花：？

岳千灵无语了半晌，几度想说点什么，却觉得哪里不对。

这个时候印雪在宿舍里走来走去，嘴里还哼着歌："恋爱，i，n，g，happy，i，n，g，心情就像是，坐上，一台喷射机……"

岳千灵一言难尽地看着手机，她现在确实挺像坐上了一台喷射机。

"印雪，别唱了，问你个事。"

印雪整理着衣服，没回头："放。"

岳千灵舔了舔嘴角，踌躇地开口："还是那个网友的故事，就是如果他突然送你一个很贵的礼物，你觉得他是什么意思？"

"嗯？"印雪猛地回头，"多贵？"

岳千灵肉痛地开口："快三千块了。"

印雪沉默半晌，没说话，但眼神已经表达了一切。

岳千灵叹气："你也觉得……是吧？"

"这个应该是的吧。"

其实岳千灵第一次问印雪这个问题的时候，印雪是真觉得没什么，毕竟只是打个电话问候新年。但知道送礼物这个事情后，她的想法开始变了。

这个年代，长期打游戏真的太容易产生感情了。

印雪以前玩个网游，二三十个人的帮会里面就能自产自销五六对。更何况，岳千灵的声音确实很好听，别人根据声音联想她是个美女也是正常的事情。

“啧。”印雪摇了摇头，“你最近桃花还真旺。”

看见对方发来那么多个问号后便没了动静，顾寻察觉到哪里不对劲。

他想了想，将对方给他的地址复制下来，粘贴到高德地图。

一秒后，显示定位的小红标出现在地图上。

顾寻将地图放大，放大，再放大，直到上面清晰地显示——青安市派出所。

我……

顾寻正想打字说什么，岳千灵就私聊了他两条消息。

顾寻打开一看，直接气笑。

“爱吃辣椒的香菜精给你转账 2888 元。”

爱吃辣椒的香菜精：你……知道我有喜欢的人吧？

20

岳千灵从来没有这么紧张地等过一个人的回复。

在那两三秒，她脑海中已经想象过了各种尴尬的对话，甚至有点后悔自己一冲动就问得那么直白。

要是搞错了怎么办？岂不是显得她很自作多情？

那要是他告白了怎么办？拒绝网友的流程该怎么走？

如果他打太极又该怎么办？

不论是哪一种，岳千灵都觉得不好应对，即便是唐信那样的人，她都只敢暗戳戳地暗示，更何况现在面对的是一个没见过面的网友。

岳千灵几乎是数着秒，如坐针毡地盯着手机屏幕。

见他没有立即回复，岳千灵脑子一热，立刻撤回了刚刚那条消息。

然而下一秒。

校草：你……该不会以为我也喜欢你吧?

万万没想到，他在千万种回复中选择了最令她尴尬的一种。

而且那个“也”字就很有灵性，好像是在刻意提醒她什么。

岳千灵脑海里又回忆起当初人家唐信说自己有喜欢的女生时的尴尬。

一时不知道该怎么回复，岳千灵打了一串“哈哈哈”过去，试图缓解此刻的氛围。

可惜对方根本就不给她这个机会。

校草：因为随手送的一份礼物，倒也不必。

校草：我这人呢，别的优点没有……

校草：就是钱多大方。

岳千灵想想，觉得也是，当初她开玩笑说自己收费五百元一小时，他就真转了五千元给她。

而那天他问她要地址，她开玩笑说线下约架，他也接了梗，岳千灵就顺势给了一个派出所的地址。

千错万错，都是错在她不该用自己狭隘的思想去揣度有钱人的想法!

糯米小麻花：哈哈哈，开个玩笑啦!

她还配了个“擦汗”的表情。

校草：如果这个键盘让你实在难受，那你退货吧。

校草：我不会多想的。

那不是更尴尬了吗?

糯米小麻花：不会啦，我本来就挺喜欢的!

她还在后面配了个“龇牙”的表情。

校草：行。

紧接着，他收下了岳千灵转的钱，随后又转来一笔钱。

“校草给你转账 722 元。”

糯米小麻花：?

校草：多给的钱。

校草：怕你多想。

岳千灵算了算，按照第二件半价来折合，她确实多给了七百多块钱。

糯米小麻花：OK！省了不少钱!

收下这钱后，岳千灵趴在桌上，利用冰凉的桌面给自己涨红的脸颊降温。

难道最近真的得了一种叫作“全天下男人都喜欢我”的自恋绝症吗?

“怎么说？”印雪整理好衣柜，走过来问道，“网友告白了吗？”

“告个屁的白。”岳千灵只想找个坑把自己埋了，“现在尴尬的就只有我一个人！”

“我看看。”

印雪拿起她手机看了一眼聊天记录，立刻嫌弃地皱眉：“我的天哪，你就不能委婉一点?你这跟直接对人家说‘我有喜欢的人，你不要对我有非分之想’有什么区别?我真是服了你！”

岳千灵也想委婉啊，但她有时候就是容易意气用事。

如果万事都考虑周全，就不是岳千灵了。

她现在只想给林寻灌上一碗孟婆汤，或者她自己喝一碗也行。

可惜不仅没有孟婆汤，骆驼和小麦还在群里添油加醋。

骆驼：什么送键盘?为什么我没有?

小麦：为什么不送我?就因为我是男的吗?

岳千灵看见他俩说的话，心又悬了起来，感觉他们又要把话题引歪。

同样看他们不爽的还有顾寻。

屁话怎么那么多。

他冷着脸，正要让这两人闭嘴，群里突然跳出了岳千灵的回复。

爱吃辣椒的香菜精：之前搞活动，第二个半价啦！我忘了他帮我买了，钱也忘给了。

爱吃辣椒的香菜精：刚刚已完成肮脏的金钱交易！

下一秒，骆驼就来私聊顾寻。

骆驼：你还收人家钱？你为什么不直接送一个？！你缺这点钱？你是猪吗？！

一股气堵在胸口，直叫人浑身不爽。

他把手机扔回桌上，结果手机又被桌子边角弹到了地上，砸出清脆的响声。

一旁打游戏的蒋俊楠吓了一跳，扭头一看，顾寻已经去了阳台。

“你跟你妈又吵架了？”蒋俊楠帮他把手机捡起来，看见屏幕的右下角果然碎了，心疼地朝他喊，“你看，我是不是劝你贴个膜？！这屏一摔就碎了！”

顾寻没理他，用凉水洗了洗脸，随便擦了两下。

重新回到宿舍内时，他眉梢的水珠顺着流畅的脸颊线条下滑，留下模糊不清的水迹。

明明该是很性感的画面，蒋俊楠却觉得后背冒起了凉气。他张了张嘴，正想说话，顾寻却冷冰冰地说：“闭嘴。”

蒋俊楠彻底蒙了：“我还没说话呢！”

顾寻没理他，也没管手机，打开电脑，才说道：“踢一个人。”

蒋俊楠正在跟朋友组队打游戏，听顾寻这么说，知道是他要来玩的意思，立刻就把最菜的那个人踢出了队伍。

毕竟跟顾寻打游戏，那种被带飞的体验感是真的绝。

登录游戏，第一把游戏刚刚进入白热化，网突然断了。

“又来？！”虽说这几年蒋俊楠对学校时不时断网已经习以为常，但在这种时候，简直比女朋友提分手还搞他心态。

“网络中心的人是吃屎的吗？！做不来事情让爷教啊！”

蒋俊楠一个人骂骂咧咧了半天后，发现顾寻根本没有理他。

顾寻靠着椅背，坐姿很随意，脸却很臭。

这一天都是些什么破事。

蒋俊楠情绪变得很快，前一秒还怒发冲冠，下一秒想到了什么，立即就蔫儿了，他侧头看向顾寻：“对了，过年的时候我女朋友把我甩了。”

顾寻“哦”了一声，起身拿起外套：“那出去吃顿饭庆祝一下？”

两个大学生，晚上九点才吃晚饭是再正常不过的事情。

由于还没到开学时间，偌大的学校里只有大四学生，外面的餐厅也没开几家，因此，那家中餐店又人满为患了。

顾寻和蒋俊楠运气好，来的时候还剩一桌。

落座后，蒋俊楠直接从冰柜里拿了两瓶酒，倒上一杯，一饮而尽，这才闷闷地开始说话。

“老子跟她在一起两年了，就跟个二十四孝男友似的，结果你猜怎么着？！这一回家，她碰到她高中的初恋，那死灰烧得跟干柴似的。

“才几天啊，两个人就搞到一起了，当初可是那男的甩了她！

“提分手的时候还哭唧唧地跟我说她其实忘不了初恋，合着我就是个备胎？

“我寻思，难道女的真就这么忘不了初恋？‘初恋’这两个字到底有什么魔力啊？我现在连我初恋姓什么都想不起来了！”

蒋俊楠一个人叨叨了半天，顾寻越听越烦，一个字都不想回应。

顾寻正想叫他别提那些情情爱爱的事情时，他却自己闭了嘴，不说了，呆呆地看着什么地方，然后拉了拉顾寻的袖子：“看，快看。”

顾寻不耐烦地扭头，正巧就看见岳千灵和印雪手挽手走进来。

仅仅一眼，没什么情绪，他就转了回去继续看手机。

老板经过他们身边，上前去招呼："两位美女，吃饭？可能得再等等，马上就有位置了。"

岳千灵进来的时候也看见了顾寻和蒋俊楠，只是这一次，她的目光非常克制地扫过顾寻的背影，很快就收回。

想遇见他的时候，每天去他们学院楼下晃悠都不一定能碰见。不想遇见他的时候，他却总是出现在她面前。

岳千灵摇了摇头："不用了。"

老板以为她不想等，张望一圈，看很多桌都只有一两个人，于是又说："要不拼个桌吧？其他店都没开门。"

岳千灵正想拒绝，却见蒋俊楠朝她们招手，笑得很热情："来这儿坐呗！"

话音落下，岳千灵心跳陡然加快，手指不自觉地攥紧了袖子。

印雪看了她一眼，有些摇摆不定，不知道岳千灵到底想不想过去。

而背对着她们的顾寻却连头都没抬一下，似乎根本没在意蒋俊楠在叫谁。

岳千灵突然被一种无力感包围着。这种感觉其实不陌生，只是她以前总是选择忽视。

"不用了。"她朝蒋俊楠僵硬地笑了笑，"谢谢。"

人家有女朋友，她自讨没趣地凑上去干吗？

岳千灵和印雪走后，蒋俊楠摸了摸后脑勺，不明白为什么上次这姑娘看见顾寻还神采奕奕的，这次却连拼桌都不愿意了，还笑得苦巴巴的。

"她怎么了？"

顾寻在回主策划的消息，手指飞快地按着键盘，没什么语气地说："关我什么事？"

一路上，印雪都在聊过年回家听到的亲戚间的狗血八卦——属于小说都不敢写的尺度——成功地转移了岳千灵的注意力。

回到宿舍，刚推开门，岳千灵就接到了爸爸的电话。

“快递给你找到了啊。”

出门吃饭前，岳千灵从各个网店以及运营商的短信堆中翻出了那条快递短信。

快递确实在几天前被放到了派出所收发室。

岳千灵一边暗骂现在的快递员越来越会躲懒，一边请她爸爸帮忙去把东西找回来，理由是快递送错了。

岳文斌是个遵纪守法的好公民，这辈子除了办身份证时，就没进过派出所。他大晚上去取快递，还被收发室的值班人员说了几句，所以他觉得这一趟还挺晦气。

“下回不要用这家快递了！”他不满地说道，“这都能送错，幸好不是什么要紧的东西！”

谁说不要紧了，两千多块钱呢。

挂了电话后，岳千灵准备去洗澡。

放下手机前，小麦在群里发了一条消息。

小麦：今天吃鸡吗？

岳千灵想了想，没回，抱着衣服进了浴室。

洗完澡，再走完护肤流程，已经夜里十一点。

岳千灵拿着手机躺上床，看见群里只有骆驼在半个小时前说了句“可以”。

以往这个时候，正是他们四个上线的时间。

林寻没说话，大概也是觉得尴尬吧。

岳千灵不由得又回想起傍晚那尴尬的一幕，余威很大，到现在还能让她脚趾抓地。

这时，小麦见久久没人回应，又点名了他俩。

小麦：@ 校草 @ 糯米小麻花你俩倒是吱个声啊，不会这么早就睡了吧？

岳千灵想，要不就装死吧。她深吸了一口气，正打算放下手机。

校草：上啊，我 OK。

看见他这么坦然的语气，岳千灵突然觉得自己有点小题大做。

人家都没觉得有什么，你在这儿胡思乱想些什么呢？

大家都是成年人了，有什么误会是说开了以后还斤斤计较的？

岳千灵，大方点！

给自己鼓了气后，岳千灵像个神经病一样笑眯眯地打字。

糯米小麻花：我也 OK 呀。

小麦：那就上号！刻不容缓！

虽然给自己做了心理建设，但登录游戏，打开语音后，岳千灵还是有一丝忐忑，一直没说话。

林寻最后一个上来，小麦把房主让给了他。

他没说什么，直接点了“开始游戏”。

进入出生岛后，他问：“想跳哪儿？”语气和平时一样。

小麦现在感觉自己进步不少，对边边角角的地方没有兴趣，连天堂度假村都不想去，直接说：“训练基地！”

“噢哟，”骆驼笑道，“不愧是跳伞小天才。”

小麦：“等下不要喊我扶你！”

骆驼和小麦闲扯了好一会儿，直到上了飞机。

“小麻花，你没开麦吗？”

岳千灵愣了一下，连忙假意说道：“哦，刚刚忘了。”

“有两队已经跳了主楼。”林寻接着开口，“我们先去边上，让他们先打。”

岳千灵说了一声“好”，脑子里却在做阅读理解。

语气挺正常的吧？

应该没有介意刚刚的事情了吧？

捡到一把 M762 后，岳千灵问：“有红点瞄准镜吗？”

林寻没说话，却给她标了一个。

岳千灵跑过去捡了起来，整理了一下自己的包，问道：“有人要六倍镜吗？”

“我要！”小麦立刻说，“我刚捡了一把 M24！”

岳千灵觉得六倍镜这种东西给小麦有点浪费，他根本就不会用栓狙[①]，也压不住六倍镜，于是问道：“林寻，你要吗？”

平时这种时候，有好东西她都是第一时间分享给林寻。

而林寻在雨林地图只用两把 M762，捡到狙击枪也会帮岳千灵标记。

但这一次，没等林寻回答，小麦就跳了起来：“你看不起人？！”

“你压不住六倍镜！”岳千灵不满地说，“你先把四倍镜和连狙[②]用好好吗？别走都还没学会就想跑了。”

小麦想想觉得也是，也就没再说话。

这时林寻才开口：“等会儿来找你拿。”

听见他这么说，岳千灵悄悄地松了口气。

直到游戏过半，她终于确定了自己的感觉：是平常的样子没错了。

只是林寻大概觉得自己最近对她有点熟稔，才会让她误会，所以还特意保持了一点态度上的距离。但他话本就不多，这样一来，就更冷淡了。

这点细微的差别只有岳千灵这个有心人注意到，骆驼和小麦毫无知觉，两个人叽里呱啦地说个不停。

小麦落地的时候就捡到了三级甲，这会儿又看见一个，于是标了

---

① 游戏术语，指单发射击的狙击步枪。

② 游戏术语，指连续射击的狙击步枪。

一下，并提醒所有人："这里有三级甲，先到先得啊！"

"我来了！"岳千灵立刻朝他标的方向跑去。

她跑了两百米，绕进二层，却发现标记的地方只有一件脱下来的二级甲。

她一时间还没反应过来，问道："三级甲呢？"

耳机里传来林寻平静的声音："我身上。"

她笑了笑："好的哦。"

不一会儿，四人在跑毒的过程中遇到一辆车。

枪声立刻像过年放炮一样响了起来。

岳千灵拿着满配 M762，打得很爽，没几下就把他们的车打爆，炸得一车人全都残了血，但是没一个血条到底，于是她打算换上红点瞄准镜冲过去近战。

然而就在她换镜的那几秒，一车人全被林寻杀完了。

看着左下角的击杀信息，以及自己毫无变化的人头数，岳千灵忍住了骂人的冲动。

没关系，我们是队友。

又过了一会儿，岳千灵发现一个空投物资落在离他们不远的地方，她故意没吭声，瞒着所有人拔腿就朝红烟冲去。

跑了没两步，她看见林寻从另一个方向也朝着空投物资奔去。岳千灵依然没说话，鼓足了劲儿去抢。

但渐渐地，她发现自己好像跑不过林寻了，开始着急地喊道："不必！不必！大家都是队友！不必！"

可林寻丝毫没有减速，还加满了能量，只为跑得更快。

两秒后，岳千灵眼睁睁地看着林寻先她一步站到空投物资前。

她不死心地开口："里面是什么枪啊？"

林寻不咸不淡地说："当然是 AWM。"

好，我再忍。

几分钟后，小麦和骆驼死在一场堵桥的鏖战中，骂骂咧咧地转到观战视角。

已经进入决赛圈，人还挺多，岳千灵和林寻运气不好，圈离他们特别远，他们身上药也不多，只好拼了命地跑。

偏偏这时，他们遇上一支满编队。

那队人远远地朝穿着鲜艳的岳千灵开了几枪，他们拿的是 M416，5.56 毫米的子弹伤害性不高，但极具挑衅性。

岳千灵果然不跑了，扛着枪就打算去干这队人。

“别啊！”骆驼在观战她的视角，立刻喊道，“你先跑毒吧！这毒好远好疼的！”

“呵，他们挑衅我，我会跑？！我今天必堵死他们！”

说完，岳千灵已经朝毒里冲了过去。

激战了好几分钟，岳千灵成功打死了对面三个人，但是由于这毒实在太疼，她的能量值告急，被那队仅剩的一个人一枪就干倒了。

岳千灵跪在地上，大声喊了起来：“林寻快来扶我！我还能打！他们还剩最后一个人就死完了！很残！快来啊！”

喊完了，她突然发现哪里不对。

林寻刚刚为什么没来抢她的人头？为什么那么安静？

感觉到哪里不对，岳千灵稍微移了移视角，视野内根本看不见他。

随后耳机里就响起了骆驼的爆笑：“哈哈哈，这狗东西在你打架的时候已经跑进几百米外的安全区趴着了！”

她到底是有多自作多情才会觉得这狗喜欢她？！

21

大概是因为刚刚收假，许多人还不能接受明天就要工作的现实，印雪看剧看到了凌晨两点，岳千灵也打游戏打到了凌晨两点。

游戏之所以让人沉迷，就是因为它能把人拉进一个平行世界，暂时忘却现实的烦恼。

比如今晚，岳千灵就把顾寻抛之脑后，也没有去想她和林寻之间发生的尴尬，满脑子都是怎么打死每一局的九十六个人。

直到凌晨三点，她在床上翻来覆去，还在想最后那把骆驼要是不瞎走位，卡了一下她的视角，她就带全队吃鸡了！

刚要睡着，印雪又打了个喷嚏，不满地说道："这都该入春了吧，怎么还这么冷？冻死我了。"说完，她翻了个身，沉沉睡去。

不知为何，今年的春天似乎来得特别晚。

日历上的数字不停跳动，气温却稳如泰山，毫不见涨，直到三月初，才有了一点初春的气息。

但是温暖的阳光没有光临几天，倒春寒又急不可耐地出现。寒风料峭如剪刀，吹得那些早早就换上了春装的人喷嚏连天。

直到四月下旬，天气才逐渐稳定，岳千灵终于脱下了厚重的衣服。

其实这段时间她过得还挺开心的。

项目组又招了两个原画师，工作压力瞬间减小，尹琴忙着跟新人拉拢关系，没什么心思找她的碴儿。

她的毕业设计也定了初稿，老师很满意，没什么需要大改的地方，只是要调整一些细节。

有时候她还能在公司闲着摸会儿鱼，琢磨着画了点自己没尝试过的风格。

她每天晚上回到宿舍，和林寻他们一起打打游戏。

最近骆驼和小麦进步挺大的，段位越来越高，匹配到的敌人段位也水涨船高，游戏体验比以前更刺激。

在枪林弹雨中，岳千灵很快便消磨掉了当初自作多情拒绝林寻的尴尬感，而对方也没再提过。

只有刚收假那几天，她总是在电梯里遇到顾寻，心里会翻起涌动的暗流。

这也导致有一段时间她看见电梯就会露出复杂的情绪——

她有点想见到他，又有点不想见到他。

这种纠结的情绪在连续很长一段日子没在公司遇见顾寻后，才有了消减的迹象。

不过等岳千灵回过神，也有点疑惑：公司就这么大，怎么连他的身影都没看见过？

这天下班，岳千灵在电梯里遇到了陈茵。

她在说了一段时间全公司团建的事情后，岳千灵便顺口问道：“第九事业部的去吗？”

“当然去啊。”陈茵说，“本来往年都是六月团建的，但因为第九事业部去封闭开发了一段时间，这两天才结束，所以专门把团建时间提前，就为了让他们放松放松。”

从这段对话里，岳千灵得到了两个信息点：

一、原来这么久没见，是因为他去了别的地方。

二、这次公司团建他们也会去。

“哦，这样啊……”岳千灵从来没有参加过团建，踌躇着开口问，“团建会折腾吗？我那几天可能是生理期，如果太折腾，我就不去了。”

“放心呀！”陈茵笑着说，“想到第九事业部他们忙了这么久，为的就是放松，所以这次咱们全公司一起去郊区的温泉酒店享受两天，怎么会折腾？”

岳千灵点了点头：“公司还挺人性化的。”

后来事实证明，岳千灵还是太年轻。

当团建的时间定在五一劳动节假期时，几乎所有人都傻眼了。

还能这么投机取巧？

把法定假日和合同里写的固定团建活动结合在一起，可真是妙啊！

可是无语归无语，怨声载道几天后，百分之九十的人还是选择了参加团建，只有一些已经定了旅行计划的人不能出席。

团建当天，行政部的安排是上午九点在公司集合，由统一的车送大家去温泉酒店。

早上七点，天已经大亮，但宿舍里的窗帘还紧紧拉着，透不进一丝光亮。

印雪生物钟稳定，这个点就迷迷糊糊地醒来，看见宿舍里坐着一个长发女人，一瞬间什么瞌睡虫都被吓跑了。

等她回过神，发现是岳千灵坐在那里打理头发，差点儿一枕头就朝她砸过去。

“岳千灵，你知不知道大清早的，你坐在那里很吓人？！”

岳千灵回头看了她一眼，笑道：“醒啦？放假不多睡会儿？”

“被你吓醒的！”印雪气呼呼地坐了起来，平复了一会儿心情，又问，“不是吧，今天你还化妆？”

岳千灵开始上粉底，对着镜子仔细观察有没有瑕疵，漫不经心地问：“为什么不化？”

“有这时间不如多睡一会儿啊。”印雪说，“反正顾寻都有……”

最后几个字她没说出来。

岳千灵的手指顿了一下，然后扯出一个僵硬的笑：“你不要管美女的生活。”

“我觉得你是不是没死心？”

岳千灵闷闷不乐地说：“想太多。人家有女朋友了，我就该蓬头垢面吗？”

而且她起早贪黑起来化妆，确实也不是为了吸引顾寻的注意力，毕竟人家现在不是单身。

只是潜意识里她依然希望自己展露在顾寻面前的形象是精致漂亮的。

她现在不会去主动接近他，但不代表她可以不顾自己的形象。毕竟两人在同一家公司，下班后又在同一所学校，不管在哪里碰面，如果她憔悴又邋遢，即便顾寻根本不会在意，她自己也会心塞好几天。

到了温泉酒店，大家几乎分部门各自玩耍，偌大一个山庄，就算想偶遇也不是一件容易的事。

直到晚饭时间，所有人才齐聚餐厅。

岳千灵在房间里换衣服时临时接了论文指导老师的一个电话，要聊好一会儿，她便让黄婕先去吃饭，不用等她。因此她下楼时，餐厅里几乎已经坐满了人。

岳千灵不知道她们部门坐了哪一桌，张望着慢慢朝里走去，经过某一桌时，有个人突然叫住了她："岳千灵？"

她一回头，愣怔着眨了眨眼睛。

竟然是老板在叫她。

老板朝她挥了挥手："过来坐呗。"

此话一出，那一桌的每个人几乎都在看她。

在好几道目光注视下，岳千灵飞速环顾了一下这一桌。

九个人，除了老板，唯一一个她认识的就是顾寻。好巧不巧，唯一的空位就在老板和顾寻之间。

这叫什么？

——好事该来的时候不来，不该来的时候它踩着风火轮狂奔而来。

不过老板都发话了，岳千灵自然不能拒绝。

她点了点头，朝空位走过去，抚着裙摆坐下，先跟老板问了声好，然后侧头跟顾寻点了点头。

顾寻平静地看了过来，眼睛在明亮的灯下呈现琥珀色。

目光短暂地相接，岳千灵心神忽地一荡，随即克制地收回了目光。

"下个月就毕业了吧？"老板喝了点酒，慵懒地看着岳千灵，眼神别有意味，"毕业后有什么打算，留在公司吗？"

哪有这么提问的？

我难道能当着你的面说“我想走”？

“我当然是希望留下来的。”岳千灵深吸了一口气，保持表情的平静，面不改色地吹起了彩虹屁[①]，“毕竟业内也找不到什么比咱们公司更好的平台了。”

老板笑了起来，又给自己倒了杯酒，问道：“那你去年年底的时候为什么要离职？”

没等她缓口气，老板又接着问：“怎么走了没两天又想回来？”

那一刻，岳千灵感觉全桌的目光又集聚在自己身上。

就连身旁的顾寻，似乎也在看她。

或许老板只是顺口一提，但岳千灵就差在油锅里滚一圈了。她当初可是跟顾寻说，是老板不让她走，非要她留下来的。

谎言被当场戳穿，岳千灵恨不得钻进桌子底下。

偏偏她感觉到顾寻的目光好像还在她身上，看得她如芒在背，坐立难安。

沉默的那两秒，谁知道她经受怎样的煎熬。

“当然是因为……”岳千灵顿了顿，极困难地开口，“年轻不懂事。”

“原来是这样……”老板笑着摇了摇头。

岳千灵缓了口气，紧绷的背脊也松了下来。

下一秒。

“我还以为是因为咱们公司来了个大帅哥，你舍不得走了呢。”

在全桌的哄笑中，岳千灵拳头倏地紧握，那口气又硬生生地被堵了回去。

和顾寻不到半臂的距离，她能清晰地感觉到他的存在，似乎还听见他轻笑了声。

---

① 网络用语，意为花式吹捧对方浑身是宝，全是优点。字面意思为就连对方放的屁都能出口成章、面不改色地将其称为彩虹。

那一道气音，像火焰一样，将她架起来烤了一圈。

还好她还没来得及说什么，桌上另一个女生就开口道：“可不是嘛，当时施月刚离职不久，还跟我说早知道就不走了，我说那你回来呀，只要你老公不介意。”

桌上又是一阵哄笑。

老板本来只是开个玩笑，大家笑笑也就过了，没真的在意岳千灵的回答。

但岳千灵冷不丁被戳中了想法，心慌意乱，做贼心虚地侧了侧头——

人声喧哗中，两人目光再次相接。

耳边的声音似乎突然消失了，岳千灵心跳加快，气血倒涌，双颊很不争气地爬上绯红。

她几乎可以肯定，顾寻看出了她的想法！

怀着这样的忐忑心情，岳千灵这顿饭吃得食不知味，如坐针毡，全程和一旁的顾寻零交流，连脸都不会往那边侧一下。

越是这样，她的注意力越是离不开顾寻，时时刻刻注意着他的动向，像个小间谍似的，吃顿饭吃得身心俱累。

好在顾寻似乎根本没有在意刚刚的问题，也一直没有跟她说过话。

好不容易熬到了最后，桌上的饭菜已经所剩不多，岳千灵打算找个借口开溜，这时，整个餐厅的人却开始相互敬酒。

老板被他们叫去了别桌，岳千灵身边空了个位置，很快就有个男的端着酒杯坐了过来。

岳千灵和这个人并不熟，只知道他是人力资源部的主管，平时几乎零交集，只有当初校招面试的时候见过几面。

但这个主管记得岳千灵。

“岳千灵是吧？”他喝得满脸通红，自来熟地将岳千灵面前的空杯子倒满了白酒，“当初你可是我招进来的，我算半个伯乐吧？”

他把酒杯推到岳千灵面前：“来，咱们喝一个，干了！”

岳千灵虽然会喝酒，但仅限于低度数的啤酒。

至于白酒，她曾经在家里尝试过，仅仅喝了一口，就呛得满脸痛苦，喉咙像被烧了似的。

现在这个主管要她干一杯白酒，这不是要她的命吗?

“我不会喝酒。”岳千灵笑着端起一杯果汁，“我喝果汁吧。”

“你这就是不懂事了啊。”那个领导笑眯眯的，语气里却流露出明显的不满，“我干白酒，你喝果汁，这算什么？”

“不好意思，我确实不能喝。”岳千灵毫不退让地看着他。

这位主管自认是个领导，没被实习生拂过面子，当时就不高兴了。

“谁都是从不会学会的，今天不就是个好机会？”

他把岳千灵手里的果汁强硬地端走，动作粗鲁，洒了好些出来。

岳千灵眼疾手快地闪开，衣服上就只沾了一点，却眼睁睁看着那些果汁飞溅到了顾寻的腿上。

她顿时有些慌乱，连忙拿出纸巾。

“对不起对不起，你快擦擦。”

顾寻接过岳千灵递来的纸巾，随意地擦了擦裤子上的果汁，听见岳千灵还在道歉，他皱了皱眉：“你道什么歉？”

岳千灵还没反应过来他这话什么意思，另一边，主管已经把酒杯往她手里塞了：“来走一个呗，感情深，一口闷。”

谁跟你感情深?

“我真的不能喝。”岳千灵压住不耐烦，让自己的语气尽量不那么暴躁，“我酒精过敏。”

“嘿呀，我听太多女孩子找这种借口了。”这人脑满肠肥，一笑起来，脸上的肉都挤到了一起，“你们这些漂亮女生啊，就是会装，嘴上说着过敏，下了班去夜店，比谁都能喝。”

“你胡说什——”

岳千灵话还没说完，手中的杯子突然被人拿走。

她惊诧地转头，见顾寻端着她的杯子，一饮而尽。

“砰”的一声，杯子被他搁在桌上。他目光沉沉地看着那个主管，嗓音里含着明显的不满：“我帮她喝了，可以结束了吗？”

主管愣了片刻，表情有点僵，却还笑着说：“我跟人家千灵喝酒呢，等会儿跟你喝，别着急。”说着，他又拿走杯子，开始倒酒。

“你们年龄小，不懂事，叔我这是在教你们怎么跟人打交道——”

“你怎么不回去教你自己女儿？”

听见顾寻明显很不爽的声音，她愣了片刻，缓缓扭头去看他。

“逼女生喝酒觉得自己很牛？”他依然沉着脸，眼里带着毫不掩饰的鄙夷和嘲讽，轻笑了一声，“还是觉得人家漂亮想占点便宜？”

坏心思就这么被直截了当地戳穿，主管的面子实在挂不住了，酒气一上来，脸上通红。

可是顾寻说的三句话，句句戳他心窝，他一个字都说不出来。

偏偏一桌人都以看笑话的表情盯着他，只有岳千灵默默地出着神，不知道在想什么。

主管最后一句话都没说，拿着自己的酒杯起身就走，还重重地摔了一把椅子。

桌上有其他人安慰岳千灵：“姑娘，你别理这种人，咱们又不求着他什么，没必要忍这种人。”

岳千灵扯出一个笑，说了声谢谢，随后她又对着顾寻道了声谢。

顾寻没说话，只是拿着纸巾擦着刚刚杯子里洒出来的酒。

如果换成以前，顾寻在这种时候帮她出头，岳千灵能高兴得飞起来。

他刚刚还说了她漂亮。

而现在，一想到他有女朋友，岳千灵心里就只剩心酸。

在这样的前提下，他偶尔流露出对她的好，都变成了另一种形式的煎熬。

岳千灵垂下眼睛，发烫的指尖紧紧抓着裙摆，满脑子胡思乱想。

直到大家都散了，岳千灵在回房间的路上越想越郁闷，拿出手机给印雪发了几条消息。

糯米小麻花：今天吃饭，有个男的纠缠着我喝酒，顾寻帮我挡酒了。

糯米小麻花：还揶了那个男的，气得他肚子都要炸了。

糯米小麻花：要不是顾寻有女朋友，我当场就要忍不住了！

糯米小麻花：你理我一下呀，我烦着呢。

印雪不知道做什么去了，一直没回消息。

岳千灵便闷闷不乐地回到房间，把洒了酒和果汁的衣服换了下来。

等她做完这一切，床上的手机终于振动了两下。

打开一看，是印雪发来的消息。

印雪：这可真是太妙了！

印雪：我刚刚知道，顾寻根本就没有女朋友！

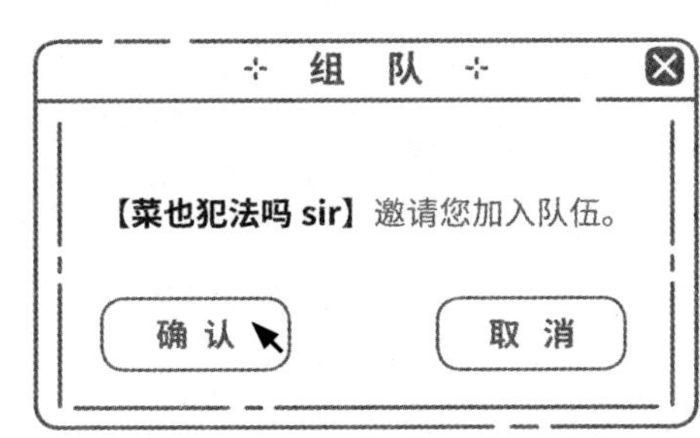

组 队
【菜也犯法吗 sir】邀请您加入队伍。
确 认
取 消

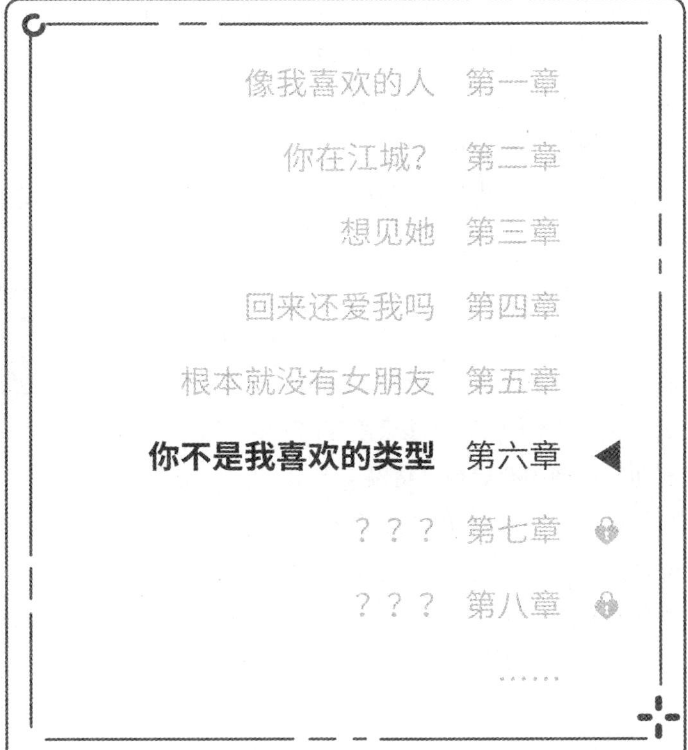

像我喜欢的人 第一章
你在江城？ 第二章
想见她 第三章
回来还爱我吗 第四章
根本就没有女朋友 第五章
你不是我喜欢的类型 第六章
？？？ 第七章
？？？ 第八章
……

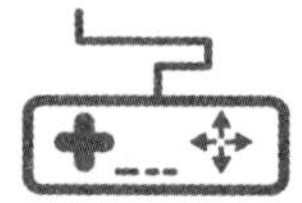

22

半个小时前。

印雪打开学校的二手交易群，看见有个人挂出了一款全新的BOSE降噪耳机，粉粉嫩嫩的外观很可爱，于是她立刻私聊那个人，谈好价格后，两人就约在图书馆当面交易。

印雪到了那里，却发现来的人有点眼熟。

那不是顾寻的室友吗？

蒋俊楠走过来，也发现印雪有些熟悉，径直问道："我们好像见过，你是岳千灵的朋友吧？"

印雪点点头，打量了他两眼，见这人一米八几的大个子，不像是会用粉色耳机的人，于是问道："这耳机是你的啊？"

蒋俊楠无奈地摸了摸后脑勺，眼神有些不自然："当然不是我的，我这么一个大老爷们儿，怎么会用这种东西？"

看印雪眼神中有疑虑，蒋俊楠害怕她以为自己这东西来路不正，立刻解释道："这是我给我女友买的礼物，结果还没送出去就分手了。这绝对是正品，我带了发票的，还有购物记录可以给你看。"

"哦……这样啊……"印雪看了眼购物记录，碎碎念道，"礼物都买好了还分手，怪可惜的。"

蒋俊楠感觉再说下去，印雪可能就要猜出自己是被甩了，这还怪没面子的，便插科打诨地说道："嘿呀，我这不是为了融入我们宿舍的单身氛围嘛，不然就我一个人天天秀恩爱，多么格格不入？”

印雪本来都要掏手机付钱了，听到他说的话，突然抓住了某个重点。

“你们宿舍都是单身吗？”

蒋俊楠笑了起来：“这很值得惊讶吗？我们学院本来就是著名的和尚学院，连校草都找不到女朋友哈。”

“啊？”印雪想了想，问道，“你们宿舍那个……那个顾寻不是有女朋友吗？”

“他有个屁的女朋友！”蒋俊楠说，“哪个傻子造的谣啊？”

印雪也迷惑了：“他自己亲口说的啊，有人听到了。”

蒋俊楠顿了片刻，突然想清楚了其中的关节：“嗐，这是他拒绝人的老把戏了，我一年起码看他用十次这个招数，一击致命，永绝后患。”

印雪半张着嘴，想明白了事情的真相，拖着尾音“啊”了一声：“原来是这样的。”

蒋俊楠突然偏着头，小声问道：“你帮岳千灵问的？”

“什么？！”印雪猛地一激灵，“没有啊，我就随口一问。”

蒋俊楠笑了笑，别有意味地说：“行，反正就是他自己造自己的谣，他根本没有女朋友哈。”

回去的路上，印雪越想越觉得好笑，岳千灵竟然因为这么个谣言消沉了好几个月。

所以当她把今天的经历绘声绘色地描述给岳千灵听时，岳千灵愣了好一会儿。

所以，顾寻说自己有女朋友是为了拒绝当时电梯里那个女生？

岳千灵开始回想当时的场景，顾寻的每一句话，似乎都能和这个目的严丝合缝地扣上逻辑。

喜悦在她心里一点点地、一点点地放大，直至在她胸腔里像沸腾的糖水一般翻滚、冒泡。

原本死气沉沉的岳千灵，突然在床上打了个滚，用枕头捂住脸，闷闷地笑了起来。

其实顾寻肯定也看出她喜欢他了，比如圣诞节那次。

但他没有用这样的借口来拒绝她，这说明什么？

说明他对她肯定是有好感的。

她此刻根本想不起顾寻对她冷脸的样子，只忍不住把这些小得不能再小的、看起来有迹可寻的事情用来做阅读理解。

没一会儿，岳千灵又望着天花板笑了起来。

想到今晚顾寻帮她挡酒，还撺了那个主管，她更确定这个想法。

压抑了好几个月的情绪在这一天，因为一个谣言的打破，就发生了翻天覆地的变化。

太久没有这样纯粹的开心，岳千灵根本控制不了自己嘴角的笑意，那份喜悦根本藏不住。她想找人分享，可惜印雪离她太远。

和岳千灵同住一个标间的黄婕上完厕所出来，看见岳千灵一个人在床上傻笑，愣了一下，问道："你今晚是不是喝了很多酒？"

岳千灵扭头看着她，不说话，就是笑，脸上还有点红晕。

看来醉得不轻。

黄婕从包里翻出一个小瓶子，递给岳千灵："还好我早有准备，就知道这种活动肯定要喝酒，备好了醒酒药。"

岳千灵盯着她手里的醒酒药，突然想到了什么，猛地坐起来，接过这瓶药。

"借我用用！"说完，她拿着药跑了出去。

刚出门没两步，她又掉头回来，走到浴室镜子前。

啧，妆都花了。

岳千灵连忙从行李中翻出化妆包，坐到桌前仔仔细细地补妆。

"你干吗补妆呀？"黄婕看她这些动作，忍不住问，"难道还有什么我不知道的活动？”

“不是啦。”岳千灵补好了粉底，笑着说道，“我出去找个人。”

黄婕走到她身旁，见她认真的模样，笑道：“你这哪儿像去找个人？”

她没理黄婕，抿了抿嘴唇，把口红抹匀，转头问：“这个颜色好看吗？”

“好看好看。”黄婕敷衍地瞟了她一眼，又问，“干吗呀？相亲吗？”

岳千灵不知道怎么解释，便支支吾吾地说：“这里环境这么好，等一下准备拍点照片。”

说完，她又去翻自己带来的衣服。

可是看来看去，只有卫衣、牛仔裤和一些纯色短袖。

昨天她收拾行李的时候，想着又不能去有女朋友的顾寻面前开屏，便选择了简单舒适的衣服。现在看起来，怎么都有点过于素净。

于是岳千灵打起了黄婕的注意：“借我点衣服穿？”

二十分钟后，岳千灵换上黄婕带来的半袖白色连衣裙，拿着一瓶醒酒药，离开了房间。

这次公司团建一共包了好几十个标间，行政部的人给每个部门都发了房间安排表，岳千灵在那上面找到了顾寻的房间号。

酒店走廊悠长静谧，偶尔有一两间房房门没关，传来模糊不清的说话声。

岳千灵穿着平底鞋，裙摆轻飘飘的，地毯软绵密实，她感觉自己像踩在云上。

中途有个同事从房间出来，正好遇见岳千灵，双眼一亮，笑着说：“哟，好久没见你穿裙子了，还是纯白色的，你就像是个仙女。”

岳千灵朝她眨了眨眼睛，笑着说：“麻烦把‘像’字去掉。”

同事笑着拍了两下她的肩膀，转头找电梯去了。

走到一〇二四房间门口，岳千灵理了理头发，按响了门铃。

来开门的是易鸿，他醉眼蒙眬地看见岳千灵站在门口，有一丝诧异：“有什么事吗？”

岳千灵不着痕迹地往房间里看了一眼。

阳台没有开灯，仅有房间里的几盏床头探射灯透着微弱的光。顾寻就站在那里接电话，穿着黑色短袖。因隔着玻璃门，他的背影与夜色融为一体，一双长腿倒是格外显眼。

“我找顾寻。”岳千灵收回目光，轻声说道。

易鸿一点也不意外，毕竟岳千灵是今晚第二个来找他的人。

他转身喊道：“顾寻，岳千灵来找你了！”

顾寻回头，视线穿过玻璃门，荧然灯光下，岳千灵纤瘦的身影有些模糊。

他浅浅地看了一眼，电话里的女声语气突然变了：“我没听错吧？岳千灵？那不是你鞠阿姨的女儿吗？”

不等顾寻回答，顾萍韵又问：“你们这么晚还在一起？”

分明刚刚还在强势地争论，一听到岳千灵的名字，她的注意力突然就转了一个大弯。

顾寻不轻不重地叹了口气：“公司团建而已。有点事，先不说了。”

他挂了电话，推开阳台的门，朝岳千灵走去。

易鸿同时也转身回房间，不知想到了什么，背对着岳千灵，揶揄地看了顾寻一眼。

顾寻没接他这道眼波，径直走向岳千灵：“有事？”

岳千灵把黄婕的醒酒药递到他眼前：“呃，我同事带了醒酒药，我看你们今晚好像喝了挺多的，所以给你送点过来。”

其实顾寻还好，没太大感觉，但易鸿确实有点上头，刚刚已经从梁静茹的歌唱到屠洪刚的歌，还说要开浴室演唱会，颇有神志不清的前兆。

于是他接过药：“谢谢。”

岳千灵垂下手，张了张嘴，片刻后才踌躇着说道：“那个……今天的事情谢谢你啊，也不知道那个主管会不会为难你。”

顾寻闻言，想说什么，发现走廊上经过的同事正在打量他们俩，于是想说的话最终憋了回去，只是舌尖抵了抵牙，漫不经心地说道：“你不用放在心上。”

岳千灵的嘴角翘了起来。

她并不知道，其实今天就算不是她，换作任何一个不认识的人，顾寻都会这么做。

只是这句话还没说出来，身后突然传来响亮的歌声。

“大河向东流哇！天上的星星参北斗哇！嘿！嘿！参北斗哇！生死之交一碗酒哇！”

顾寻回头看了一眼，倏地笑了起来。

他悠悠转回头时，正好对上岳千灵也笑弯的眼睛。

目光相撞那一刻，顾寻嘴角的弧度还未消退。

那一瞬间，岳千灵感觉四周灯光忽然变明亮了，她双眼倏忽闪烁，清晰地听到了自己的心跳声。

“你的药送得还挺及时。”

“嗯，你早点休息，晚安。”

虽然天色已经不早了，但是许多人兴致未散，三三两两地相约去后山泡温泉。

岳千灵回到房间时，黄婕正在换泳衣。

“去泡温泉吗？”

“我不去了。”岳千灵摇了摇头，“总感觉例假要来了。”

“那行。”

黄婕穿上浴袍、带上浴巾，匆匆出门。

室内归于安静，岳千灵拿起手机，看见小麦已经在群里发了很多条消息。

小麦：今晚吃鸡吗？

小麦：@ 骆驼 @ 校草 @ 糯米小麻花人呢？都过节去了吗？

小麦：不是吧，难道只有我一个人在宿舍孤零零地过节？

骆驼：来了来了！

她想了想，反正黄婕还要一会儿才会回来，便决定打会儿游戏。

糯米小麻花：来了。

小麦：@ 校草轿子抬到你家门口了！

过了几分钟。

校草：上号。

今天这把游戏岳千灵打得很佛，还让了小麦几个人机人头。

"噢哟，你居然让人头了？"骆驼阴阳怪气地说，"太阳打西边出来了吗？还是你被魂穿[1]了？"

"这难道不是一个 KD 七点多的人的基本操作吗？"

说着，他们遇上一只"独狼"，岳千灵把他打残血后，没继续开枪："来来，骆驼，你来拿个人头。"

骆驼笑呵呵地上去补了两枪，一边舔包，一边问："你今天心情很好呀，发生什么好事了？"

岳千灵："你怎么看出我心情好的？"

两人有一句没一句地闲聊了一会儿，骆驼突然说道："对了，好久没听你提过你那心上人的事情了，怎么样了？"

岳千灵挑了挑眉，没说话，看见地上有个六倍镜，说道："这里有个六倍镜，林寻你来拿不？"

"标一下。"

自从进入游戏，除了"帮我找个枪口补偿器""这里有把 M24"外，这是他说的第三句话。

---

① 网络用语，指外在躯体没变，内里性格变了。

岳千灵标好位置后，才沉沉地叹了口气："怎么说呢，我现在就是觉得，我很有希望。"

"哦？"骆驼咳了一声，"怎么说？你们现在走得很近？"

"可以这么说吧。"她笑了笑，"哎，骆驼，我问你，如果一个男生平时不冷不淡的，关键时刻却很护着你，这是不是说明他对你还挺有好感？"

"嗯……"平时接话可快的骆驼不知为何沉默了半晌，才说道，"或许是吧。这个男生平时性格很内向吗？"

"是的。"岳千灵说，"很内向，也不爱说话。"

骆驼又一次沉默。

这听起来，好像还真是那么一回事。

完了。

兄弟，危。

片刻后，骆驼说："嗯，那或许是吧。"

"但是呢……"岳千灵翻了个身，趴在床上撑着上半身，"唉，算了。"

见她欲言又止，骆驼反而被勾起了好奇心："怎么了，你说呀？"

岳千灵还在想怎么组织语言，就听见一直没有参与他们话题的林寻冷不丁开了口："喜欢就去告白，你在这里跟我们说有什么用？"

告白？

岳千灵脑海里开始描绘那个画面。

不行。

她不敢。

见她沉默，骆驼打趣道："怎么，不敢吗？"

"什么敢不敢的。"岳千灵一边追着一个人机打，一边说，"当代年轻人只会吸引、诱惑。"

她顿了一下，故作不屑地说："至于告白，那都是几百年前的老东西了。”

耳机里响起林寻的一声嗤笑，带着点轻蔑的感觉。

“高数也是几百年前的老东西，你会了吗？”

23

在林寻说出“告白”两个字之前，岳千灵几乎从来没有想过这件事。

她潜意识驱动的所有行为就是悄悄看他一眼；再主动一点，也不过是主动和他说话，制造相处的机会。

至于告白，她甚至都没有将这件事情纳入过行动计划。

原因很简单，因为她㞞。

暧昧期的告白，是水到渠成的仪式感。

但对她来说，告白就是一场赌博。

赌赢了，夫妻双双把家还；赌输了，自己洗洗早点睡。

所以林寻一说“去告白”，岳千灵下意识的反应就是否决。

但是那个陌生的念头一旦进入她的脑海里，就像种子掉进土里，悄然间生根发芽，不知不觉间，已经不动声色地攀附在她每一根神经上。

某些时候，大概只是吃着饭、走着路，这个念头就会突然冒出来。

然后这个念头很快被她的㞞货本质给摁回去。

到了晚上，夜深人静的时候，这种想法又会野蛮生长。

好几次，岳千灵在睡觉的时候脑内小剧场已经模拟了千百种告白的场景和台词，甚至想第二天醒来就付诸行动。

不过她最近根本没有见到顾寻的机会。

因为要准备论文最终定稿和答辩，而且岳千灵当选了美术学院优秀毕业生，按要求得和其他学生联合创作一幅大型版画作为毕业留念，所以在团建结束后，她便向公司提出结束实习，回到学校准备毕业。

而计算机学院要求比较松，顾寻依然每天在 HC 互娱，并且最近晚上都没有回学校。

据印雪向蒋俊楠打探得来的消息，他好像已经提前搬出了宿舍。

由此，岳千灵甚至怯懦地庆幸，见不到也好，算是客观条件压制住了她的冲动。

于是这段时间，岳千灵便安心地准备毕业。

其中还有一件重要事情是找房子。学校规定毕业典礼后一周之内，毕业生便要全部离校。

岳千灵一开始想和印雪一起租房，但两人把公司折中距离范围内的小区和 loft 公寓都看了个遍，一套合适的都没找到。

眼看着天气越来越热，所剩的日子掰着手指都数得过来，两人最终放弃了合租的念头，各自去找离公司近的住所。

这样一来，可选范围就大多了。

短时间内岳千灵也无法找到一个合租室友，便在距离 HC 互娱两个站点的小区租了一间公寓。

除了房东事多了点，其他还算顺利，现场勘察加签合同，她一共忙活了两天，终于尘埃落定。

等彻底闲下来，一抬头，学校绿荫大道的槐树竟已经花团锦簇。

一蓬蓬白色小花将枝头压得沉甸甸的，嫩绿的叶子反倒成了点缀，让枝干遒劲的老树在这离别的日子里也显出几分柔软。

毕业典礼定在六月初，但越是临近那一天，岳千灵就越是睡不着。

都怪学校仪式感太重，毕业墙已经布置好，路灯上挂满了横幅，每天都有同学发朋友圈纪念最后几天的学生身份，操场的广播还时不时放几轮《离别》。

这些扑面而来的氛围总是在提醒着她该去做某件大事，营造了一种万事已经具备的错觉。

前段时间她只是睡觉的时候会脑补场景，而现在她闲下来，大脑就不受控制地回响着林寻说的那句话，仿佛错过了这个时机，就找不到一个更合适的机会了。

毕业典礼前一天晚上，岳千灵在床上翻来覆去没有睡意，见印雪和方清清也在看手机，她突然冒出一股冲动。

“清清，印雪，问你们一个事情。”

黑漆漆的房间里，印雪和方清清异口同声回答：“说。”

但是话都到了嗓子眼儿，岳千灵却说不出口。

等了半晌，印雪“啧”了一声：“你说啊。”

“没事。”岳千灵翻身面对墙，“叫一叫你们。”

“嘿，你这个人……”印雪骂骂咧咧道，“友情是你生命最后的保护伞，你知道吗？”

岳千灵盯着墙面看了半晌，也不知道自己在紧张什么。

这种悬而未决的心态像沸水一般在她胸口充涨，心跳也因此变得不规律。

明明什么都还没做，却像经历了一场没有硝烟的战争。

这时，手机突然响了几下。

骆驼：兄弟们，作战时间到！

小麦：加油，特种兵！

见只有小麦回应，骆驼又点名了两个人。

骆驼：@校草 @糯米小麻花怎么，非要我请？

糯米小麻花：不来，我睡觉了。

骆驼：？

骆驼：十一点就睡觉了？你的作息什么时候这么像老年人了？

糯米小麻花：我明天早上毕业典礼啊！

骆驼：？

小麦：？

校草：？

校草：你还没毕业？

糯米小麻花：对啊，我是应届毕业生啊。

骆驼：你一直说工作工作什么的，我以为你早就毕业了！

糯米小麻花：……不是的，我只是实习比较早。

骆驼：无语。

骆驼转头私聊顾寻。

骆驼：我之前一直以为她比你大呢，结果是同届的。

骆驼：我还说你出息了，会搞姐弟恋了。

对方只回了他一个“微笑”的表情。

骆驼：哎，我说你还在等什么呢，都是一个城市的，还是同届的，多合适啊，冲啊！

骆驼：强取豪夺啊！！

莱也犯法吗 sir：你又偷嫂子的言情小说看了？

骆驼：……不识好人心。

骆驼转头又打开了群聊。

骆驼：@糯米小麻花对了，上次不是说告白吗，准备行动了吗？

岳千灵本来都平静了不少，一看见骆驼发的消息，又不镇定了。

糯米小麻花发了一个“打滚”的动图。

骆驼：这到底是告白了还是没告白的意思？

糯米小麻花：没有呢……

骆驼：怎么还没去呢？

岳千灵心跳又变得紊乱，还没来得及打字，群里又跳出一条消息。

骆驼：哈哈哈，你怕什么呀？

校草：她当然是怕惨遭拒绝。

会不会说话？

糯米小麻花：你住口！

校草：怎么，恼羞成怒？

人总是容易在深夜做冲动的决定，岳千灵几乎是颤抖着指尖打字。

糯米小麻花：闭嘴吧！我明天就去！

因为这个刺激做了决定，岳千灵反倒轻松很多。

但是这一晚她依然无眠。

直到天蒙蒙亮，她才浑浑噩噩地入睡，还梦到她去跟顾寻告白，然后他说："其实我也注意你很久了。"

岳千灵震惊得说不出话，然后闹钟就响了。

被拉回现实，她望着天花板，脑海里还在回味刚刚那个梦。

印雪和方清清打着哈欠下床，见岳千灵没动静，抬手拍了拍她的肩膀。

"醒醒，六点半了，七点半就要在体育馆集合了。"

毕竟是人生重要节点，每个人都希望自己打扮得漂漂亮亮的。

岳千灵想到自己今天要做的事情，突然醒神，忙不迭地下了床。

可惜睡眠的质量直接体现在了她的脸上。她对着镜子，怎么看都有几分憔悴。

岳千灵一边化妆，一边不停地问印雪和方清清自己看起来怎么样。

"很好看啦。"方清清已经换上了学士服，笑眯眯地说，"简直是仙女下凡。"

彩虹屁吹得太无脑，岳千灵还是放不下心。

"会不会看起来很憔悴？"

"姐，你是去参加你的毕业典礼！"印雪无语地看着她，一字一句道，"不是去参加你的婚礼！"

岳千灵："哦……"

穿上黑漆漆的学士服后，三个人一起前往体育馆。

全校的毕业生都集聚在这里，美术学院抽到了最边缘的座位。

今天天气不算好，一路过来的时候蚊虫低飞，路边爬满了蚂蚁。

天色阴沉沉的，浓云压着天际，空气里没有一丝风。

露天体育馆没有空调，所有人像置身于一个大蒸笼，身上又穿着不透气的学士服，闷得人喘不过气。

好在印雪带了个小风扇，一直对着自己的额头吹。

“这校长到底要讲话到什么时候啊，他不热吗？”

身旁的方清清也快热瘫了，有气无力地说：“搞快点啊，我脸都出油了。哎，千灵，带粉饼了吗？”

等了几秒没等到回应，方清清扭头，见岳千灵正伸着脖子看着对面的座位。

“你看什么呢？”

“啊……没什么。”

嘴上虽然这么说，岳千灵还是仔细地扫视着座位席，并随手从包里拿出了粉饼递给方清清。

可惜体育馆的人实在太多了，又都穿着统一的学士服，岳千灵仅凭肉眼根本找不到顾寻在哪里。

就这么蹉跎了一个多小时，终于轮到拨穗仪式。

这么多人要轮番上台，也不知道什么时候轮到顾寻他们学院，岳千灵越等越焦灼。

这时，手机突然响了。

左曼曼：千灵姐姐，我高考完了，跟爸妈一起在你家玩呢。

左曼曼：我可以用你的 iPad 玩游戏吗？

这是岳千灵的一个小表妹，学习好又听话，全家人都很喜欢。

但这会儿，她没什么心思多问，心不在焉地打字。

糯米小麻花：可以。

左曼曼：那我可以直接登录你的游戏账号吗？

左曼曼：你有好多漂亮衣服。

左曼曼发了一个“眼巴巴”的动图。

糯米小麻花：我账号段位很高，会匹配到很强的敌人，你可以吗？

左曼曼：我跟我的大神同学一起玩双排！

糯米小麻花：那你直接登录吧。

左曼曼：谢谢姐姐！我不会乱动里面的东西！

刚发完，岳千灵察觉到四周有一阵骚动，还没来得及抬头，印雪和方清清分别从两侧拍她手臂。

“快看，顾寻。”

岳千灵扭头朝中间看去，二十个人分为两排，顾寻站在第二排最边上的位置，但他依然是最显眼的那个。

能感觉到，几乎所有人的目光都集中在他身上。

岳千灵紧紧盯着他，颁发毕业证书、拨穗，一道道环节下来，他随着队伍走下了台。

岳千灵的目光就追着他，直到他回到座位。

终于知道他坐在哪里了，岳千灵的视线再也没有离开过他，她也没觉得这毕业典礼漫长而枯燥。

三四个小时，仿佛一眨眼就过了。

当主持人宣布典礼结束时，会场里的人其实已经走了一半，剩下的人有序地从各个出口退场。

这是最适合的机会了。

岳千灵深吸了一口气，把包递给印雪：“你帮我拿回宿舍吧，我有点事，等一下回来。”

印雪和方清清还没问她究竟有什么事，就见她起身朝对面走去。

体育馆很大，从一端到另一端有好几百米的距离，岳千灵才走到一半，顾寻便已经从出口出去了。

她一着急，拎着学士服的下摆就开始小跑。

一路追到那个出口，外面正是学校摆的毕业墙，很多人都在那里合照，人来人往，岳千灵一时没看见顾寻在哪里。

偏偏这时，她的手机又响了，是一个已经毕业的学姐打来的电话。

岳千灵一边找着顾寻，一边接通了电话。

“千灵，你这会儿刚刚参加完毕业典礼吧？”

岳千灵心不在焉地“嗯”了一声：“怎么啦？”

“是这样，我们公司的韦总这几天带着我们在江城出差呢，刚好今天有空，我就想着照拂学弟学妹们，把韦总请来学校开个交流会什么的。现在咱们系主任都在这边接待呢，你来不来呀？不是正好毕业嘛，说不定韦总赏识你，以后有更好的发展机会呢。”

这个韦总，岳千灵当然知道，是国内某个爆款网游的制作人，能跟他面对面交流，是多少从业者梦寐以求的机会，没想到就这么砸在她头上了。

但是，她好不容易做了决定这个时候去跟顾寻告白，要是错过了这次机会，她不知道什么时候才能再次鼓起勇气。

犹豫的同时，她的视线不经意地扫过毕业墙边上的一个角落，见顾寻赫然站在那里。

他已经脱了学士服，穿着简单的白色短袖，没什么表情地看着镜头。

一个女生正兴奋地站在顾寻旁边，比着剪刀手，另一个女生蹲在对面给他们拍照。还有几个女生围在旁边，似乎也等着上去合照。

不知道现在是第几个了，岳千灵明显感觉到顾寻的耐心即将告罄。

岳千灵抿了抿唇。

学姐等了一下，问道：“千灵，你来吗？”

岳千灵想了想，问道：“学姐，交流会持续多久啊？”

“大概一个小时吧，待会儿该去吃饭了。”

“学姐，那我等会儿过来行吗？”岳千灵看着顾寻，郑重地说，“我现在有点急事。”

“好的，你快点啊。”

当第六个女生上来找顾寻合照时，他实在不耐烦了。

今天他心情本来就很烦躁，天气又闷热，在体育馆里闷了几个小时，辅导员就坐在他旁边，连提前走的机会都没有。

一出来又被几个不熟的同学拉着拍照，他几度想掉头就走，但碍着都是一个系的同学，他终是按捺住了。

但看这架势，合照是没完没了了，再拍下去，他直接去校史馆当蜡像得了。

“不好意思，我有点事。”他丢下一句话，转身欲走。

突然，他听见有人在叫他，回头一看，辅导员正在朝他挥手。

顾寻皱了皱眉，看了一眼周围，刚刚分明感觉还有个女生在叫他。

片刻间，辅导员已经朝他走了过来。

“要走了？先等会儿吧，张教授过来跟大家合个照。”

张教授并不是本科生的老师，但是顾寻跟他做过几次试验项目。

想到今年张教授也要退休了，顾寻便点了点头。但是他没留在原地，而是去树荫下的长椅坐了下来。

尖锐刺耳的知了声像魔音一样萦绕在耳边，闷雷阵阵，大雨将下未下，偶尔拂过的热风也带着烦躁的气息。

顾寻打开手机，点开了小麻花的对话框，动作却仅仅止步于此。

几分钟后，手机突然振动。

顾寻立刻滑开屏幕，却见是小麦在群里说话。

小麦：今天是周末耶！居然没有人吃鸡吗？

小麦：人呢？？？

小麦：算了，没人理我，我自己去训练场练会儿枪。

顾寻蹙眉，关上了手机。

没一会儿，手机又开始振动。

他再次打开手机，又是小麦，还只是发了一个问号。

顾寻已经不想看了，正打算按灭屏幕时，小麦突然提到了一个人。

小麦：@糯米小麻花你为什么在玩双排？

小麦：你外面有人了？

又一声闷雷，身后植被里的麻雀突然飞了起来，从顾寻身前扑扇着翅膀掠过。

他往后仰了仰，避开和麻雀的接触，旋即蹙着眉心，打开了游戏。

好友列表里，果然显示她在游戏中。

顾寻点进她的观战视角，第一时间看了看左上角。

——“江城刚枪王 001”。

再看到屏幕正中间，一个男性角色正在疯狂舔包。

顾寻扯了扯嘴角。

这是什么中二男人？

紧接着，小麻花扛着一把狙击枪冲锋陷阵，跟人近战，然后就倒在了血泊里，那个男的立刻跑过来扶她。

装菜？

觉得这样很萌吗？

顾寻看不下去了，退出了观战。

刚按灭屏幕，突然有人轻轻地叫了他一声。

这道声音钻进耳朵，顾寻有片刻的恍惚。随后，他缓缓抬起头。

岳千灵怯生生地站在他面前，穿着学士服，额头有一层细细的汗，紧抿着唇，目光闪烁地看着他。

顾寻回了神，和她对视片刻，沉沉地呼了口气：“什么事？”

岳千灵双手负在身后，手指不安地搅动着。

分明是很安静的环境，她耳边却嗡嗡作响，像耳鸣了一般，听不清自己说话的声音。

“你……有女朋友吗？”

此话一出，顾寻基本猜到了岳千灵要说什么。

他别开脸，按了按脖子，才冷冷地说：“有话直说吧。”

岳千灵的心脏简直毫无规律地乱跳，咚咚作响，她不清楚自己此刻脸有多红，几乎是凭着生理本能在说话：“其实我……一直很喜欢你……我……有机会吗？”

连空气都沉默了半晌。

岳千灵站着，顾寻坐着，她根本无法将自己的视线从他身上移开。

顾寻似乎对她说的话毫不意外，张口就要说什么，忍了忍，才又说道：“我不喜欢你。”

那五个字像五道雷，一下接一下地击在岳千灵身上。

她的大脑突然一片空白，目光凝滞住，连呼吸都忘了，只有双唇在没有意识地微动，声音却微弱到连自己都听不见。

见她站着不动，似乎还要说什么，顾寻站了起来，深吸了一口气，一字一句道：“我现在不喜欢你，以后也不会喜欢你，你根本不是我喜欢的类型。”

盛夏的蝉鸣忽远忽近，栀子花香在空气里浮动，那些属于岳千灵的憧憬与向往被他一句话揉碎在风里。

天边一道响雷，雨终于落了下来。

24

这场大雨来得意料之外，瞬间打乱了学校的秩序。

路上的行人纷纷奔跑起来，校园公交车站点十几分钟就排上了长龙，零星的有伞的幸运儿埋头前行，有些有急事的人直接奔入雨中。

岳千灵茕茕孑立于体育馆门口，脑子里空白一片，愣了半晌，直到电话铃声响起。

还是那个学姐。

“千灵，你怎么还没过来呀？”

岳千灵骤然回神，下意识就说：“我这就来！”

“好的，快点呀，就在明辉楼。”学姐提醒道，“我们时间也不多，等一下就要走了。”

挂了电话，岳千灵看着这封门的雨，突然觉得心口很堵。

一时之间情绪找不到发泄口，思路也没有方向，去交流会是她目前唯一可以想到的事情。

顾寻原本打算直接回宿舍，却没想到这雨来得这么急，也被困在了绿荫旁的一个小站台里。

他本是无所谓，反正也没什么急事，多等一会儿也没关系。

这时，蒋俊楠撑着一把黑伞朝他走了过来。

“我可太机智了，下这么大的雨，我看见那群体院的人往体育馆仓库跑，我就知道事情不对，一路跟过去，果然看见里面堆了很多把伞，我拼了老命才抢到一把。”

他朝顾寻抬了抬头：“走，回去打游戏。”

顾寻正要迈腿，目光却突然定住。

隔着十几米的距离，他看见岳千灵伸手探了探雨，踌躇片刻，开始脱学士服，似乎是打算罩在头上跑进雨中。

顾寻微不可察地叹了口气，转头对蒋俊楠说：“你要不把伞拿去给岳千灵吧。”

“啊？”

蒋俊楠向四处看了一圈，终于在人群中看见岳千灵：“我给她？”

这种时候把伞给女生用，蒋俊楠不觉得有什么问题，只是他想不通顾寻为什么不自己去。

“你就把这机会给我？”

顾寻抬了抬眼：“你不敢？”

“这有什么不敢的。”

蒋俊楠举着伞就朝岳千灵走去。上了台阶，他收了伞，还贴心地往外甩了甩水，然后才走到岳千灵身后，拍了拍她的肩膀。

岳千灵正准备冲进雨中，一回头见是蒋俊楠，愣了一下。

“有事吗？”

蒋俊楠把伞递给她："顾寻叫我给你送把伞。"

蒋俊楠见岳千灵盯着那把还在滴水的伞，不知在想什么，片刻后才抬起头。

"不用了，谢谢。"说完，她将学士服往头上一罩，跑进了雨中。

"嘿，她有什么特殊爱好？"

蒋俊楠摸不着头脑，只觉得女生的心思果然难猜，嘀嘀咕咕地走了回去："她不要。"

顾寻抬头，往大路看了一眼，漫不经心地说："不要算了。"

两人撑着一把伞，往宿舍走去。

毕业典礼已经结束，顾寻留在学校也没什么事情，宿舍里也没剩什么东西，他把这两天的洗漱用品带上便准备回他新租的房子。

而蒋俊楠前几天把行李全都寄回家了，明天就要出去旅游。

他想了想，飞机是早上八点的，从学校去机场要一个多小时，而从顾寻住的地方过去只需要二十多分钟，于是他准备带上行李去顾寻家挤一晚上。

岳千灵最终没有赶上交流会。她到的时候，人家已经坐车离开了学校。

回宿舍的时候，一个语音电话打了过来。岳千灵拿出来一看，来电显示"校草"。

她现在看见这两个字都有点烦。

皱了皱眉后，她接通，有气无力地说："干吗？"

对方声音冷冰冰的："上号。"

"不来，我不舒服。"

听筒里安静了片刻。

紧接着，他的声音稍微有了点温度："哪里不舒服？"

"听见你的声音就不舒服。"

岳千灵没心思再闲聊，直接挂了语音电话。

回到宿舍，见方清清和印雪都在收拾行李，她连忙去洗澡，不想留给自己发呆的时间。

半个小时后，她送方清清和印雪离开，自己则折返宿舍收拾行李。

刚忙完，她打算即刻就走，手机消息又接二连三地进来。

小麦：想刚枪啊！

小麦：骆驼，要不咱俩玩双排去吧！

骆驼：行。

岳千灵看了一下，打了几个字。

糯米小麻花：我也可以。

小麦：不必多说，集结！

骆驼：@ 校草你呢？

过了好一会儿。

校草：我可以。

岳千灵叹了口气，登录了游戏。

给自己找点别的事做也好，免得一口气总堵在胸口。

但骆驼他们从来没有见过岳千灵打得这么猛的样子，不管地形是不是有利，也完全不顾策略，见人就追着打，有时候杀红了眼，连队友都打。

输了，她说“再来”；赢了，她也是那两个字，毫无感情。

她也不爱说话，仿佛就在一个人闷头摁手机。

到了第五把，骆驼看见岳千灵的十八个人头数，好像猜到了什么，却又不方便开口问。

直到决赛圈。

圈已经缩到了最后一轮，存活下来的岳千灵和林寻距离安全区还非常远，他们找不到车，只好靠双腿奔跑。

耳机里突然出现吵吵嚷嚷的声音，岳千灵看了一眼是谁的麦在亮，皱眉说道：“林寻，你那儿怎么那么吵？”

“我室友。”

说完，他转头对正在刷视频软件的蒋俊楠说：“小声点。”

蒋俊楠调小了音量，把手机递到他面前：“晚上去吃这家？”

“随便。”林寻丢下这两个字，转头再看手机，岳千灵倒在了毒圈里。

那一刻，岳千灵的情绪突然崩溃，丢下手机就哭了起来。

小麦和骆驼被她这突如其来的真哭给吓到了，连忙安慰：“别哭啊！林寻有药，他可以来扶你。”

说完一看，那狗东西还在离岳千灵两百多米的地方。

几秒后，岳千灵死于辐射，一声惨烈的“啊”之后，整个人变成一个盒子，界面毫不留情地切换到了林寻的视角。

岳千灵哭得更惨了。

“不是，我还在，还有机会吃鸡，你哭什么哭。”

林寻觉得她今天特别奇怪，不是刚跟人好上，还打了会儿游戏吗，这会儿哭什么？于是他问道：“你今天到底怎么了？”

“我怎么了，我还能怎么了，我当然是失恋了！”岳千灵一边哭一边凄惨地说着，“我失恋了，懂不懂啊！！！”

游戏画面里，仅存的那个人突然不动了，连骆驼也莫名其妙噤了声。

几秒的沉默后，岳千灵突然听到林寻略带笑意地跟他那室友说：“今晚我请客吃饭。”

随后又响起另一个男人的声音：“好啊！那我不客气了！”

顾寻回头对蒋俊楠笑了笑：“你随意。”

蒋俊楠觉得他神情有点奇怪，揶揄地问道：“什么大喜事呢？”

顾寻刚要说话，耳机里又响起女孩带着哭腔的声音。

“我失恋了，你还请别人吃饭，你是人吗？！”

顾寻挑了挑眉，继续朝安全区跑去：“你失恋，关我什么事？”

岳千灵本来就崩溃的情绪更失控了，哭声惨得连骆驼都有点看不下去了。

只有小麦没心没肺地问："你今天真去告白了吗？！不是吧？！你不是说你是校花吗，那怎么可能失败啊？！没有男人会拒绝美女的，除非他不是男人！"

"那我是校花，他还是校草呢！"岳千灵哭喊着说，"他就是看不上我，我有什么办法？！"

顾寻的手指突然顿住，脑海里莫名跳出几个小时前的某个画面。

远在另一个城市的骆驼似乎也有了一点荒谬的猜想。

"啊？校草？"骆驼试探性地问，"真的假的，你在江城哪所大学啊？"

岳千灵不知道骆驼为什么突然这么问，但她确实有一肚子的委屈想发泄。

"怎么，要为我报仇吗？"

骆驼干巴巴地笑了起来："是啊，我看看哪个不长眼的傻子居然拒绝我们小可爱，我明天就提刀去江城！"

小麦也跟着起哄："对！我们是出生入死的战友，怎么允许你受这种委屈？你报上名字，我们立刻提刀去打死他！"

虽然这些个网友说的话很粗暴，但岳千灵确实有被安慰到。

她耸了耸鼻子，声音哑哑地说："去吧，南大江滨校区，去找一个叫顾寻的男人，你们给我砍死他！"

"叫顾寻啊，好的，我记住这傻子的名——"

小麦说到一半，声音戛然而止。

耳机里突然安静得像按了暂停键。

虽然游戏还在继续，那三个人却都不说话了，呈现出一股奇怪的寂静。

死一般的寂静。

但岳千灵没有心思去琢磨他们的行为。

几秒后，她看见原地不动的林寻也死在了毒圈里，这把游戏彻底以失败宣告结束。

岳千灵憋了几个小时的情绪一旦爆发，就像山洪倾泻一般根本收不住。于是她摘了耳机，趴在桌上痛痛快快地哭了起来。

一个多小时后，岳千灵哭到已经没了眼泪，终于抬起了头。

她打开手机，看见游戏里另外三个人已经掉线。

而群里也没人说话，静悄悄的，一点也不像以往一般聒噪，仿佛把她忘了似的。

岳千灵擦了擦眼睛，仰头深吸了一口气。

不知道是不是把脑子里的水流干了，她总算想通了。

折磨她的不是顾寻的无情，是她自己凭空捏造的期待与幻想。

凭着第一次见面的心动，她自己烧了一把火，将星星之火变成燎原之患。然后她便自顾自地沦陷，为了他，掉头就跳进了原本已经爬出来的坑。

因为他的冷淡，她总是自我怀疑，工作已经很累了，她还要强迫自己早起化妆，就是怀疑自己不够好看，完全没有意识到自信在无声无息中被消磨。

滋长的自卑感溢出来就变成了她在顾寻面前伪装的温柔与做作。

顾寻看不上她，她自己也不喜欢自己，甚至快忘了自己也是一个众星捧月的人。

就连今天的交流会，她也下意识觉得顾寻比较重要，到头来，现实却狠狠给了她一巴掌。

人家根本就什么都没做，她的所有情绪却被他操控，因为他开心，因为他难过，她浑然不知她已经自我感动得失去了自我。

那些过往的片段一遍遍地在岳千灵脑海里浮现，她终于能站在第三视角看到自己有多蠢。

与其说她决定彻底放弃顾寻，不如说她决定丢掉那个喜欢顾寻的岳千灵。

她真的很不喜欢那样的自己。

像是丢掉了一层茧，岳千灵揉着红肿的眼睛，站了起来。宿舍的人已经走完，东西收拾得干干净净，她最后将宿舍打扫了一遍，确定没有什么遗憾后，迎着夕阳，快步地离开了学校。

去往新租的房子只有半个多小时的车程，到了小区，岳千灵朝自己所住的那栋楼走去。

等电梯时，她拿出手机看时间，却发现有几条新消息。

很奇怪，小麦、骆驼和林寻竟然都来私聊她了。

小麦：你……还好吧？

骆驼：还好吧？什么时候有空聊聊吗？

网友还挺好，竟然记挂着她。

岳千灵简单地回复了他俩，往下一拉，看了一眼林寻的消息——

"校草"拍了拍我的桃花说不用开了。

校草：?

校草：……

神经病吗？

看见他这几条莫名其妙的消息，岳千灵一股火气。

糯米小麻花：有事烧香，没事磕头。烦着呢！

校草：哦……

发完，她收起手机，进了电梯。

看着陌生的环境，岳千灵深吸一口气，充满了新生的感觉。

出电梯左拐就是岳千灵租的房子，她按了密码，门自动打开。

岳千灵拖着行李箱走了进去，正要关门时，听见对面那户的门突然开了，伴随着一个男生的声音："不是说出去吃饭吗？你干吗突然回学校？"

岳千灵下意识回头，目光一扬，和正跨出门的顾寻四目相对。

岳千灵不知道怎么形容那一刻自己的心情。

简单来说，这要是一层，她当场就可以跳下去。

早上告白失败，下午就搬到人家对门。不用顾寻说什么，她就已经能想到他此刻大概是用“死皮赖脸”“死缠烂打”这几个词语来形容她了。

而顾寻确实也看着她，眼神变得很复杂。

岳千灵更加确定了自己的想法。

只有什么都不知道的蒋俊楠站在顾寻身后，换好鞋一抬头，见他突然站着不动了，侧着身子看过来，惊诧地说：“岳千灵？你也住这儿？真巧啊！以后你们就是邻居了！”

她看见顾寻的表情变得越来越奇怪，脸像崩裂了一般，并且还迈着腿朝她走来，似乎想说什么。

至于吗？

我还什么都没说呢！

岳千灵立刻拉住门把手，一口气说道：“这就是巧合，我没有跟踪你，也不会纠缠你，你大可不必用那种眼神看着我，实在不放心，你就搬家吧。”

两道门距离很近，顾寻三两步迈过去，正要张嘴，却看见岳千灵下意识后退半步。

“我——”

面前的门突然“砰”的一声关上，还砸出些许灰尘，在灯光下飞扬。

25

顾寻面对一张冰冷的门，久久不能回神。

走廊里安静得没有一点声音，因为蒋俊楠也愣住了。

“你们这是什么情况？”

他也是谈过恋爱的人，从岳千灵的话中大概还原了一个真相：“难道她被你拒绝了？！”

顾寻很烦地揉了揉脖子，等于默认了。

蒋俊楠：“你怎么回事？！岳千灵欸！她可是岳千灵欸！”

“我已经够烦了，你能不能安静一会儿？”

顾寻转身推开他，回了自己家。

蒋俊楠不懂顾寻这情绪为什么变得这么快，正一头雾水：“你又不回学校了？”

“还回个屁。”

一进门，骆驼和小麦又发来问候。

小麦：我至今还是没想明白，这究竟是怎样离奇古怪的事情，连小说都不敢这么写。

骆驼：所以你打算怎么办？

菜也犯法吗 sir：……不知道，脑子转不动。

骆驼：？

其实在两个小时前，当岳千灵说出“顾寻”两个字的那一刻，顾寻第一次感觉到自己的脑子有转不动的时候。

她说的是我吗？

肯定不是我吧。

虽然我确实是南大滨江校区的，我早上确实也拒绝了一个校花的告白，而且我确实也叫顾寻。

但她说的肯定不是我吧。

就连小麦好像也不太敢相信自己听到的事实。

小麦：所以，我要提刀去砍的傻子竟然就是你？？？

小麦：这不可能吧？！怎么会有这么巧的事情？！

骆驼：当然不可能，肯定只是同一个学校、同名、同姓、同为校草的冷酷男人罢了。

菜也犯法吗 sir：郭洛，你是不是觉得自己很幽默？

顾寻根本就笑不出来。

她们怎么可能是同一个人呢？

除了声音很像，他几乎找不到第二个共同点。

从给人的感觉上，他也很难将这两个人的形象重合。

而且，他去年有了那么一点怀疑的时候，她不是亲口说她从来不玩手游吗？

一个能狂拿十八个人头的刚枪王，跟内向怯懦的女人有一毛钱联系吗？

那怎么就变成同一个人了呢？！

顾寻像被封印了一般，在沙发上坐了近两个小时。

他上一次这样思绪呆滞，还是去年开发组攻克不下引擎问题，他在阳台上放空大脑的时候。

可就算是短时间自主研发游戏引擎也没这么费脑细胞。

而且早上他拒绝岳千灵的画面还像病毒一般在他脑海里重复浮现，他说的每一句话、做的每一个不耐烦的表情，都历历在目。

他感觉自己就像在第三视角看一个傻子。

顾寻长这么大，第一次因为自己做的事情产生一种慌乱且无措的情绪。

也不知道岳千灵此刻怎么样了。还在伤心哭泣吗？还难过吗？会不会想不开？

于是他打开岳千灵的微信对话框，编辑了十来种开场白，却一条都没发出去。

他最后只是小心翼翼地拍一拍她，想试探试探她此刻的情绪。

得到的答案却跟他预料的相差有点大，这好像不是很伤心，只是有点暴躁啊？

顾寻想来想去，依然不是很确定，于是决定去学校找个答案。

但刚刚那道砸门声已经给了他答案。

那确实是有点暴躁。

关上门的一瞬间，岳千灵背靠着门，呼吸久久不能平复。

这都是什么倒霉事？

老天爷为什么这么喜欢跟她开玩笑？

而且一想到顾寻看她的那种复杂眼神，她就尴尬到无以复加。

难道平时她在顾寻面前的形象已经难堪成这样了吗？

倒也不至于吧，她印象中，自己也没做过什么死缠烂打的事情。

可是事实摆在面前，换作任何人，都会觉得刚刚告白就搬到人家对门的人是故意的。

不行。

光是想想就脚趾蜷缩了。

但能怎么办？

房子合同签了，她押金也给了，总不能告白失败了还要承担违约金吧？！

绝对不可以。

被拒绝已经够丢脸了，她不能再灰溜溜地搬走，反而像是印证了他的猜想一般。

思及此，岳千灵立刻开始打扫卫生。

一人住的公寓虽然不大，但真要彻底打扫起来也要花不少时间。

直到晚上十点，岳千灵才想起自己因为太投入劳动，连晚饭都忘了吃。

等她回过神来，却发现也没什么胃口。大概是被顾寻那个眼神气饱了吧。

岳千灵也不打算折腾了，直接洗了个澡准备早点睡觉。

然而等她从浴室出来，准备开空调时，发现遥控器竟毫无反应。

她愣了愣，抠开后盖，看见里面的两节电池好好的。

她用力拍了拍按键，依然没反应。

没电了吗？

岳千灵看了一眼时间，还不算太晚，于是换了衣服便出门去买电池。

只是门刚推开一条缝，她又听见对面传来了响动。

岳千灵动作下意识停滞，心又悬了起来。

盯着门把手看了片刻，岳千灵一呼气，径直推开门走了出去。

对面出来的是蒋俊楠，两人正好四目相对，岳千灵松了口气，朝他点点头。

蒋俊楠想到岳千灵今天被顾寻拒绝了，莫名觉得自己这个做室友的都有点不好意思，不敢直视岳千灵。他舔了舔嘴唇，才讪讪地问道："这么晚还出门啊？"

"嗯，买点东西。"岳千灵说着，朝电梯走去，蒋俊楠就跟在她身后。

按了电梯后，岳千灵问："你呢？"

"我拿外卖。"蒋俊楠答道，"你买什么？重不重？需不需要帮忙？"

电梯到了，两人一起走进去，岳千灵按了楼层，才平静地说："不用，谢谢了，我就买点小东西。"

蒋俊楠"嗯"了一声，偷偷瞄着岳千灵。

她只穿了白色短袖和短裤，头发刚洗过，还没有干透，发梢湿漉漉地垂在后背。

她脸上自然也没有半点化妆品的痕迹，皮肤清透白净，侧面的轮廓流畅精致，睫毛几乎快与鼻梁骨持平了。

蒋俊楠百思不得其解，拿出手机，悄悄给顾寻发了一条消息。

蒋俊楠：我真的想不通，你竟然会拒绝岳千灵，你脑子是哪根筋不对？还是你其实喜欢的是……

对方很快回了一条语音。

蒋俊楠立刻点开语音，只是手机还没贴近耳朵，顾寻的声音就被放了出来。

他语速极快："你能不能别提岳千灵了？看不出来我很烦？"

他的话在这小小的电梯里回荡，久久不散。

蒋俊楠明显感觉到这空间里的空气都凝滞了片刻。

他的手就僵在半空中，战战兢兢地侧过头，视线小心翼翼地落在身旁那个女生身上。

岳千灵死死盯着电梯门，双拳紧握在侧，双腮肌肉微微颤抖，似乎是咬牙咬得很用力。

蒋俊楠突然觉得好窒息。

"那个……"他试图再挣扎一下，然而话音未落，电梯门一打开，岳千灵便径直走了出去。

走了两步，她突然顿住脚步，回头恶狠狠地看着蒋俊楠——的手机。

蒋俊楠还待在电梯里没走出来。

可是她张了张嘴，什么都没说，只是胸口剧烈地起伏着，咬着牙转身就走。

怎么感觉更可怕了？

买好电池返回家里时，岳千灵按开了密码锁，在进门前一刻，忍不住回头看了一眼对面的门。

拒绝不喜欢的女生的告白不是错，但至于糟蹋人家的真心，把人家想得那么不堪吗？！

岳千灵鼻尖酸涩，用力推开门，踢掉鞋子就倒在床上准备早点睡觉。

可是遥控器换上新电池后，还是毫无反应。

岳千灵不信邪，摆弄了好几分钟，空调硬是半点反应都没有。

她气得直喘气。

今天到底是什么倒霉日子？！

她烦躁地拿出手机，给房东打了个电话。

“陈姐，我是七栋一三一四的租户，今天刚搬进来的。这空调遥控器是不是坏了？”

房东正打着麻将，耳机那头环境非常嘈杂，声音也有点不耐烦：“怎么会是坏的？你看看是不是没电了？”

“我已经换了新电池。”

“哦，那可能是坏了，你等等，我回头换个遥控板啊。三条！碰！”

岳千灵本来心情就不好，听见房东那敷衍的语气，情绪顿时更差。

“回头是多久啊？天气这么热，没有空调，我怎么睡啊？”

房东“哎呀”了一声：“那这么晚了我也没地儿去找啊。这样，你要不去对面一三一五那边借一下遥控器？那房子也是我的，空调都是同一个型号，遥控器都是通用的。”

听见岳千灵突然沉默，房东摸了一张好牌，便笑眯眯地说：“没事，我马上在微信上跟他说一声，都是年轻人，你直接去借就行了。”

岳千灵的语气立刻变得冷静：“不用麻烦了，我再忍忍吧，谢谢。”

开什么玩笑？

她今天就是热死，也不可能去找顾寻借遥控器，这种事情只会让人家觉得她卑微、求关注。

挂了电话，岳千灵直接躺到了床上。

多的是家里没空调的人，难道人家就不睡觉了吗？

心静自然凉！

然而十分钟后，岳千灵爬起来打开了窗户。

有晚风吹进来，大概会好点。

又过了十分钟，岳千灵双眼瞪得像铜铃，愤愤地看着天花板。

这都是十三层了，怎么一点风都没有呢？！

她的睡裙已经有了一层黏糊糊的感觉，翻来覆去几番，连头发都汗津津地贴在了脖子上。她不仅毫无睡意，还感觉越来越热。

岳千灵实在睡不着，只好又拿起手机打算消磨消磨时间，说不定找个剧来看看就困了。

她一滑开屏幕，却看见两分钟前，林寻给她发了条语音消息。

“睡了吗？”

糯米小麻花：没有。

糯米小麻花：但是今晚不打游戏，心情不好。

糯米小麻花：以及你能不能别发语音？

校草：……

校草：没叫你打游戏。

校草：那怎么这么晚还不睡？

糯米小麻花：热得睡不着。

校草：没空调吗？

糯米小麻花：遥控器坏了。

校草：借一个？

糯米小麻花：大晚上的，我找谁借？

校草：没有认识的邻居？

糯米小麻花：没有。

校草：？

过了一会儿，他又发来消息。

校草：就算不认识，也可以试着去借一下，毕竟以后都是邻居了。

糯米小麻花：不要。

糯米小麻花：我脸皮薄着呢，做不来那种死皮赖脸的事情。

校草：？

校草：不至于。

发完这条，岳千灵也不打算跟他闲聊了，翻了个身，准备看剧，却突然灵光一闪。

手机红外遥控器！

她立刻拿手机下载了一个软件，捣鼓几分钟后，空调终于吹起了凉风。

岳千灵心满意足地躺回了床上。

这时，门铃声突然响起。

岳千灵想着自己今天刚搬来，这个时候会有谁来找她？她披上一件外衣，小心翼翼地走到门口，打开猫眼。

竟然是顾寻。

虽然隔着猫眼，两人并未对视，但岳千灵心里一半难过，一半尴尬，还有些紧张，根本没办法好好控制自己的情绪。

岳千灵深吸了一口气，尽量让自己的声音听起来很平静："有事？"

猫眼里只看得见顾寻的上半身，他神情有些不自然，眼神飘忽，沉声道："你先开门。"

"你要干什么？"她说。

听出岳千灵语气里有浓浓的抵触，顾寻气不打一处来。

他凝视着猫眼，说道："你开门，我给你送个东西。"

岳千灵立刻想到，应该是房东给他打电话叫他帮忙。

怪不得他的神情看起来这么奇怪，大概是以为她在曲线救国吧。

岳千灵气血突然倒涌，紧紧握着拳，声音微颤："不用了。"

顾寻舌尖抵着下颚，才勉强压制住心里的烦闷，只是他声音里还是带了点急躁："你快开，房东叫我给你空调遥控器。这么晚了，你不想睡觉了？"

许久，她突然打开了门。

顾寻刚松了一口气，下一秒，感觉一阵凉风迎面吹来。

岳千灵就站在他面前，笑得比风还凉："你以为全世界就你那儿有遥控器？"

组 队
【菜也犯法吗 sir】邀请您加入队伍。
确 认
取 消

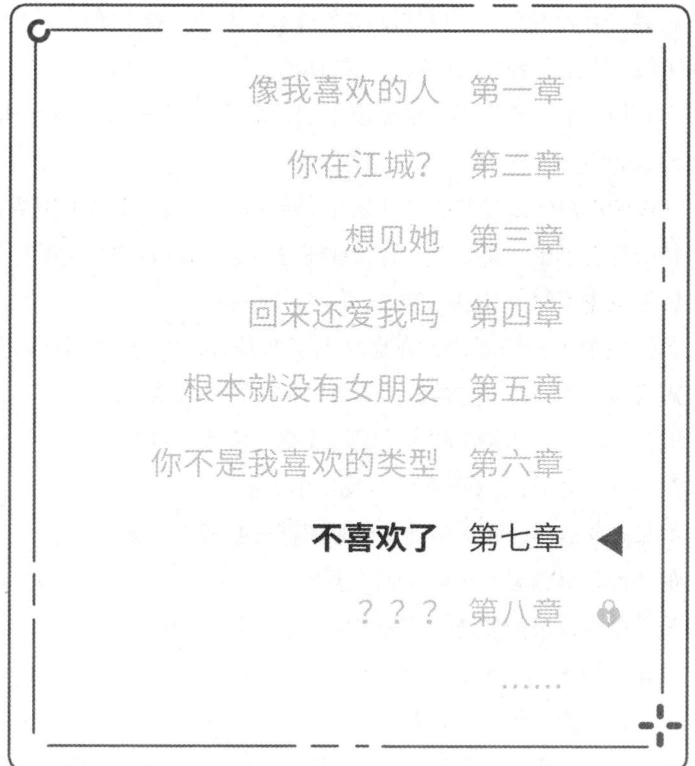
像我喜欢的人 第一章
你在江城? 第二章
想见她 第三章
回来还爱我吗 第四章
根本就没有女朋友 第五章
你不是我喜欢的类型 第六章
不喜欢了 第七章
??? 第八章
……

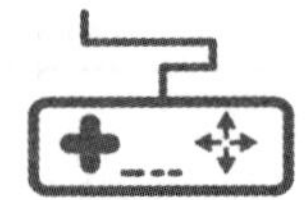

26

门关上的那一瞬间，带着她洗发水香味的冷空气又涌出一股，给这闷热的夏夜带来一股凉意，却丝毫不能缓解这僵硬的气氛。

顾寻看着她的门，一口气堵在胸口不上不下，难言的躁意在全身上蹿下跳，产生了好几次再按门铃的冲动。

但是他抬起的手在半空中停滞半晌，最终没有按下去，转身推开了自己家的门。

蒋俊楠不知什么时候站在门口的，捧着外卖盒子，好奇地看着他。

待顾寻进了屋，蒋俊楠见他径直往房间走，喊道："不吃饭？"

顾寻头也不回："还嫌我闭门羹吃得不够饱？"

蒋俊楠咽了一口饭，实在克制不了八卦心，问道："不是，你们怎么闹成这样的？是不是她告白的时候你说了什么难听的话？"

闻言，顾寻突然停住脚步，回过头来，脸黑得可怕。

蒋俊楠突然道："不是吧？被我猜中了？"

如果真是这样，蒋俊楠的负罪感便稍微减轻了一点。

他还没告诉顾寻电梯里发生的事情。

他不敢说，害怕被连夜赶去机场。

看现在的情况，他更不敢说了。

不过好歹他不算始作俑者了。

蒋俊楠跟着他进了房间，靠着门框，试图再洗刷一下自己的负罪感，于是问道："不是，她是什么地方得罪了你吗？人家好好一姑娘，又没做什么对不起你的事情，你干吗把人气成那样？"

顾寻坐在书桌前，脸对着电脑屏幕，被映上一层惨淡的蓝光。

说得罪也算不上，但他对岳千灵的确一直带着一种不太好的滤镜。

这件事说起来还有点复杂。

他想起他们第一次见面的时候。

那时顾寻刚刚和他妈妈顾萍韵的关系稍微有点缓和，还是他主动服软。

随后顾萍韵来江城出差，正逢岳千灵的妈妈也在这边，两人联络联络感情，发现自己的孩子都在同一所大学，于是约出来一起吃饭。

顾萍韵不知怎的，第一次见面就特别喜欢岳千灵，看她特别合眼，于是在明知顾寻并不喜欢和陌生人闲聊的情况下，不停地把话题往他和岳千灵身上抛。

饭桌上，顾寻已经很烦了。

结束后，顾萍韵还笑盈盈地跟他说："你也到了该谈恋爱的年纪，我看岳千灵这姑娘就挺好的，是我喜欢的那种女生，漂亮，还是学艺术的，家教又好，跟你年纪相仿，就该让这种女孩子和你中和中和。对了，你刚刚怎么不跟人家加个微信？多接触接触呀，以后没事一起出去玩，你们很般配的。"

她一条条地罗列着岳千灵身上的优点，似乎已经胸有成竹地做好了安排。

殊不知，顾寻这二十多年，费了最多力气的事情就是和她的安排做抗争。

从记事起，穿什么衣服，吃什么菜，看什么书，培养什么兴趣爱好，甚至和哪些人做朋友，全都在她紧密的安排中。

甚至有一年暑假，顾寻和小麦他们去海南玩，临行前，顾萍韵交给他一份清单，上面细致地写着第一天玩什么、吃什么，第二天玩什么、吃什么，第三天……那一次，连小麦都亲身感受到了顾寻的窒息感。

然而随着顾寻的年龄越来越大，顾萍韵的行为只会变本加厉。

当顾寻反抗的时候，她永远振振有词。

“你看你跟没爸有什么区别？你爸从小到大管过你吗？难道你忘了那年他给你开家长会，连你读几年级都不知道？！我对你不付出加倍的关心，你能健康长大？”

高三那年，顾萍韵终于受够了，和林盛华离婚了。

她根本没有问过顾寻的意见，拿着法院判决书，将他带走。

之后不到一个月，顾寻放学回家，才得知顾萍韵把他的姓都改了。

“既然已经离婚了，你以后就当没那个爸，以后你就是我顾萍韵一个人的儿子。”

从林寻变成顾寻，他一直蒙在鼓里。

几个月后，高考成绩出来了。

顾寻看了一眼便去睡觉了。

然而第二天一醒来，顾萍韵在餐桌上摆了一张表：“你这个成绩不用说，自然是去 P 大。不过你都这么大了，要为自己的未来负责，我帮你挑好了几个前景很好的专业，你来选一下。”

那天早上，顾寻一言不发地看着顾萍韵，眼神逐渐从愤怒转为无力：“随你便。”

顾萍韵便帮他填好了志愿。

然而志愿截止前夕，顾寻一个人去学校找老师改了志愿。

他可以不去最好的学校，但他想离顾萍韵远远的。

学校虽然规定志愿更改必须家长同意，但老师为顾寻破了例。

当录取通知书下来后，顾萍韵一遍遍地打电话问学校是不是录取错了。询问无果，她冷静下来，看见顾寻平静的表情后，才反应过来一切。

那一次，顾萍韵和顾寻从争吵到冷战，持续了将近三年。其间有过短暂的缓和，但总会因为类似的事情重蹈覆辙。

所以第一次见到岳千灵的时候，她这个人就使得顾萍韵的控制欲卷土重来。顾寻产生的抵触感其实和她本人无关，不管她是岳千灵还是王千灵，效果都一样。

可是事到如今，顾寻睁眼看着天花板，觉得命运的齿轮真是在瞎转。

至今，他还有点回不过神。

清晨，岳千灵睁开眼看见陌生的环境还有点不适应。

她下意识就起床匆忙地洗漱，然后坐到梳妆台前开始化妆。

拿起粉底正要挤出来，愣了片刻，岳千灵才反应过来，改变的不只是环境。于是，仔细梳妆打扮的时间被她用来吃一顿精致的早餐。

以前她住在学校，离公司远，又要早起化妆，每天的早餐都是牛奶加便利店的面包，已经很久没有像这样坐下来慢慢地吃一顿有热牛奶、热鸡蛋的早餐了。

半个多小时后，她穿着简单的短袖和裤子去上班。

她走路的时候在看手机，直到站到电梯口，才看见一个熟悉的背影。

顾寻好像也有了感应似的侧过头来。

目光相接，顾寻张了张嘴，正想说话，岳千灵没什么表情，视线只轻飘飘地在他身上停留了一秒，便又回到了手机上。

电梯里只有他们两个人，分别站在两角。

岳千灵一直低头捧着手机，手指飞速打字，一刻也不歇。

直到电梯到了一层，她终于抬起了头。顾寻张口，那个“你”字还没吐出来，岳千灵又拿着手机扬长而去，头也没回。

直到走出了这栋楼，岳千灵才将手机放回包里。

她在台阶上站了片刻，长长地舒了一口气，拍了拍胸口。虽然刚刚差点儿落荒而逃，但挑战面无表情面对顾寻的第一天，勉强成功！

因为凌晨又下过一场雨，今天早上不算太热，公司里的气氛也没那么沉闷。

岳千灵到得比较早，工位上没几个人，尹琴打量了她一眼，目光里有几分惊诧，但什么都没说，又扭过头跟其他人聊天。

不一会儿，黄婕来了，她就坐在岳千灵旁边，刚放下包，往岳千灵这边一看，突然弯腰凑近："咦？你今天都没化妆呀？"

"对啊，"岳千灵说，"早上多睡了会儿。"

"哦哟，你终于还是腻了吧？"黄婕坐下来，笑着说道，"前段时间我看你真是天天都打扮得那么精致，还佩服你都不用多睡几分钟的，原来你也会偷懒呢。"

岳千灵不置可否地撇了撇嘴。

因为没有化妆，她想揉眼睛就揉眼睛，困了就趴在桌上小睡；头发利落地绑在脑后，不会被遮挡视线，连工作效率都提高了许多。

距离午休时间还有二十多分钟，她便已经做完了手头上的事。

她百无聊赖地刷着微博，微信突然弹出一条消息。

骆驼在那个沉寂了一整天的群里说话了。

骆驼：@糯米小麻花你没事了吧？

糯米小麻花：当然没事了。

骆驼：那就好。

糯米小麻花：不过我跟你说，我居然跟他成了邻居，我真的服了呀。

骆驼：……缘分啊。

糯米小麻花：缘什么缘，你知道我昨天发现这一点的时候有多无语吗？！

糯米小麻花：感觉我都要尴尬死了！

骆驼：呃……有什么好尴尬的，你平常心。

糯米小麻花：我怎么平常心啊？这太尴尬了吧，他肯定觉得我是死缠烂打，故意搬去他对门吧！

糯米小麻花：好了，不说了，我要去吃饭了。

岳千灵锁上电脑，和黄婕一同站了起来。

这个时间点去吃饭的人很多，电梯口堵了不少人，岳千灵和黄婕等到第二轮才进了电梯。

然而她一抬眼，看见顾寻和易鸿也在里面。

她跟易鸿点了点头，随即就转身背对他们，肩膀却绷得很紧。

老天爷真的很不想她好过是吗？

黄婕没注意到岳千灵的异常，和易鸿聊了一路。

等下了电梯，易鸿顺口便问道：“一起吃去啊。”

黄婕扭头看向岳千灵：“我们一起呗。”

短短十几秒的乘电梯时间，岳千灵感觉自己背都要酸了。

而黄婕这么一说，岳千灵浑身的神经都倏地一紧，下意识就想拒绝。可惜黄婕根本不是在征求岳千灵的意见，直接挽着她的手将她拉走。

午休时间不长，大多餐厅也很挤，他们便选了一家效率高的快餐餐厅。

点餐台上的 LED 屏挂着今日的菜品，两荤一素加一份例汤是一套。

黄婕和易鸿点好菜后，轮到岳千灵。

岳千灵感觉顾寻就站在她身后，身心都紧张到不行，整个人都有些飘忽。

她仰着头，看了一会儿，对点餐员说：“我要一份糯米蒸排骨，一份宫保鸡丁，还要一份白灼菜心。”

点餐员一一记下，又问顾寻：“先生，您呢？”

顾寻收回落在岳千灵背后的视线，抬头看着LED屏，片刻后，他的目光又轻轻地扫过岳千灵。

“糯米蒸排骨、宫保鸡丁、白灼菜心。”

她皱了皱眉，回头看了顾寻一眼，张了张口，似乎想说什么，最终还是抿着唇扭头走了。

落座后，易鸿张望四周，看见了自助饮料台，便问：“你们要喝什么？我去帮你们拿。”

黄婕：“我要橙汁！”

岳千灵：“我要酸梅汤，谢谢。”

易鸿点了点头，起身的时候对顾寻说：“你要可乐是吧？我一块儿帮你拿了。”

顾寻正要说“好”，但抬眼看见岳千灵盯着手机一副忘我的模样。

他皱了皱眉，说道：“我要酸梅汤。”

岳千灵的目光微闪，抬眼看向顾寻，顾寻也正盯着她。

视线只有片刻的交错，岳千灵便藏着眼里的慌乱，重新低下了头。

这顿饭只吃了半个小时，但对岳千灵来说，是度秒如年。加上天气燥热，走出餐厅，岳千灵额头上出了一层细密的汗。

易鸿见状，问道：“喝冰咖啡吗？”

正好岳千灵也觉得有点困，便点头道：“好啊。”

隔壁就是一家星巴克，他们一行四人走进去，正好收银台前没人排队。

还是易鸿和黄婕先点了单，轮到岳千灵时，她熟稔地点了一杯冰美式，然后便扭头往另一边走去。

然而她刚跨出一步，便听见顾寻对点餐员说道：“一杯冰美式。”

岳千灵脚步一顿，想回头，却生生忍住了。

黄婕在柜子前朝岳千灵挥手：“他们出新杯子了！好可爱！快来看看！”

岳千灵立刻快步走了过去。

不远处的柜台上摆满了水杯，黄婕和岳千灵选得起劲，易鸿看了一眼，突然想起什么，扭头问顾寻：“你的杯子前几天不是磕了个缺口吗？要不要顺便买个新的？”

顾寻看向那一边，点了点头。

岳千灵正弯腰挑选着。她刚刚搬家，宿舍里的杯子没带走，新家正好缺一个。

她不喜欢外表太花哨的杯子，选来选去，看中了一个朴素的黑底杯子。但她刚刚拿起包装盒，另一只手便伸了过来，拿了一个一样的。

岳千灵一愣，侧过头，果然对上了顾寻的目光。

她的眼里含着复杂的情绪，双唇微动，似乎是想说点什么。

但顾寻等了好一会儿，见她没有开口的意思，才问道：“怎么？”

“没什么。”

岳千灵拧着眉，拿起杯子便去买单。

顾寻慢悠悠地站到她身后，说道：“有话就说。”

但岳千灵就跟没听见他说话似的，买了单，扭头就去找黄婕。

回到工位，岳千灵把杯子拆了，打算用开水烫一烫，桌边的手机突然响了起来。

小麦：中午吃鸡，有人吗？

糯米小麻花：不来，我在公司呢。

糯米小麻花：刚刚发生了大无语事件。

骆驼：什么事？

糯米小麻花：我又遇到那个顾寻了，你知道他干什么了吗？

糯米小麻花：他跟我点一样的菜，喝一样的饮料，买一样的咖啡，就连杯子都选了个跟我一样的！

骆驼：啊？

糯米小麻花：我当时真的特别想跟他说一句话，但是考虑到周围有那么多人，还是忍住了。

这次骆驼没回，反而是另一个人插了话。

校草：想说什么？

糯米小麻花：想跟他说……

糯米小麻花：克隆羊多莉最多活六年。

校草：……

顾寻还发了一个“微笑”的表情。

27

岳千灵原本以为她会得到三个朋友的集体附和，结果等她洗完杯子回来，群聊消息还停留在林寻那条意味不明的回复。

糯米小麻花：怎么，你们被无语到无语了吗？

过了好一会儿。

骆驼：确实，怎么会有这么无语的事情。

发完这条，骆驼立即打开了顾寻的聊天框。

骆驼：这就是你吸引人家注意力的方式？

骆驼：没吃过猪肉也该见过猪跑吧？

顾寻根本就没回骆驼。

他此刻坐在椅子上，望着满屏幕的代码，根本就没看手机。

其实距离他拒绝岳千灵不过才一天的时间，但他不知道自己为什么有一种经历了一个世纪的感觉。

兵荒马乱，鸡飞狗跳。

就连今天下午发生的几个小巧合，也变得戏剧性了。

而岳千灵说的那句话像一盆冷水兜头而下，浇得他清楚地意识到，说出去的话如泼出去的水，根本收不回来。

沉默许久，他深吸一口气，站了起来，朝茶水间走去。

经过美术组时，过道旁边围了一群人，叽叽喳喳地在讨论着什么。

有人突然叫住了他："顾寻，有事没？没事过来帮忙看看吧。"

顾寻停下脚步，侧过头问道："什么？"

主美术眼下青黑，一看就是又熬了通宵，指着电脑屏幕，说道："看看这里面有没有你觉得符合西格莉德的画风。"

西格莉德是第九事业部正在开发的 3A 游戏中比较重要的女 boss①，她的原画设计从去年搞到今年，一直被推翻，毫无头绪。

基于游戏世界观，她的人设最复杂，代表着绝对的力量和邪恶，同时又具备女性特质的美丽躯体和面庞。

这段时间出来的草图起码有上百版，要么人物过于展现女性曲线，毫无力量感；要么就是邪恶感太明显，让人一看就是反派大 boss。

但作画的永远是美术组那些人，他们没日没夜地思考，把西格莉德的人设记得烂熟于心。也正因如此，他们无法跳出原本的思维限制，已经完全找不到可以突破的方向。

他们的原画组交不出作业，3D 建模那边又催得紧，主美术没办法，只好让人去网上搜集了近两百张风格契合的图画来做参考。

不过这么多图，组员们大多没耐心看到最后，这会儿正叽叽喳喳的，各抒己见，吵得主美术头疼，只好找一个清醒的局外人来参考。正好看见主开发经过，这最好不过了。

正好顾寻现在比较有空，他走到主美术旁边，美术组的其他人给他让出位置。

电脑屏幕正处于相册预览界面，顾寻坐下来，打开了第一张图片。

一开始大家还都围着他，和他一起看，但顾寻并不是走马观花，每张图他都看得极认真。半个多小时后，他还没看到一半；而且他看图的时候一言不发，只有眼神专注地盯着屏幕，不和其他人交流。因

① 在游戏中，指级别较高，打败后会掉落稀有道具或触发重要剧情的重要角色。

此看到后面，美术组的人都渐渐各忙各的去了，只有主美术还坐在顾寻旁边。

一晃眼，一个中午过去，眼见相册里还剩十来张图。

顾寻还是没发表意见，主美术也有些按捺不住了，小声问：“你觉得有合适的吗？”

话音刚落，就见顾寻松开握着鼠标的手，抵着下巴，凝神看着眼前的一张图。

片刻后，他站起身：“这张最好。”

“最？”主美术拿过鼠标快速翻动后面几张图，“其他的不看了吗？”

顾寻已经离开座位，丢下一句话：“我不看了，你们自己做决定。”

主美术偏着脑袋，盯着这张不好形容的图，一时不知道该说什么。

三天后的下午，岳千灵正在埋头上色，钉钉上突然出现一个陌生的联系人发来的消息。

“岳千灵，下午好，我是咱们公司第九事业部的主美术卫翰，有空聊聊吗？”

岳千灵愣了愣，凑到黄婕旁边，低声问道：“第九事业部的主美术居然叫我跟他聊聊，什么情况啊？”

“我看看。”黄婕转身看了一眼岳千灵的电脑，皱起了眉，“不知道，他找你干吗啊？”

黄婕想到了什么，突然压低了声音：“该不会是想撩你吧？”

“你思维过于发散了。”岳千灵皱着眉推开黄婕，“哪有人撩妹用钉钉的？追求禁忌感吗？”

她简单地回了几个字：“请问有什么事？”

过了一会儿，对方回复：“一时半会儿说不清楚，要不你来一趟我的办公室？”

岳千灵想了想，决定去一趟第九事业部。

距离上次来这里已经过去了半年多，岳千灵对这层楼依然比较陌生。

她不记得美术组具体在哪里，想找个人问，却发现入目的工位居然都空着。这个部门未免也太自由了吧。

继续往前走了一段路，倒是听见有人说话的声音，她抬头望去，见一个人正在打游戏，身边还有五六个人围观，拿着平板电脑在记录什么。

岳千灵想找他们打听主美术的办公室，于是静悄悄地走过去。

这群人都全神贯注，丝毫没有注意到岳千灵靠近。

待走到了他们身旁，岳千灵才发现坐在那里的是顾寻。他穿着黑色短袖，靠着椅背，一只手放在键盘上，一只手操作着鼠标，平静地看着屏幕。

视线所及之处，岳千灵见他两只手飞速地操作，游戏人物抛出抓钩瞄准高处，一跃而起的同时飞天狙开镜预瞄。

爆敌人头的时候，他连眼睛都没有眨一下。

整个操作流畅精准，一气呵成，以至于他旁边站着的人忘了记录。

而顾寻屈起一只腿，脚踩着垫板，松开鼠标，垂眼盯着屏幕上的人物。

"就这机械打击感，塑料得跟街机似的，跟《使命召唤：现代战争》根本不是一个档次，没有可比性。"说完，他打算起身，一抬头却看见了站在一旁的岳千灵。

视线相接的一瞬间，顾寻起身的动作停滞，他目光微闪，问道："你怎么过来了？"

岳千灵也愣了一下，她刚刚看他的操作不知不觉就看入了迷，没想到他会突然抬头。

不过此刻她也不知道哪根神经牵动着自己的面部肌肉，朝他皮笑肉不笑地扯了扯嘴角，就算是回答了他的问题。随后她扭头，问一旁的易鸿："主美术的办公室在哪儿啊？"

易鸿想了想，突然明白了，给她指了一个方向：“前面左拐第二间办公室。”

“好的，谢谢。”

说完，岳千灵转身。为了让自己看起来不像落荒而逃，她非常刻意地控制了脚步，不紧不慢地朝前走去。

顾寻看着她的背影，半晌，才问易鸿：“她找主美术干什么？”

易鸿“咦”了一声：“你不知道啊？我还以为你知道是岳千灵画的。”

岳千灵走进卫翰办公室时，他正在埋头飞速打字。

他见岳千灵进来了，立即放下了手头的事情，指了指桌前的椅子：“坐啊。”

岳千灵拉开椅子，还没坐下便问：“找我有什么事吗？”

“是这样，我们项目有个 boss 叫西格莉德，她的人设呢，比较复杂，我们一直没有做出符合人设的原画。前段时间我就让人从网上找了一两百张图想参考参考，然后看到一张克苏鲁风格的蛇女三视图。”

听到这里，岳千灵更迷惑地抬了抬眼。

“嘿，我第一次看的时候，觉得完全不是我想象中的西格莉德，就划拉过了。”

卫翰说着说着，突然激动地站起来，俯身凑近岳千灵：“不过前几天我们有个同事帮我们看图的时候，说这张最好，然后我们组仔细研究了几天，发现还真是那么一回事。克苏鲁蛇女乍一看有点吓人，但是从人物形态和神情细细看来，就是我们想要的绝对的力量和邪恶，只是表现得不那么直白而已。”

“所以……”岳千灵问，“你说的是我的那张图？”

毕业前几个月，岳千灵手头的事情比较少，闲着没事的时候断断续续地画了那张画，完善细节后便发到了很久没有更新的微博上。

当时转赞评也不少，但她没怎么在意。

“可不是嘛！当时我让人去联系联系画师，找到了微博，结果有人告诉我，那就是你啊。”卫翰兴奋地拍了拍桌子，“我们商量了一段时间，觉得这种东西很难模仿，所以想让你帮忙完成西格莉德的原画。”

将近两个小时后，岳千灵才从卫翰办公室出来。

他跟她聊了很多关于西格莉德的人设背景，以及整个游戏的世界观，信息量太大，岳千灵到现在还晕乎乎的。

而且她也不确定要不要答应卫翰的请求。

她很明白第九事业部的项目对整个公司意味着什么，也是这一群人付出多年的心血。

她从没接触过 3A 大作，本身经验也不多，不敢轻易答应承担起一个重要 boss 的原画。

可是所有理性思考，都抵不住她心底的跃跃欲试。

岳千灵想得入神，一步步离开了美术部门，朝电梯走去，完全没注意到周边的情况。

顾寻就站在走廊尽头，见岳千灵出来，耐心地等她走到自己面前，正要开口，却见她连头都没有抬一下，径直拐向电梯间。

顾寻默了默，开口叫住她：“岳千灵。”

岳千灵突然顿住，印象中，这是顾寻第一次叫她的名字。

没想到这三个字被他清越的声音念出来，居然是这样轻柔的感觉。

许久，她才回过头，没什么语气地说：“有事？”

顾寻朝岳千灵走近几步，正好站在窗户下。

阳光被切割成几何图形，落在他脸上，模糊了他的神情。

他沉沉地看了岳千灵一眼，才开口：“你要帮我们的忙吗？”

“不知道。”

答案过于简洁，连多一个字都不肯。

顾寻别开视线，深吸了一口气，继而看向她的时候，目光里多了些无奈。

这样一对比，打游戏时的岳千灵真是平易近人多了。

顾寻低头想了一会儿，倏地抬眼，沉声道："那……加个微信吗？"

说完，他紧紧地看着岳千灵。

岳千灵垂在裤边的指尖轻轻颤了颤，下一秒，她冷着脸说："我的微信一般只加熟人哈。"

电梯到了，岳千灵走了进去。

直到她的身影被电梯门隔绝，顾寻才收回视线。

他拿出手机，点开岳千灵的对话框，自嘲般笑了笑，低声道："还不够熟吗？"

手指在屏幕上停顿片刻后，他点进岳千灵的朋友圈，入目的第一条就是半年前岳千灵发的那张照片。

那天如果没有那么多人，他靠近了观景台，看见了她本人，一定能发现什么吧。也不至于造成现在的场面。

顾寻低头看着那张照片，久久无言。

突然，他目光微动，随后两指撑开，将照片放大。

当时他只顾着看照片上的烟花和方位来判断她在现场，却忽略了照片下方的人群。

而此刻当他目光专注于此，却发现密密麻麻的人群中，有一个人影好像是他自己。

一个模糊的侧脸不能完全确定，可旁边恰好有一个微胖的男人，那男人正好背了一个暗红色的书包。那不就是骆驼吗……

顾寻几乎立即确定了这张照片里的人是他。

只是他不确定岳千灵发这种照片，是有意而为，还是只是巧合。

他潜意识里已经有了答案，只待求证。

这时，易鸿拿着平板电脑朝他挥手："你在那儿站着干什么？开会了！"

顾寻拧了拧眉，朝会议室走去。

这只是一个短暂的临时会议，三十多分钟后，大家起身离开，只有顾寻还坐在会议室里。

关于那张照片的种种猜想又冒了出来，他拿出手机，再次点进岳千灵的朋友圈，却看不见那张照片了。

顾寻倏地坐直，下拉，刷新。

还是看不见。

她竟然删除了？

顾寻的心情突然被割裂到无法用语言形容的地步。

她的这个行为不仅证明照片里的人是他，就连那句“新年快乐”也是岳千灵专门对他说的。

可是她竟然利落地删除了？！

28

电梯门关上的那一瞬间，岳千灵看着镜壁里的自己，终于将提着的那一口气松了下来。

电梯缓缓下降，在这逼仄的空间里，她清晰地听见自己忽轻忽重的呼吸声。

她不知道顾寻这是怎么了。以前那么多次碰面的机会，他都视若无睹；现在两人连“算认识”的关系都难以维持时，他却好像能看到她了。

她下意识地拿出手机，想跟印雪说这几天发生的事情，可是当她点开微信的时候，手指却又顿住。

不能这么不争气。

因为人家一句“加个微信”，就又想去做阅读理解，是高中语文试卷做得还不够吗？

几天前他才那样拒绝了你，能有什么其他意思呢？

还想被自己的期待和幻想折磨吗？

思及此，她又想起了自己半年前自作多情发的那张照片。

岳千灵将它翻出来，看着照片里那个模糊的身影，凝神片刻，点了删除。

随后她继续往下翻了翻。虽然她发的内容不多，但总会有些深夜矫情产物，只有她自己知道是因为什么发出去的。

花了几秒，岳千灵删得朋友圈里只剩下了三四条内容才罢手。

岳千灵下班回家的时候，天还大亮着。

走到小区门口，岳千灵竟然又遇到了顾寻。

有时候她在想老天爷是不是老爱捉弄她，不然为什么在她用尽全力想把这个人从她脑子里完全清除干净时，却一次次让他出现在她面前。

墨菲定律也不能总在她一个人身上验证吧？

遥遥对视一眼，岳千灵很快收回目光，面无表情地左拐。

她住的那栋楼其实在右边，但最近买的生活用品开始陆陆续续到了，今天快递员便电话通知她快递存放在了小区左面的驿站。

走了两步，岳千灵察觉到什么，于是往旁边一看，正好顾寻也看了过来，两人目光又一次相遇。

夕阳明晃晃地落下，使他直视的目光显得越发明显。

这一天相遇的次数实在太多，岳千灵有一股异样的感觉。

但她没多想，收回视线，语气不太好地嘀咕道："可真是巧。"

顾寻走在她身旁，垂眼笑了笑："不巧。"

岳千灵突然侧头气呼呼地看了他一眼。

阳光下，她脸颊的茸毛都清晰可见，嘴巴略微嘟着，好像又生气了。

顾寻只好别开了脸，看向另一侧，低声自言自语道："我是故意的。"

可惜岳千灵并没有听见他在说什么。

两人就这样，相隔着两米的距离，朝同一方向走去。

岳千灵再没往旁边看过一眼，直到到了驿站，她站定，发现顾寻的目的地好像也是这里。

前面有几个人排队，岳千灵潜意识不想站在他后面，于是悄然加快了脚步。

然而她的腿比人家短那么一大截，就这样，还是慢了一步，只能站到顾寻身后。

几秒后，岳千灵终于反应过来自己刚刚为什么潜意识就想抢先。

因为她一抬眼，入目的是顾寻近在咫尺的背影。不抬眼吧，鼻尖又能闻到他衣服上的洗衣液味道。

大概是天气太热了，岳千灵烦躁地抿了抿唇，不动声色地退了一步。

离他远一点，心情大概就不会这么复杂了。

几分钟后，顾寻取了件，是一个单手便能拿起的小盒子。

他转身的时候，岳千灵刻意低下头看手机，直到他出去了，岳千灵才抬起头，报了自己的取件码。

驿站的人查了查，说道："哦，这个堆在外面。"

岳千灵走到门口，却发现顾寻还没走。他就站在那里，余晖洒在他身上，将他的瞳孔映成了淡淡的琥珀色，低头看着手机。

听到有人出来，他抬头，正好对上岳千灵的目光。

"你怎么还没走？"

没想到等来的是这句话，还莫名有点耳熟。

顾寻的视线扫过面前堆着的各种大件快递，偏了偏头，说道："晒晒太阳不行？"

当自己是绿色植物呢。

岳千灵不再看他，弯腰去找自己的快递。

"三〇四五……"岳千灵在心里默念着取件码。当真正看到那个箱子时，她却傻了眼。

不是一个拆分的简装置物架吗？怎么这么大？

“需要帮忙吗？”

头顶冷不丁传来顾寻的声音，岳千灵愣了片刻，没去看他。

“不用，谢谢。”说完，她把手机放进包里，弯腰抱住快递箱。

没关系，我可以的。

岳千灵深吸一口气，努力把腰直起来。

可是这东西也太重了。

岳千灵走了几步便感觉不堪重负，而且这个箱子抱起来后比她还高，完全挡住了她的视线，她只能歪着脑袋看路。

并且，她感觉到顾寻好像就走在她后面。

那若有若无的视线落在她背上，让她感觉这路更难走了。

离开驿站没多远便是一段上坡路，饶是岳千灵已经做好了心理准备，却还是力不从心。

她走得一步比一步慢，还看不清路，听见有小孩子朝这边跑来的声音，她下意识往后一退，整个人便失去了重心。

“啊——”往后倒的那一瞬间，岳千灵下意识尖叫出声。

但这声音在她撞到身后那人的怀里时戛然而止。

空气里闷热的风仿佛在这一刻停止了，她又闻到了那股淡淡的洗衣液味道。

不用回头，她都知道自己撞到了谁，并且好像还踩了一脚。

岳千灵愣神片刻，闭了闭眼，深吸一口气，突然想通了些。

这箱子真的太重了。

日子也总还是要过下去的，他们只要一天还是邻居，就避免不了碰面。

如果每次见面，她都这样为难自己，还活不活了？

如果不想让顾寻觉得她还念念不忘，或许若无其事才是最好的保护伞？

思及此，她放下手里的东西，从顾寻和箱子中的缝隙挤出来，转身看着他，平静地说："谢谢。"

"不客气。"

没有再多的语言，顾寻把手伸向岳千灵，她很自然地接过他手里的小纸盒。

随后，顾寻搬起她的箱子，朝住的那栋楼走去。

两人就这样无言地进了电梯，直到顾寻把箱子放在地上，才似自言自语般说道："这玩意儿怎么比你还重。"

岳千灵低头看了一眼他白色球鞋上的黑脚印，决定这次不反驳他说的话。

到达十三层，顾寻把箱子放到了她家门口。

岳千灵一边按指纹锁，一边没什么语气地再次说道："谢谢。"

顾寻抬眼："不用帮你搬进去？"

"不用麻烦，我自己可以。"

沉默片刻后顾寻"嗯"了一声，转身去开自己家的门。

然而门打开了，他却没进去，就靠着门框，肆无忌惮地打量着岳千灵。

岳千灵一开始背对顾寻，发现箱子推不动，于是绕过箱子先进门，抱着它往里拖。

但箱子好像是被什么东西卡住了，死活拖不进去。

岳千灵正着急，手里的重量却突然一轻。

箱子挡着视线，岳千灵看不见箱子后的那个人。她只怔住片刻，随即便借着他的力后退。

进了屋，依然隔着那个箱子，两人都看不见对方，岳千灵道谢的声音终于有了点语气："谢谢。"

"说了不用客气。"

箱子之所以这么大，是因为里面的置物架根本就没怎么拆分，所以虽然难搬了点，但组装的时候很方便，只花了十几分钟时间。

其间手机一直在振动，她没管，沉迷在组装家具的乐趣中。

好一会儿，她把置物架推到墙角，见尺寸刚好合适，才满意地把杂物堆放上去。

看手机的消息，已经是半个小时后的事情了。

看见小麦在群里叫人打游戏，岳千灵竟然有一种恍如隔世的感觉。

自从她跟他们哭着说自己失恋了，他们好像默契地照顾着她的心情，再没找过她打游戏。现在大概是觉得她心情已经恢复得差不多了。

小麦：@ 糯米小麻花你来吗？

岳千灵敲了两个字。

糯米小麻花：来啊。

岳千灵和小麦最先上线，开了语音后，小麦莫名清了清嗓子，语气有点僵硬。

“那个……你还好吧？”

“还好啊。”

“不难过了吧？”

岳千灵垂了垂眼：“有什么好难过的？三条腿的蛤蟆不好找，两条腿的男人到处都是。”

顾寻一上线便听到这句话，他沉默了，什么都没说。

“嗯，你能这么想就好。”骆驼慢悠悠地说，“不管事情怎么样，自己才是最重要的，千万别太难过啊。”

岳千灵“嗯”了声。

“那……”小麦踌躇片刻，才开口，“你还喜欢他吗？”

耳机里三个人突然都很沉默，似乎在紧张地等着她的答案。

岳千灵沉吟片刻，才闷闷地说：“不喜欢了。”

“真不喜欢了？”

林寻的声音出现得很突兀。

岳千灵眨了眨眼睛："有意见吗？"

耳机里，那人沉默了一会儿，语气突然变得沉沉的："不是，你这么果断吗？"

岳千灵轻哼了一声："你们知道吗？我现在每天在家门口撞见他，都在克制一股冲动。"

顾寻："什么冲动？"

岳千灵："帮他搬家的冲动。"

倒也不必。

顾寻捂着麦，重重地吐了一口气："现在他在你眼里就一无是处了吗？"

岳千灵埋头跑毒，沉默着没说话。

顾寻又问："你之前那么喜欢他，他肯定很优秀吧？"

当然。

他就是很优秀，不管是外在，还是他的能力，都不是普通的优秀。

不然怎么能成为她完美的爱情憧憬对象。

可岳千灵此时并不想承认。

每想一分他的好，就会为自己增添一分难受。

于是她喃喃道："优点当然还是有的，不过不多。"

顾寻松了口气，连声音都放轻了点，似漫不经心地说："比如呢？"

岳千灵："长得好看。"

顾寻"嗯"了一声："这点是肯定的，然后呢？"

他等了半晌，竟没听见岳千灵说话。

"就没了？"

他忍了很久，才又说道："他肯定很聪明吧？"

岳千灵："和爱因斯坦比起来还是差很多。"

顾寻再忍："那——他个子很高吧？"

岳千灵："倒也比不上姚明。"

杠精附体了吗？

顾寻被气笑，盯着屏幕里那个人看了半晌。"那他——"他花了一秒来想自己还有什么优点，"乐于助人吧？"

说完他自己都噎住了，这是什么形容词？

这次换岳千灵哑口无言了。

她总是想给自己找理由，告诉自己顾寻没那么好。

她明确得可以自我麻痹地忽视掉顾寻，但是回想起自己每次遇到状况，顾寻对她还真的算挺好的。

"哦。"但她不想承认，倔强地说，"那不是小学生的基本准则吗？"

"岳千灵"三个字差点儿就要脱口而出，顾寻硬生生忍住，压着嗓音问道："行，那作为一个成年男人，他花心吗？"

"我怎么知道，我又没当过他女朋——"岳千灵终于察觉到不对劲，顿了片刻，"不是，你今天怎么回事啊？怎么一直为他说话啊？"

耳机里的人沉默了一会儿，才又说道："我只是好奇你怎么放下得这么快。虽然我不认识他，但是你之前那么喜欢他，说明他一定是个很值得你喜欢的人。"

一直插不上话的骆驼和小麦几度想出来阻止他——你可别说了。

"那又怎样？他又不喜欢我。"岳千灵想起另一件事，越发觉得自己可笑又可悲，"你要是知道他是怎么和他室友说我的，你会……"

"什么？"

"会想和我一起帮他搬家。"

29

蒋俊楠的手机疯狂振动时，他正在丽江的小酒吧里蹦傣迪。

等他从舞池出来，朋友才提醒他有人给他打电话。

他拿起手机一看，好家伙，好几个未接来电。

“出什么事了？！”蒋俊楠急匆匆地走出酒吧，还差点儿在门口绊了一跤，“什么事这么着急？你没事吧？”

电话那头传来顾寻冷冰冰的声音：“你跟岳千灵说什么了？”

“啊？”

蒋俊楠一时没反应过来：“我跟她说什么呀，我跟她又不熟。”

话音落下，他倏地一怔，脚步卡在门口：“哦……你说电梯那事啊，你知道了？”

电话那头，顾寻闭眼深吸了一口气，竟然还真有这么一回事。

刚刚他问岳千灵，室友说了什么，岳千灵明显很不想提起，就说了句“他很烦我”便直接转移了话题。

打完游戏后，他便直接来问蒋俊楠。

能和岳千灵接触的室友，只有蒋俊楠。

“就是那天我下去拿外卖，问你为什么拒绝岳千灵，你说你很烦她，我那手机听筒不太灵敏，就直接放了出来，被她听到了。我跟你说，我当时绝对不是故意的，我……”

“兄弟。”顾寻突然打断蒋俊楠。

蒋俊楠：“啊？”

顾寻：“你生日是下周四吧？”

蒋俊楠突然有点感动，没想到顾寻居然还记得他生日。

“啊，咋的？你要给我庆生？”

“改签机票吧，过完生日再回江城。”顾寻凉飕飕地说，“不然我怕你永远停留在二十一岁。”

挂了蒋俊楠的电话，顾寻越想越觉得可笑。

他忽地起身，走出自己家，站到岳千灵门口，按响了门铃。

没人应，他又按了第二次，依然没有人来开门。

走廊里阴风阵阵，门铃声得不到任何回应。

顾寻忍住把蒋俊楠鞭尸八百次的冲动，再次伸手去按门铃。

突然，手机响，是一个陌生来电。

顾寻看了一眼岳千灵的家门，随即接通了电话，里面传来一道陌生的女声："嗨，你睡了吗？"

顾寻皱了皱眉："请问哪位？"

"呃，你不记得我了吗？就是上周在咖啡厅遇见的呀，当时咱们就坐面对面。"

顾寻一听，无名火顿时冒到了头顶。

这个女的，他印象可太深了。

当时在咖啡厅，她搭讪他的时候还算正常，就是要个微信，但顾寻没给，随后她笑眯眯地说"一定能找到你"。

结果第二天晚上，顾寻便收到了一个陌生人的好友申请。他拒绝后，一通电话直接打了过来，也是这么笑眯眯地说："嗨，你睡了吗？"

顾寻是学计算机出身的，太了解这女的是通过什么非法手段找到他联系方式的。但是当时他不想跟她多说，直接拉黑了号码。

没想到这才几天，她竟然又换了号码打过来。

他偏着头，脸映在惨淡的灯光下，冰冷地说："你是不是有病？一个女生不知道自尊自爱？缠着我不放有意思？"

他深吸一口气，压住心里的怒火，才又接着说道："下次再打电话来，我也不跟你废话，直接报警。"

说完，他利落地挂了电话。

然而手指还没离开屏幕，他却察觉到一股视线落在自己身上。

他悠悠转头，和站在电梯口的岳千灵猝不及防地四目相对。

他单手插在兜里，偏着头看过来，明亮的灯光将他的轮廓照得十分利落，怔怔地看着岳千灵，没有说话。

那一瞬间，顾寻其实是在问自己，是不是上辈子做了什么伤天害理的事情，否则为什么全世界都在给他下绊子。

但岳千灵就那么直直地看着他，毫不掩饰自己的情绪。

她就下楼丢了个垃圾，结果一出电梯，就撞见了这一幕，仿佛看见了自己被拒绝时，他的表情——也是这么不耐烦。

岳千灵心里翻涌起酸胀的情绪，紧抿着唇，努力不去看他，径直朝自己家门口走，伸手去按密码锁。

她正要打开门，手腕却突然被人抓住。

岳千灵倏地愣住，一动不动地看着他的手，心跳都莫名漏了一拍。

他掌心的温度并不高，岳千灵却感觉像是有火在自己的肌肤上灼烧。曾经奢望的亲密肢体接触来得有点迟，却依然有触电的感觉。

顾寻没觉得他现在的行为有什么过界的地方，看着岳千灵说道："我们先聊聊。"

岳千灵点头："那你先放手。"

"行。"

顾寻紧盯着她的双眼，见她情绪不算特别抵触，便松开了手。

结果下一秒，岳千灵以迅雷不及掩耳之势蹿进家里，"砰"的一下关上门。

紧接着她打开猫眼，露出一双眼睛，眨了眨："我们有什么好聊的？你别忘了，我们只是没什么交集的同事关系，以及……"她想了想措辞，"不太和谐的邻居关系。"

不太和谐的邻居关系？

顾寻从来没一天之内被气过这么多次，甚至有点神经错乱地笑了笑。

他看着岳千灵那扑闪扑闪的大眼睛，突然很躁。他舌尖抵着腮，连点了好几下头，转身的同时朝岳千灵竖了个大拇指："岳千灵，你可以的。"

顾寻走后，岳千灵转身背靠着门，长舒了一口气。

客厅里没开灯，只从房间透出一丝灯光，朦朦胧胧的视线里，她低头看了一眼自己的手腕。

明明他没用多大力，可肌肤到现在都好像还留着他的触感。

岳千灵也不知道自己在想什么，伸出另一只手，赌气似的拍了拍自己的手腕。

顾寻，你是有病吗？

第二天是周五。

顾寻肉眼可见的低气压，辐射范围广到了测试组，导致大家都不好意思歇一会儿，兢兢业业忙碌了一上午，终于能歇会儿。

易鸿有些受不了了，敲了会儿代码，突然扭头对顾寻说："你要不去休息室待会儿，给我们点喘气的空间？"

顾寻偏着头看过来，抬了抬眼："看不出来我很忙？"

"算我求你行不行？"易鸿双手合十拜了拜，"外联部今天刚在休息室装好星空的《无限战争》，你去玩一下？实在不行，你去看看风景吧。"

顾寻对商业外联部搬来的 VR 游戏设备没什么兴趣，竞技性不够，娱乐性太强，但他确实想去泡杯咖啡缓缓心情。

他走到休息室，还没踏进去，便已经听到不同于往日的热闹声。

顾寻往里面一看，目光倏地定住。

那台外联部新搬来的 VR 游戏设备就立在最中间，岳千灵戴着 VR 眼镜，正在玩内置的《生化危机》游戏。

她沉浸在那个世界里，丝毫不知周围有不少人在围观，手舞足蹈，一会儿蹦蹦跳跳，一会儿蹲下来躲避射击。

一个 boss 朝她冲来时，她尖叫一声，开始拳打脚踢，那力道丝毫忘了自己身处虚拟世界中。

这时有个男人站到了顾寻面前，挡住了他的视线。

顾寻垂眼不爽地看了看他的背影，然后找了个视野更好的位置。

岳千灵还在继续和那个 boss 战斗，她穿着短袖短裤，小腿纤细却不失肌肉线条感，骨肉匀称的双腿不停地又踢又踹，没一会儿 boss 便掉头就跑。

而岳千灵则死缠着它不放，抓起一个僵尸脑袋朝它扔去。

“给我回来！”

随后她拿起枪，喊道：“来啊！对枪啊！”

结果灯光突然一暗，她看不见 boss 躲到哪儿去了，正找着，boss 突然从脚底蹿出来，吓得她蹲下就是一顿爆捶。

顾寻靠着一旁的柱子，完全挪不开视线。

前几天他还有一种不真实的感觉，摸不清自己的感受，只靠潜意识驱动他的行为。

而现在，眼前这个活生生的女孩正和自己脑海里想象的那个形象一帧帧地重合在一起。

顾寻自认是一个感觉动物，不是视觉动物。

而此刻，他似乎清晰地看见自己的视觉与感觉严丝合缝地交融。

从未有过的充沛感涌入他所有感官，像棉絮在胸腔里快速膨胀，明明轻盈无感，却又有挥之不去的存在感，挠着他每一个感官细胞。

顾寻盯着岳千灵，不知不觉想起很多以前的事情，包括她曾经在他面前佯装淑女的模样。那时候他觉得有点烦，现在却莫名感觉……

他低头笑了笑。

感觉很可爱。

再抬起头，游戏已经结束。

岳千灵停下来，不住地喘气。

别人玩个 VR 基本只有手在动，她是唯一一个拳打脚踢的，因而额头上出了不少汗。

见她低头摘眼镜，顾寻抬头朝她走去。

然而距离她几步远时，他看见一个男人走过去，站在岳千灵身前，双手环过她的头，帮她摘下了眼镜。

顾寻倏地眯起眼睛。

岳千灵没想到自己能玩得这么累，停下来后，正要摘眼镜，任天逸突然上前帮忙。

“我来吧。”

放下眼镜后，任天逸问：“感觉怎么样？”

“不错，很好玩。”岳千灵看着眼前的设备，由衷赞叹，“代入感真的太强了。”

任天逸作为商务外联部的主管，这台机器是他谈回来作为联合开发的设备，一分钱都没花。

今天刚刚调试好，正好遇到岳千灵经过，她对这个东西表现出明显的好奇，任天逸便邀请她第一个尝试。

也就是说，两个人是二十分钟前才认识的。但任天逸的一举一动让岳千灵感觉像老朋友一般亲切。

“主要是 HTC VIVE 的眼镜也很不错。”

任天逸说着，朝她抬了抬手：“累了吧？要不要试试我冲的咖啡？”

“你还会冲咖啡？”岳千灵跟着他朝一边的茶水间走去，“公司的咖啡机基本都没有人用的。”

“那你是没看见我用。”

他正说着，身后突然又传来一道声音：“那也请我喝一杯？”

岳千灵后背倏地一紧，僵了片刻，缓缓回头，见顾寻似笑非笑地看着他俩。

“顾寻？”任天逸也愣了一下，目光微动，但很快掩饰住了不自然的神情，立刻笑着朝他招手，“来啊。”

顾寻转而看向岳千灵，视线相撞的一刹那，岳千灵立刻别开脸，假装什么都没看见，朝茶水间走去。

这里都是双排两位的四人方桌。

岳千灵本来想背对窗户，但顾寻比她先坐在靠窗的位置，昂着下巴正看着她，像是有话要说的样子。于是岳千灵迈过去的脚步停滞片刻，随后就在他对面的位置坐了下来。

顾寻原本懒洋洋地靠着椅子，见她坐了下来，便直起背。

他正要开口说话时，却见她不知想到了什么，挪到了旁边的位置，随后直视前方，仿佛没看见他似的。

他点点头，指骨叩着桌面："昨天晚上——"

一抬眼，却见任天逸端着几杯水过来。

"咖啡机好像坏了，可惜可惜，下次再请你们喝我冲的咖啡吧。"说着，他已经放下水杯，就要在岳千灵旁边坐下来。

顾寻却突然起身："任主管，坐那边吧，别被晒到。"

任天逸愣怔的片刻，顾寻已经迅速在岳千灵旁边坐下。

属于他的气息近在咫尺，岳千灵的心突然悬了起来，目光却越发不敢往他那边看。

而任天逸回过神，低头看着顾寻，视线交错的片刻，瞬间明白了一切。

任天逸是什么人，他饭都比顾寻多吃了这么多年，仅一个眼神就把他的意思看得明明白白。

"好。"任天逸收回视线，顺从地坐到对面去，"对了，顾寻，你怎么有时间来这边？最近听说你们项目卡得很严重啊，好像很久没有进展了，还以为要没日没夜加班呢，我都好久没见过易鸿他们了。"

顾寻抬眼看着他，笑了笑："是美术卡进度，不是我们开发。"

任天逸："哦……这样啊……我听他们都在说，还以为是你们开发……"

第九事业部的美术进度已经卡住了吗？……

岳千灵一边听着任天逸的话，一边还是没忍住用余光瞟了顾寻一眼。

正巧他也看了过来。

果然，岳千灵就知道墨菲定律一定会发生在她身上。

目光相接的时刻，顾寻声音突然放低，朝她靠近了些，像在跟她私语一般说道："昨天晚上给我打电话的那个女生我不认识。"

岳千灵眨了眨眼睛，不明白他在说什么。

但顾寻的声音说小也不小，任天逸把每一个字都听得很清楚。

他抬了抬眉，盯着这两人。

顾寻对他的视线视若无睹，只专注地看着岳千灵。

"她用非法的手段找到我的联系方式，经常骚扰我，我才会那么说话。"

他的目光太直接，旁若无人一般，岳千灵莫名感觉氛围有点变质。

怎么好像在跟她解释什么似的。

"你跟我说这个干什么？"岳千灵没抬头直视他的眼睛，低声道，"我又不想知道别的女孩子怎么追你。"

"那你昨晚不是生气了？"

"我又不是气这个——"

岳千灵话音未落，突然发现不对劲，立刻住口。一抬头，果然见任天逸用一种奇怪的眼神打量着他们。

岳千灵立刻别开头，目光飘忽地看向另一边："这跟我有什么关系？我们很熟吗？"

顾寻无奈地别开头，却看见任天逸嘴角勾了勾。

紧接着，任天逸抬起头，像根本没听到刚刚顾寻和岳千灵的对话似的，接着刚才的话题："既然你们开发部那么忙，回头一起去喝一杯啊？上次一起吃饭都是公司团建的时候了。"

他这话虽然是对顾寻说的，却没等他回答，又立刻看向岳千灵："你会喝酒吗？"

岳千灵正要开口，却听见顾寻已经抢先一步说道："她不会。"

岳千灵有点生气，但发现任天逸的目光在自己身上，不好明着露出什么表情，只好说道："我会的，从小就会喝，只是不怎么喝而已。"

这次换顾寻莫名其妙地扭头看着她，去年吃饭的时候说自己滴酒不沾的不是你?

任天逸只直勾勾地看着岳千灵，笑着点头："挺好啊，要不找个时间一起去啊？我会调酒，到时候随你点。"

"这么厉害？"岳千灵很捧他的场，"没想到你对酒还挺有研究。"

"也是迫于无奈啊。"任天逸摆了摆头，"其实有时候我挺羡慕顾寻他们这种工作的，只需要跟机器打交道就行了，其实还简单得多。我们跟人打交道的，那真的是每天都心力交瘁。"

顾寻抱着双臂，皮笑肉不笑地看着他。

"所以我刚出来工作那会儿，每天晚上都自己去酒吧小酌几杯。"他长叹了一口气，"久而久之，也就跟半个调酒师一样了。"

岳千灵听他描述，感觉那个画面还挺浪漫的。

正想着，身旁的顾寻冷不丁开了口。

"是吗？那挺羡慕任主管的，见多识广。"他顿了一下，才又继续说，"不像我，忙完了从来没有心思去泡酒吧，只知道单调地打打球、健健身，或者回家看看书。"

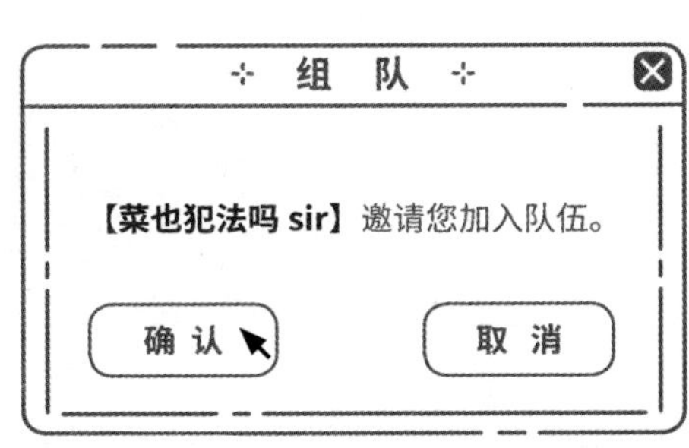
组 队
【菜也犯法吗 sir】邀请您加入队伍。
确 认
取 消

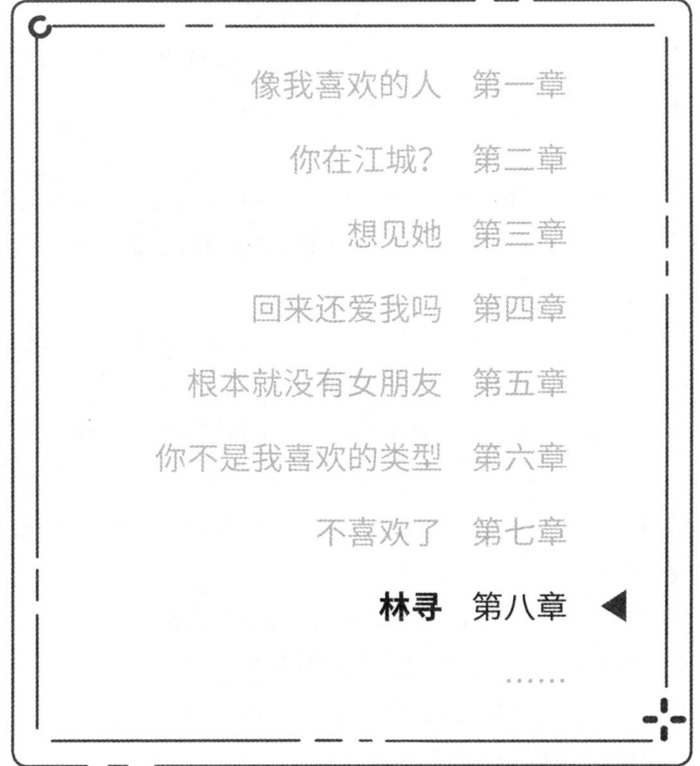
像我喜欢的人 第一章
你在江城？ 第二章
想见她 第三章
回来还爱我吗 第四章
根本就没有女朋友 第五章
你不是我喜欢的类型 第六章
不喜欢了 第七章
林寻 第八章
……

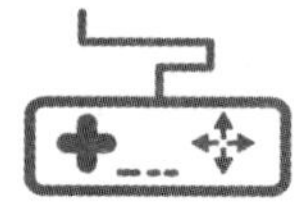

30

原本岳千灵都在认真想象任天逸说的那个画面了，结果一听到顾寻的话，她脑海里莫名就出现了一个男人在酒吧里左拥右抱的画面。

“咝——”岳千灵扶了扶额，突然想象不下去了。

于是她喝了两口水，轻声道：“其实我不太喜欢去酒吧那种地方。”

顾寻闻言，低头勾了勾唇，侧目看向岳千灵。

还挺聪明。

岳千灵没察觉到顾寻的目光，只觉得浑身又有点热，额头也出了点汗，于是她抬手抵着额头：“只有同事聚会的时候会去一下，我总是果盘杀手。”

任天逸笑着说：“嗯，也对，像你这么阳光可爱的女孩，感觉更喜欢户外运动吧？”

岳千灵还没回答，顾寻却突然起身，坐到了任天逸身旁，正对着岳千灵。

他高大挺拔的身影一瞬间挡住了岳千灵的视线，同时属于他的阴影也笼罩下来。

“怎么了？”任天逸有点莫名其妙，“怎么坐过来了？”

顾寻漫不经心地说：“那个位置我不喜欢。”

岳千灵心想：可那不是你自己刚刚非要坐过来的吗？

真是反复无常。

不过也好，至少她不用晒太阳了。

任天逸直接忽略了这个小插曲，把话题又转回自己身上："我以前啊，也是你们这么想的，不过后来才明白，还是因为太稚嫩，没有遇到什么真正的烦恼。"

他叹了口气，伸手拍顾寻的肩膀："还是羡慕你啊，像个小孩子似的，每天打打篮球就能快乐。"

顾寻没什么表情地看着他，嘴角牵了牵，突然把水杯推到任天逸面前："喝点水吧，哥。"

任天逸愣了一下："嗯？你叫我'哥'？"

咱俩也没这么熟吧。

"不然呢？叫你'叔'？"顾寻懒洋洋地拖长了尾音，"不太好吧，毕竟你也才大我十来岁。"

"什么？！"岳千灵倏地睁大了眼睛，"任主管，你都三十多岁了？"

她还以为他二十五六岁呢！

任天逸不自然地收回搭在顾寻肩膀上的手，僵硬地笑了笑："是不是觉得我看着挺年轻？"

"是啊，刚刚跟你说话，我还以为咱们差不多大呢。"

岳千灵忍不住又开始打量任天逸的长相。他确实长了一张娃娃脸，很白净，戴个新潮的框架眼镜，穿着马卡龙色的棉布衬衫，完全不像三十多岁的样子。

任天逸舒坦了点，仰靠在椅子上，悠悠地说道："因为我心态年轻，跟身边的小朋友们都挺聊得到一块儿的。"

"是啊。"顾寻手肘撑桌，手背则撑着太阳穴，一副悠闲懒散的模样，盯着任天逸，"上次团建的时候，哥跟我们讲了很多他过去的事情，好多东西我都没听说过，感觉不像一个时代，挺新奇的。这会儿可以继续讲讲吗？"

顾寻就那么懒洋洋地看着任天逸，听起来仿佛是真的想听他闲聊。

什么叫不是一个时代的？

任天逸脸上的笑有点挂不住，抿了抿唇，说道："下次有机会吧。"

岳千灵听着顾寻和任天逸一来一往的对话，感觉有点奇怪，但她又说不出具体的点。

而且有顾寻在，她无论如何都做不到真正的放松。

这才坐了多久，她感觉自己的神经已经很紧张了，于是想了想，便说道："那下次有空再聊，我先回去了。"

她刚要起身，任天逸又叫住她："我们加个微信吧，下次配置新游戏告诉你。"

原本慵懒坐着的顾寻背脊突然一直，倏地抬头看着岳千灵。

岳千灵却笑着回头："好呀。"

说着，她还真拿出了手机。

没多久前她还说跟他不熟，可转头就加了任天逸的微信。

顾寻暗自点了点头。

很好。

两人很快加上了微信，岳千灵朝任天逸挥挥手，随后扭头朝电梯间走去。

茶水间突然安静了许多。

任天逸也没走，慢悠悠地摆弄手机。

他先是点进岳千灵朋友圈看了看，发现没什么内容后，才撇着嘴退出来，开始改备注。

但是打第一个字，他就卡顿了。

顾寻偏着头，冷冷地说："她姓岳，记得住吗？"

任天逸"噢"了一声，打上"岳千灵"三个字，按了保存，才转头看向顾寻。

他依然笑眯眯的："唉，最近工作太忙了，记性不太好。"

顾寻起身掉头就走，懒得再跟他多说。

都是同事，如果一开始任天逸不说那些让人听着不舒服的话，他也不想在这儿跟他浪费时间。

可是他实在看不惯任天逸和岳千灵接触。

一个多月前的团建，他曾听见任天逸对公司里另一个女生说过同样的话，连那“阳光可爱”的形容词都不带变的。

也不知道岳千灵怎么就能对这种人笑眯眯的。

岳千灵离开后并没有直接回手游事业部，她刚到走廊便遇上了卫翰。

“你考虑好了吗？”卫翰手里抱着一堆东西，歪头看着她。

四周人来人往，岳千灵踌躇片刻，才说：“卫老师，我怕我帮不上什么忙。”

她觉得自己年纪小，没什么经验，她固然希望进入更好的领域，但 3A 游戏对她来说跨度还是太大了，她也自认能力还不够。

卫翰一眼看出她的犹豫，摆了摆头，说道：“别担心，我们其实就是桎梏在思维困境太久了，需要一点新鲜血液和思路，你有空的时候来跟我们一起‘脑暴[①]’，跟哥哥姐姐们一起琢磨琢磨细节，这不是挺有意思的吗？”

原来是去当调味品的呀。

卫翰要是早这么说，岳千灵就不会踌躇到现在了。

闻言，她立刻就笑着点头：“没问题！”

“那下周一你来找我，我们一起‘脑暴’？”

“好的。”说完，岳千灵便往电梯口走去，嘴角始终挂着浅浅的笑。

这或许是自毕业以来，唯一让她高兴的事情。

等电梯的时候，她小声哼着歌，拿出手机约印雪晚上一起吃饭。

她的心情终于像拨开了一层薄雾，连此刻的灼灼烈日她都觉得无

① 头脑风暴。

比温柔。

然而盛夏的天气变得比翻书还快。

分明几个小时前还晴空朗朗，这会儿就暴雨倾盆。

下班的时候，岳千灵走到公司楼下，便被封门的雨堵了路。

她其实带了伞，公司距离地铁口也不远，但她今天穿着新球鞋，不想让自己的鞋子遭这一趟殃。

顾寻原本还没忙完，此刻下楼只是去吃点东西。

然而他一走出电梯口，便看见岳千灵踌躇的背影。

她一只手拿着一把蓝色的伞，另一只手伸出去接了接雨，收回手后，好像更犹豫了。

这样的风驰雨骤，让顾寻又想起了她告白的那一天。

凝神片刻后，他返回电梯，按下负一层。

几分钟后，岳千灵见这雨没有一点要变小的趋势，只好准备打车离开。

她刚拿出手机，便听到有人叫她。

雨声太大，模糊了那人的声音，让岳千灵感觉有些不真切。

直到她抬起头，看见一辆熟悉的车停在她面前。

顾寻降下车窗，偏头看着她："下这么大雨，我送你？"

隔着雨幕，岳千灵看不清他的表情，却还是愣了片刻。

其实她知道，这个时候换作另外一个女生，顾寻也会这么做，这对他而言就是举手之劳。

只是如果习惯了这样的事情，她或许又会让自己画地为牢。

于是她张口，正要说"不"，顾寻却抢先开口："快点过来，这里不让停车。"

岳千灵垂下眼，轻轻呼了一口气。

虽然那天她告诉自己装作若无其事，可是真的很难做到。她真的很怕自己又忍不住沦陷。

就在这时，另一辆车也停到了后面，并按了两声喇叭。

下一秒，任天逸的声音传了出来：“岳千灵？！快快，上车上车，我送你！”

任天逸的出现非常及时，岳千灵心里那一点点的微妙纠结瞬间烟消云散，立刻点头道：“谢谢了。”

于是，她就在顾寻的注视中，朝后走去，坐上了任天逸的车。

听到不轻不重的关门声，顾寻的脸色比这天还阴沉。

而任天逸已经利落地打了转弯灯，绕开顾寻，将车开了出去。

“住哪儿？”任天逸问。

他问这话的时候，车正好和顾寻的车到了并排的位置。

坐在副驾驶的岳千灵用余光一瞥，正好看见顾寻青黑的脸色。

他气什么气？

岳千灵皱了皱眉，轻声说道：“我先不回家，去万达广场，顺路吗？不顺路的话，我在地铁口下车就行。”

任天逸点头：“肯定顺路的。”

这天晚上，顾寻没有留在公司，而是将工作内容带回了家。

三个小时，他就坐在桌前，解决了易鸿拜托他的所有程序错误。

这会儿没事做了，他盯着屏幕看了一会儿，突然合上电脑，起身朝岳千灵家走去。

按了几下门铃，一直没人应，连走动的声响都没有。

于是他又下楼，去倒垃圾的地方看了一眼，依然没人。

回到楼上，顾寻没进家门，而是在楼道里徘徊了会儿。

他憋了很久，还是没忍住，拿出手机给岳千灵发消息。

菜也犯法吗 sir：在？

过了好一会儿，对面才回消息。

爱吃辣椒的香菜精：？

菜也犯法吗 sir：上号。

爱吃辣椒的香菜精：不来，今晚没空。

今晚？

没空？！

顾寻掉头就回了家，重重地关上门。

但打字的时候，他还是得小心翼翼的。

菜也犯法吗 sir：在加班？

爱吃辣椒的香菜精：不是啊，吃饭呢，等一下要看电影。

可以。

他今天那么多话算是白说了，她竟然还是被任天逸哄得团团转。

菜也犯法吗 sir：早点回家吧。

菜也犯法吗 sir：今晚江城还有一场暴雨。

爱吃辣椒的香菜精：嘿，你今天还挺像个人。

爱吃辣椒的香菜精：不过无所谓，反正明天周末，今晚不一定要回家啊。

顾寻突然感觉太阳穴的青筋一股股地跳动，一口气直接倒涌到了喉咙口。

他回了房间，打算睡了。

可没一会儿，他又走出来，坐在最靠近门口的沙发上，手里拿了一本书，安静地看着。

他沉静下来，神情便特别专注，几乎把“心无旁骛”四个字写在了脸上。

可是每当楼道里有脚步声响起，他又特别灵敏，放下书就起身去开门。

但每一次经过的都不是岳千灵。

大概开了五六次门吧，顾寻已经感觉到自己多少是有点毛病了。

他又看了一次时间——晚上十一点。

很好。

他呼了一口气，走向阳台。

他本想吹吹风，结果随意地往下一瞥，却看见岳千灵一边接着电话，一边蹦蹦跳跳地走过来，看起来真的很开心。

顾寻脸色越发沉重，凝视着她的身影，直到她进了大楼，消失在视线里，他才转身。

然而推开门，顾寻突然想到了什么，又弯腰拎起地上的半袋垃圾。

走到电梯口，果然见岳千灵上来了。

四目相对的那一刻，岳千灵嘴角的笑意还没来得及收敛。

顾寻看着她嘴角那浅浅的笑容，气不打一处来。

"回来这么晚——"越是不爽，他的语气便越是慢悠悠，"这么好玩吗？"

安静的走廊将顾寻的存在感放大了十倍，灯光下，他眉眼的轮廓越发深邃，幽幽地看着岳千灵的时候，真的很容易让人看得入迷。

片刻，岳千灵别开脸，朝家门走去。

"还可以吧。"

顾寻没说什么，直接进了电梯。

只是擦肩而过的那一刹那，岳千灵感觉四周凉飕飕的。

她抬手的动作停滞了片刻，才按开了密码锁。

换鞋的时候，印雪的消息还在源源不断地进来。

印雪：我从来没看过这么烂的电影，真的，我刚刚给方清清疯狂安利。

印雪：不能只有我俩被辣眼睛，无语。

印雪：真的，怎么会有这么烂到好笑的电影啊？！

印雪：屎壳郎撬开导演的脑子怕是都要为之一振！

岳千灵又回想起今天看的电影内容，确实越想越好笑。

她趿拉着拖鞋，朝卧室走去。

刚回完印雪消息，又收到另一个人发来的链接。

校草分享了一条链接："盘点海王的十大特征，女孩们擦亮眼睛，都看清楚了！"

岳千灵皱了皱眉。

这是什么鬼东西？

31

岳千灵害怕这个链接有什么病毒，没敢点进去。

糯米小麻花：？

过了一会儿。

校草：这个写得挺有意思。

糯米小麻花：我看你才挺有意思。

校草：？

不知道是不是今天回来太晚，岳千灵突然觉得有点困。

她打了个哈欠，没再回他消息，简单洗了个澡，随后躺上床。

没一会儿，印雪又给她发来消息。

印雪：要睡了吗？

糯米小麻花：嗯，怎么了？

印雪：没什么，就是问问你。

印雪：还好吧？

岳千灵翻了个身，踌躇片刻，才打字。

糯米小麻花：还好啦。

今天晚上，她觉得自己已经平复好了心情，才告诉印雪她被顾寻拒绝的事情。

可真的再次说出口，她发现自己的情绪还是很难控制。

虽然她没有哭出来，但鼻尖始终酸酸的。

印雪一开始也不敢相信，好一会儿才接受了这个事实。

印雪安慰了岳千灵好一会儿，发现自己词穷后，她就把原本买的文艺电影改成了喜剧片。直到亲眼看见岳千灵被电影气笑，她才算放了点心。

这会儿又和印雪聊了两句，岳千灵没什么别的想说了，困意袭来，不知不觉睡着了。

但她这一觉并没有睡到天明。

一个多小时后，她被一阵手机振动声吵醒。睁开眼睛时，窗外正下着淅淅沥沥的雨。

她感觉后背发热，可是空调又没关。她的意识也有点不清晰，总觉得浑身没什么力气。

她半眯着眼睛，拿起手机，见是小麦在群里说话。

小麦：大家睡了吗？今天是周末，我觉得可以一战！

岳千灵本来想说可以，但是伸手摸了摸额头，终于发现不对劲。

好像有点低烧。

她再抬眼看空调时，无奈地叹了口气。

以前她妈妈就老是提醒她不要开空调睡觉，容易着凉，她总不记得，被吹感冒了一次又一次。到现在人都这么大了，还犯这个错。

糯米小麻花：我不来，没力气。

校草：？

校草：怎么就没力气了？

糯米小麻花：感冒了啊。

校草：淋雨了？

糯米小麻花：不是，就是吹空调吹的。

糯米小麻花：不说了，我找外卖买点药。

校草：等外卖不得等一个小时？

糯米小麻花：那我又没什么办法。

发完这句，岳千灵头疼得厉害，没再回消息，直接切到外卖软件，选了两种感冒药。

下单后，她看了看送达时间。

因为外面正下着雨，又是深夜，预计还真得要一个小时。

岳千灵浑身难受得很，脑子也不太清醒，于是定了个闹钟，关掉空调后继续睡觉。

这一觉她睡得迷迷糊糊，似睡非睡，不知过了多久，突然被门铃声吵醒。

外卖到了？

她昏昏沉沉地坐起来，看了一眼时间，发现才过去二十分钟。

窗外大雨还在继续，外卖居然这么快？

她披了件外衣，拿着手机往外走去。

走到门口要开门了，她却突然想到，小区里，外卖是不能送上楼的。

那谁会半夜一两点来敲门？

岳千灵突然很害怕，她握着门把手，屏住呼吸，小心翼翼地踮脚往猫眼看去。

——顾寻？

岳千灵愣了好一会儿，才开口道："这么晚了，有什么事？"

狭小的视野里，她只看见顾寻眉头蹙得有点紧。

"有吹风机吗？"

岳千灵："啊？"

顾寻的声音隔着门，不甚清晰地传了过来："我的吹风机坏了，你能借我用一下吗？"

岳千灵有点没反应过来，犹豫片刻，才轻声道："哦，你等一下。"

她转身朝浴室走去。

就说当邻居不好，隔三岔五地在她眼前晃，真的很难把这个人彻底从脑海里摘除。

她翻出吹风机，打开门，递了出去，并说道：“我要睡了，明天再还吧，或者你直接挂在我门把手上也行。”

顾寻伸手的动作忽地一滞，片刻后，才接过：“好。”

交接吹风机的刹那，岳千灵感觉顾寻的呼吸声有点重。

她抬了抬眼，发现顾寻的头发果然是湿的。

发梢浸着水，耷拉在额前，竟然显得他锋利的眉眼有几分温和。

视线下移，她看见他衣服的肩膀和前襟处竟然也是湿的。洗个头居然能把衣服弄湿成这样，是三岁小孩吗？

正想着，岳千灵突然听见顾寻说道：“岳千灵，你是不是病了？”

她眨了眨眼，抬头望着顾寻：“怎么？”

顾寻看着她因为发烧而通红的脸，不轻不重地说：“我家里备有常用药，你过来拿点吧。”

深夜的走廊安静得落针可闻。

不知道是不是因为此刻的顾寻竟然有点像一只湿漉漉的小狗，岳千灵有点狠不下心逼自己说拒绝的话，于是移开视线，看了一眼手机。

骑手竟然还在四公里之外的药店一动不动。

她就盯着手机没说话，顾寻也没走。

片刻后，她才哑哑地说：“哦，好的。”

她关上门，跟着顾寻朝他家走去。

走在他身后，岳千灵又没忍住看了一眼他的头发。

头发这么短，站在阳台上两分钟就吹定型了，还借什么吹风机，大晚上的也不嫌折腾。

心里嘀咕的瞬间，她已经跨进了顾寻的家。

这是第一次进他家，岳千灵不知为何，莫名很紧张。

仿佛是走进什么专属领地，她心里一直提醒着自己不要四处打量，不要对他有任何好奇。她就像个机器人一样跟着他走到客厅。

可是视线所及之处，却还是不受控制地印进她的脑海里。

嗯，跟她想象中的一样干净整洁，就是有点没人气，什么多余的家具都没有，不知道的还以为这里没人住呢。

“你看你需要什么，拿吧。”

岳千灵倏地回神，一抬头，见柜子上放了一大口袋的药。

和他家里整洁的风格不同，这些药并没有摆放好，全堆在袋子里，似乎还没来得及收拾。

想想也是，他才搬来多久，一般人都是一切安置妥当了才买药在家里备着。

不过这些药的种类也太齐全了，像是把药店里所有感冒药一扫而光。

岳千灵没怎么挑，就拿了最外面的两盒药。

“多少钱啊？我把钱给你。”

顾寻的声音就落在她头顶：“不用。”

她正要开口，顾寻就已经往厨房走去。

岳千灵看他果断的背影，知道他一个男人肯定不想跟她提这点小钱。

可是岳千灵向来不喜欢白拿别人的东西，即便不值钱。

更何况此刻站在她面前的是顾寻。

于是她伸手去翻了翻袋子，如果药买回来还没来得及整理，那小票应该还在。

她往里掏了掏，果然找到了小票。

本想对照着找药的价格时，她却注意到买药的时间。

凌晨一点二十七分。

是今天。

今天？

岳千灵以为自己发烧，眼花看错了，又看了一遍。

没错，就是今天。

现在是凌晨一点四十九分，也就是说，这药是他二十多分钟前买的。

虽然只是小事，但岳千灵觉得特别奇怪。

无法忽视的奇怪。

他怎么大半夜出去买药？

还是买感冒药？

她想得出神，直到听到不轻不重的脚步声才回神。

一抬头，发现顾寻正端着一杯水朝她走来。

岳千灵心底莫名一慌，将小票捏在手心。

“我刚刚发现保温瓶里还剩有热水。”他将杯子递到岳千灵面前，“你要不吃了药再回去？”

岳千灵抬头看着顾寻，明亮的灯光下，他头发上的水渍格外清晰。

岳千灵心里突然冒出一些不对劲的猜想，她倏地一退，蒙蒙地说：“不用了，我回家吃。”

说完，她立刻转身就走。

顾寻的手僵在半空，看着她匆匆离去的背影，忽地叹了一口气。

回到家里，岳千灵完全忘了吃药。

她就裹着衣服坐在沙发上，脑子里乱乱的，无数想法在胡乱碰撞。

明明是才买的药，顾寻为什么要说是家里常备药？

他为什么要这么晚了出去买药？

他自己看起来又没有生病。

而且怎么就这么巧，他半夜还来敲她的门，没想到这么晚了她已经睡了吗？

难道是专门为她去买的药？

可是，他又怎么知道她生病了？

岳千灵越想越觉得荒谬，加上发烧，脑子里嗡嗡作响，更难厘清思路。

这时，手机又开始振动。她垂眸，看着沙发上的手机，想法突然更加荒谬。

骆驼：这么晚了玩个屁，我才聚完餐回家。

骆驼：@ 糯米小麻花你也吃了药早点睡，这天气就是容易热伤风。

岳千灵连指尖也开始发热，轻颤着，将聊天记录拉到上面。

界面停留在她说自己感冒了那一段。

她只在这里说过，没跟其他任何人说过。

脑子里那荒谬的想法，突然变得有几分真实度了，却又让她根本不敢相信。

这一晚，岳千灵望着天花板，迟迟不肯闭眼。

直到药效起来，她实在抵不住困意，才昏昏沉沉地睡了过去。

这一觉就睡到了下午两点。

窗外阳光已经晒到了床边，她睁着眼，好一会儿意识才回笼。

空调病来得快，去得也快，她吃过药睡一晚，果然什么事都没有了——除了肚子有点饿。

岳千灵起身离开房间，经过客厅时，又看见了摆在桌上的那两盒药和被她揉得皱巴巴的小票。

困扰了她一晚上的谜题又一次卷土重来。

岳千灵愣怔在原地，鬼使神差地看着大门，仿佛视线能透过那道墙，看见对面住的那个人。

好一会儿，岳千灵突然甩了甩头。

不可能。

这怎么可能。

这绝对不可能。

她拿起药，放进不透明的柜子里。

然而这一个下午，岳千灵做大扫除的时候依然有些魂不守舍。

即便告诉自己一万遍“不可能”，但她还是会一万零一次去怀疑。

直到下午六点半，黄婕给她打了个电话。

“千灵，你在哪儿呢？”

黄婕的声音把岳千灵拉回了现实，她起身走到阳台，吹着风，说道：“家里。怎么了？”

“你还在家里？”黄婕的音调突然拔高，“你忘了今天是我生日？！”

岳千灵挠了挠头。她还真忘了！

“没有没有！”岳千灵连忙解释道，“我在家里是有点事，我这就出发了！”

“快来！迟到自罚三杯！”

岳千灵没空再想其他的，连忙拿起早就准备好的礼物，匆匆出了门。

只是等电梯时，她还是忍不住回头看向顾寻的家门。

这……

根本不可能吧！

黄婕早在一个月前就开始吆喝自己的生日。

她性格好，人缘佳，朋友加上同事整整坐了两大桌。

一群人吃饭吃到晚上九点，黄婕又带大家去她订好的 KTV 包厢。

岳千灵不是不合群的人，大家一起唱歌、喝酒、玩游戏，她倒也没心思想那些事情。

只是到了晚上十点多，很多人都困了，但没说要走，她就窝在沙发上玩手机。

这时，突然有人推开包厢的门。

岳千灵看过去，是任天逸和黄婕请的一个同事一起走了进来。

正在唱歌的黄婕停下，转头看过去：“任主管？”

任天逸先是看了坐在最边上的岳千灵一眼，随后才向黄婕走去：“我今晚也在这儿呢，刚刚在外面碰到王恩，听说你过生日，所以特地过来敬你一杯酒。”

黄婕连忙放下麦克风，躬身拿起酒瓶倒了两杯："客气了客气了，任主管过来玩就是了，敬什么酒呀。"

黄婕今晚喝得也有点多，大剌剌地把酒杯塞给任天逸，自己则仰头干了。

任天逸又跟她聊了一会儿，这才扭头朝沙发走去。

正好原本坐在岳千灵身旁的人去点歌了，任天逸便顺势坐了下来。

岳千灵侧身朝他笑了笑："任主管，晚上好。"

"你别一口一个'主管'地叫着，显得我好像很官僚作风似的，又不是多大个领导。"任天逸揉了揉脖子，漫不经心地说，"你叫我'天逸哥'就成。"

岳千灵虽然点了点头，却没出声。

她垂下眼睛，看着手机，又有点出神。

不一会儿，黄婕突然站到凳子上，举起手机说道："咱们合个影呗！"

这种时刻，自然没人拒绝。

岳千灵朝镜头的方向转过身去，比了个剪刀手。

紧接着，她感觉任天逸也朝她靠了过来。虽然是很正常的合照姿势，岳千灵却感觉有点不自然。她皱了皱眉，黄婕恰好就在这个时候按下快门。

合照环节结束，大家又开始唱歌。

岳千灵则低下头，指尖摩挲着手机，思绪又开始发散。

没过多久，岳千灵刷了刷朋友圈，见黄婕已经发了合照。

虽然灯光不好，但是黄婕开了夜拍功能，照片里每一个人的面孔都很清晰。

可能是喝了一点酒，岳千灵心里开始荡起一股试探的冲动。

她想了想，将黄婕发的合照保存下来，自己也发了朋友圈。之后，她便静静地看着手机。

一分钟……

两分钟……

五分钟……

二十分钟过去了，什么动静都没有。

岳千灵松了一口气，心想自己果然是想多了。

她浑身的紧张感骤然散去，肩膀也松了下来。

下一秒，手机突然振动了一下。

岳千灵的心再一次悬到嗓子眼儿。

她缓缓滑开屏幕，看见弹出的那个聊天框，心神一荡。

校草：上号吗?

岳千灵发现自己的指尖竟然有些发抖。

以至于，她把字摁错好几次。

糯米小麻花：不来，zai 外面玩。

校草：这么晚了，还在外面?

糯米小麻花：嗯，喝酒 ne。

糯米小麻花：喝醉 l，头疼死了。

校草：你在哪里喝酒?

糯米小麻花：不知道，叫什么 taibei 金。

对面没再回消息。

而岳千灵看着这个聊天框，久久不能回神。

时间突然变得很慢，包厢里吵闹的声音逐渐离她很远，一首歌的时间也被掰成了一分一秒。岳千灵陷入一股从未有过的迷茫中，甚至有点不知道自己身处何处。

她就怔怔地看着手机，直到屏幕黑了，也没有移开视线。

不知道过了多久，包厢里的人已经陆陆续续走了许多。

黄婕唱完最后一首歌，拿起包，说道："咱们回家吧！"

四周的人都起了身，岳千灵也随着大家起身。

她紧紧攥着手机，思绪依然不能回笼，甚至在走出包厢的时候，她还下意识四处看。

“找什么呢？”任天逸突然说，“还有朋友没出来？”

“没，我就看看。”

离开 KTV，大家都在门口打车。

夜晚的风迎面吹来，岳千灵突然清醒了。

这怎么可能呢。

她肯定是想多了。

世上哪有这么巧的事情。

她深吸了一口气，迈腿下台阶。

然而不知道是哪个醉鬼摔了一瓶酒在这里，岳千灵没注意到，踩着玻璃碴，脚底一滑，整个人朝侧方倒去。

还好任天逸及时扶住了她。她人虽然没摔倒，但脚踝还是结结实实地崴了一下。

一股剧烈的刺痛感突然袭来，岳千灵“嘶”了一声，立刻蹲了下来。

“你没事吧？”任天逸连忙拉住她的手臂，“崴脚了？还能走吗？”

“没事。”

岳千灵挣开任天逸的手，揉了揉自己的脚踝。

虽然崴到的那一瞬间很痛，但情况不是很严重，那一阵儿缓过来后便只剩轻微的酸疼感。

岳千灵站起来时，黄婕已经招手拦到了出租车，她拉开车门，回头道：“我跟室友先走了！你们到家了也跟我说一声啊！”

“嗯。”岳千灵朝她挥手，“生日快乐！”

黄婕抛了个飞吻，随后关上车门。

出租车一开动，任天逸便说：“你还能走吗？我的车就在那边，代驾马上过来了，我送你吧？”

“没事，我拦个出租车就好。”

岳千灵动了动脚踝，发现彻底没事了，便朝路边走去。

任天逸却伸手拉住她："你这不行啊，让你自己打车我也不放心，我送你吧。"

岳千灵此刻心里有点躁，只想一个人静一静，于是有点不耐烦地抽出自己的手："真不用，我家离这里不远。"

"你客气什么呢？"任天逸又去拉她，"大家都是同事，顺路送一程是应该的。"

感觉到他已经拉住了自己的手，岳千灵感觉很不舒服。

她正想发火，突然，手腕上传来另一个人的温度。紧接着，她被拽着脱离了任天逸的纠缠。

"任主管，你适可而止吧。"

听到这熟悉的声音，岳千灵浑身像过了电似的，四周的空气被抽干，连耳边的声音也变得忽近忽远，只有没有来处的嗡嗡声充斥着整个大脑。

她缓缓抬起头，顾寻就站在她身旁，紧紧抓着她的手腕，正凛目看着任天逸。

他的力道很大，岳千灵却没感觉到疼。所有感官细胞都在这一刻集中到了眼睛，她一直怔怔地盯着顾寻的侧脸。

与此同时，黄婕的一个还没走的朋友回过头，看到这一幕，觉得有些奇怪："你们干什么呢？"

任天逸大概觉得僵持下去有些丢脸，于是退了一步，笑着说："既然有人来接你，那我就放心了，先走了。"

见他转身，顾寻紧抿的唇终于松开。

他回过头来，眉眼间的凌厉被揉进了风中消失不见。

"喝多了？"

岳千灵只是盯着他，不说话。

街道的霓虹灯灯光映在他的脸上，显得有些不真实。

晚风一阵阵地拂过，传递着顾寻身上的沐浴露香味。

他似乎来得有点急，喘着气，胸口并不平静。

而属于他的温度，也持续不断地从岳千灵手腕传来。

这一切又是真的。

岳千灵突然感觉呼吸有点不顺畅，她张了张口，却不知道怎么说。

顾寻只当她是喝傻了，手上力度一分不减，拽着她往另一边走去。

“你是不是过于单纯？竟然还真的大晚上和他出来喝酒？”

大概是他近在咫尺的声音，给了岳千灵最后一击，她倏地停下脚步。

顾寻见她又不走了，回过头，问道：“走不动了吗？”

“你……怎么来了？”岳千灵终于开了口。

然而没等顾寻回答，她又一字一句，坚定地说出一个问句：“林寻？”

32

当那两个字落下时，岳千灵从未如此专注地看过一个人的双眼。

她想大口喘气，却又觉得氧气稀薄，耳朵里全是自己听起来很粗重的喘息声，唯有心跳在真空般的环境中克制着。

她紧紧盯着他，将一秒掰成了十份，不放过他的每一个神情变化。

下一秒，流转的霓虹灯灯光晃过两人的脸庞，岳千灵清晰地看着顾寻的眼神凝滞住了。

片刻后，他眸光微闪，整张脸的神情以肉眼可见的程度松动。

他垂了垂眼，再次看向岳千灵时，目光里卸下所有情绪，只是专注地凝视她的双眼：“嗯，是我。”

真的？

岳千灵目光的焦点在一瞬间消失，却又无意识地重新聚焦在顾寻的脸上。

就像不认识这个人似的，她看了一遍又一遍，还是无法将这两个人对上号。

顾寻？

林寻？

他们竟然真的是同一个人？

这怎么可能呢？

可的确是这样。

他亲口承认了。

岳千灵从未经历过这样的情绪冲击，感觉氧气彻底被抽干，就连晚风也凝滞不动。

她双唇微动，用力地呼吸，心跳声震耳欲聋。

胸腔里像山洪倾泻一般，泥石乱撞，一股气流直冲脑门。

两人无声地对视着。

岳千灵不知道自己此刻是什么样的表情，她只感觉胸腔快要炸了，心脏下一秒就能跳出来。

怎么可能？！

这怎么可能是一个人？！

当她有片刻的回神，发现自己正目不转睛地盯着顾寻的双眼，心底突然一紧，第一反应就是走。

转身的那一刹那，她用力甩开顾寻的手，拔腿就跑，却忘了自己正站在树边，转身往前一冲，“咚”的一下，额头就直冲树干而去。

当岳千灵反应过来时，已经刹不住车了。然而想象中的痛感并没有袭来，顾寻在她转身的那一瞬间，立刻伸手垫住了她的额头。

岳千灵睁眼看着树干，而额头却紧紧贴着顾寻温热的手掌。

更生气了。

这辈子没这么生气过！

她猛地退了一步，挥开顾寻的手就朝另一边走去。

“岳——”

“闭嘴！”

岳千灵的脚步迈得越来越大，像是在发泄什么，甚至开始小跑。

她脑子里一团乱麻，彻底失去了思考能力，只有肌肉调动着她不停往前走。

不知走了多远，她终于在红绿灯处停了下来。然而胸口的起伏更剧烈，仿佛下一秒就有什么情绪要冲出来。

汽车一辆接一辆从眼前飞驰而过，车尾灯闪烁不停，晃得岳千灵眼花。

她不住地调整呼吸，却仍然无法平复脑子的嗡嗡响声。

顾寻就是林寻。

而他今天的出现，也证明他知道她是谁。

他什么都知道！

绿灯亮了，两旁的行人全都朝斑马线走去。

岳千灵没有动，她感觉自己身后那个人也没有动。

虽然一直没有回头看过，但她知道顾寻一直跟在自己身后。

突然，一股气涌上大脑。

岳千灵像是在发泄似的，抓着两个巴掌大的链条包，转身就一下又一下地朝顾寻身上毫无规则地打去。

顾寻被岳千灵这突如其来的行为惊了一下，但他没躲，直直地站着，任由她打自己。

女孩的劲儿大不到哪儿去，而且她的手似乎有些发抖，根本也没使什么力，砸在身上不轻不重的。

他低下头，目光定定地看着因为情绪激动而脸颊涨红的岳千灵，心头反而像被揪了一下。

路过的行人不住地回头看他们，有的好奇，有的只是会意地笑了笑。

“哦哟，现在小情侣吵架真是越来越放得开了。”

岳千灵完全没有注意到路人的目光。

许久，她发现顾寻根本不抵抗她施暴，就那么单手插兜站着，躲都不躲一下，她顿时感觉自己像拳头打在棉花上，反而更生气了。

她一口气不上不下，喘着气瞪着他，随后想拿包最后重重地打他一下。然而这次力道没有控制好，包扣的五金锁直接猛地划过顾寻的下颌。

唰的一下，岳千灵意识到发生了什么，双手突然僵住。

顾寻这次终于偏了偏头，伸出手摸了一下自己的下颌。

手掌摊开，他看见有淡淡的血迹，眼神微动，抬了抬眼，他再次低头凝注着岳千灵。

在他目光的笼罩下，岳千灵看着他下颌上那道赫然的血痕，整个人呆住，喉咙痒了痒，想说什么，却张不了口。

“打吧。”顾寻平静地垂下手，看起来倒没有生气，只是沉沉地看着她，“打够了能不能换一个和你说上话的机会？”

岳千灵缓缓垂下拿着包的手，久久不能回神。

她看着他下颌的伤口，突然很无措。

耳边的鸣笛声尖锐刺耳，和他低沉又温柔的声音形成了鲜明的对比。

她怎么感觉，他在告罪？

不对，那种感觉，更像是他在哄她。

哄——这字眼毫无由来地冒出来，却使得岳千灵心里更慌乱。

她心里颤了颤，什么都没说，继续迈腿朝前走。

顾寻突然一把拉住她。

“红灯！你不要命了？”

眼前一辆车飞速掠过，岳千灵一惊，人已经被顾寻拽了回去。

此刻的身体接触让岳千灵的脑子越来越不清醒，她一直低头看着顾寻正拽着自己的手。

他的十指，他的指骨，他手背上凸起的青筋，都那么不真实。

岳千灵从来没这么蒙过，不知不觉就被顾寻拉着走到了一旁的露天停车场。

直到站在车门前，她才回过神，下意识又想走，顾寻却已经打开副驾驶的车门，把她塞了进去。

“你——”

车门被关上，岳千灵也有点累了，没力气再挣扎。

这世上怎么会有这么离奇的事情？！

不一会儿，顾寻坐了上来，车里的空气立刻变得更稀薄。

岳千灵胸口的起伏还没平息，正气鼓鼓地看着挡风玻璃。

突然，顾寻的气息涌得很近。

她一回神，发现顾寻的脸近在咫尺。

他俯过身来，拉过安全带，往她身前一扣。

岳千灵感觉他的呼吸拂过自己的脸，甚至能清晰地看见他的睫毛，感觉稍微一动，自己的鼻尖就会碰到他的脸。

于是岳千灵整个人僵住，屏住了呼吸。

直到听见安全带扣上的声音，顾寻松手，坐了回去。

整个动作只有两三秒，随着他气息的远离，岳千灵的情绪才又恢复到了刚刚那般。

她攥着单肩包的链条，紧紧抿着唇。

顾寻靠着车椅，手臂搭在方向盘上，闭了闭眼，随后才望了过来。

感觉到他要说话，岳千灵立刻先发制人：“不要说话！我现在不想说话！也不想听见你的声音！”

行吧。顾寻妥协地收回了目光。

“看来还是没换到。”他单手转着方向盘，目不斜视地看着前方，“要不你回去接着打？我家里还有工具。”

有病。

岳千灵压根儿没理他，扭头看着车窗。

路边的风景正飞速地后退，灯光变得飘忽不定。

岳千灵的呼吸渐渐平静了下来，脑子也稍微清醒了一点。她不愿意开口问顾寻，只想让自己去想清楚事情的真相。

顾寻是什么时候知道她的身份的？

顺着记忆一点点顺藤摸瓜，直到回溯到告白那天。岳千灵的直觉告诉她，一定就是告白失败那天。她清楚地记得自己当时在打游戏的时候大哭着说了他的名字。

这样一来，那天他明明决绝地拒绝了她，没多久却对她转变了态度，就是因为他发现自己是他关系还挺好的游戏好友！

所以这些天，他其实什么都知道？

想起自己曾在他面前哭着说失恋了，岳千灵便觉得这段时间在顾寻面前伪装得若无其事简直就是笑话。

愤怒又卷土重来，她突然扭头，怒目瞪着顾寻，呼吸变得越来越粗重。

顾寻自然感受到了她的情绪，没等岳千灵开口，他便说道："其实我也是你……毕业那天才知道。"

果然如此。

岳千灵愤愤地咬牙道："那你为什么不说？"

"你说呢？"

车正好停在红绿灯，顾寻侧头看过来，两人目光不偏不倚地相接。

"还不是怕你不理我。"

怎么他好像还委屈上了？

可是这句话说出来，岳千灵感觉心里某一处地方莫名塌了一下。

这种感觉让她产生一种危机感，于是立刻移开视线，冷哼了一声："我现在更不想理你。"

这个回答完全在顾寻的意料之中，他紧抿着唇，沉沉地吐了一口气："行。"

两人这一路没再说话。

到了家，岳千灵一下车就直奔电梯而去。

顾寻不紧不慢地关了车门，跟上来时，岳千灵还在等电梯。

她直挺挺地站着，头发有些凌乱。

从顾寻这个视角，明显能看见她因为生气而微嘟的双唇。

他喉结动了动，视线移到电梯镜壁上："那什么时候能理我？"

岳千灵面无表情地说："彗星撞地球那一天。"

顾寻对这个回答毫不意外。

"还有保守点的方案吗？"

"有啊。"岳千灵眼睛都不眨一下，"地球撞彗星那一天。"

回到家里，岳千灵感觉自己这一个晚上像经历了一个世纪的兵荒马乱，明明没做什么剧烈运动，却累得脱了力。

她大字形躺在床上，怔怔地看着天花板。

突然，身旁的手机振动。她侧头，盯着手机，眼珠一动不动。虽然没看，她却下意识觉得是顾寻发来的消息。

有点好奇他说了什么，但又不想就这么理他。

过了好一会儿，她才慢吞吞地伸手拿过手机。

果然是他。

校草：。

岳千灵盯着这个标点符号看了好一会儿，实在摸不透他什么意思。

糯米小麻花：？

校草：看看你拉黑我没。

她突然有些说不上来的心慌，看着两人的聊天框，她忍不住开始往上滑，想看看自己以前到底说过什么。

越往上看，她就越心慌。

什么爷啊、爸爸的，她居然说过这么多骚话？

还好还好，这些应该也不算太尴尬。

然而当她看到几个月前——“你……知道我有喜欢的人吧？”

岳千灵两眼一翻，感觉自己彻底没了。

33

有的时候，人遇到尴尬的事情，明明羞恼得想钻地洞，却又忍不住一遍遍地回想当时的场景。

比如此刻，岳千灵一边蜷缩着脚趾，一边控制不住自己的手指，不停地翻她和顾寻的聊天记录。

她竟然和这人瞎聊了这么多？

明明一开始还挺客气，怎么后面这么放飞了呢？

看完了她和顾寻的聊天记录，她又去翻四个人的群聊。

行吧。

有小麦和骆驼在里面掺和，她更肆无忌惮了。

再回忆回忆她曾经像个痴汉一般跟他说：“你的声音很像我喜欢的人呢……”

明明表个白几乎花光了她所有的勇气，却没想到自己实际已经在不知道的情况下表白几百遍了。

岳千灵不知道顾寻想起这些时是什么反应，反正她看聊天记录看到了凌晨一点多，脚趾成功抠出了一座迪士尼城堡。

她无望地看了会儿天花板，决定去洗个澡冷静一下。

在 KTV 待了一晚上，虽然她就意思意思喝了三杯啤酒，但身上还是沾了不少烟酒味道。

而且洗澡大概是现代人逃避现实最常用的方法，当潺潺热水从头上淋下，岳千灵终于感觉舒了一口气。

后来顾寻又给岳千灵发了三条消息，全都石沉大海。

看来她是真不理他了。

夜色如水，对面大楼只有零星几户人家还亮着灯。

顾寻回到房间，打开了电脑，想做点事。坐了好一会儿，他却很难静下心来。

正好这时，骆驼突然给他打了个视频电话，顾寻正愁找不到人说话，便接了。

“你怎么接了？”镜头那边，骆驼躺在床上，顶着一头乱糟糟的头发，“我按错了。”

顾寻：“那挂了。”

“等等！”骆驼的脸突然凑近镜头，他眯了眯眼，问道，“你下巴怎么回事？”

顾寻没什么语气地说：“被人打的。”

“打的？！”骆驼几乎是立刻就坐了起来，身旁的老婆呢喃了两句，他便掀开被子朝客厅走去，“咋回事啊？你怎么还跟人打架了？”

“打什么架。”顾寻偏了偏头，看了一眼窗外的点点星光，“岳千灵打的。”

“岳千灵？听着像个女孩啊，谁啊？”

顾寻没说话，仰头闭了闭眼。

骆驼愣了片刻，低声说道：“小……”

“是她。”

“不是，她打你干什么？她不是喜欢你吗？你对人家做了什么？”

安静的客厅里，空调风声似乎都压不住顾寻沉重的呼吸声。

分明是还算凉爽的夏夜，他却止不住地烦躁，三言两语把今天发生的事情说了出来。

骆驼听得一愣一愣的，不知道自己该笑，还是该为兄弟感到着急。

“不要担心，我跟你说，打你是好事啊！听没听过打是亲骂是爱？”

顾寻：“那你来挨一挨？”

“哎，我的意思是，女孩子都是嘴硬心软的，她肯定还没放下你。”

“她像是嘴硬心软吗？”顾寻烦闷地扯了扯领口，“你是没看见她对我的态度，能少说一个字就绝不多开一次口。”

他甚至想过，岳千灵一定是对他失望透顶了，所以反而能坦坦荡荡地继续住在这里，像陌生人一般。

否则他站在岳千灵的角度，想不到她还能以什么理由留在这里，总不能是因为押金太贵。

镜头那边，骆驼的老婆在吼他了。

于是他急匆匆地往房间走，挂断视频前，他说：“这你就不懂了，烈女怕缠郎！我就不信她说不喜欢就不喜欢了！”

电脑上的视频断了，桌上的手机又响。

顾寻抬了抬眼，一边想着骆驼说的那句话，一边起身拿起了手机。

荧然灯光下，他眉梢突然一抬。

爱吃辣椒的香菜精：我的吹风机你给我吞了？？？

爱吃辣椒的香菜精：赶紧还给我！

菜也犯法吗 sir：我给你送过来。

爱吃辣椒的香菜精：不用，你挂在门把手上，我自己拿。

这是真的连看都不想看他一眼啊。

顾寻偏了偏头，正想站起来，下颌的伤口却突然被牵动，轻微的刺痛再次袭来。

他忍不住又抬手摸了摸伤口。下手可真狠啊。

又想起岳千灵曾说过，他在她心里除了脸，一无是处。

可是他现在连脸都不想要了。

岳千灵是洗完澡出来才想起自己的吹风机还在顾寻那里的。

她顶着一头湿发在屋子里踱了十几圈，烦不胜烦。

都怪自己手贱，忍不住翻完了所有聊天记录，那些对话就像烙印一般刻在她脑海里。现在要她和顾寻面对面，简直和上刀山下火海没什么区别。

可不要吹风机吧，这么长的头发等它自然风干，今晚也不必睡了。

纠结了许久，岳千灵终于想出一个勉强两全的方法。等顾寻把吹风机挂在门把手上，她再偷偷出去拿，岂不是就可以避免尴尬了？

于是她拿出视死如归的架势，给他发了消息。

还好他还没睡。

在客厅里坐了五分钟，岳千灵估摸着顾寻已经办妥了一切，于是走到门前。

出去之前，她偷偷摸摸地踮脚看猫眼。

呼……

楼道里安安静静的，他应该已经挂好了。

岳千灵小心翼翼地按下门把手。

她感觉自己像做贼似的，伸出一只手往门外的把手那里摸。

摸了半天，却什么都没摸到。

吹风机呢？

难道在地上？

岳千灵不得不鬼鬼祟祟地探出一颗头，看了一眼门把手，又看了一眼地上。

什么都没有。

这时，对面的门突然开了，顾寻拿着她的吹风机，赫然出现在她视线里。

一看见顾寻的脸，那些刻在她脑海里的记录立刻像弹幕一样飞过。

比如此时，浮现的就是她说过的那句：“被我这种长得漂亮又有才华，还能陪着一起打游戏、看球赛的女生喜欢，是他三辈子修来的福气。”

行吧。

伸头也是一刀，缩头也是一刀。

只要我不提，就当作没发生过。

于是岳千灵努力摆出平静的模样，朝他伸手：“怎么叫你拿个吹风机这么磨蹭？”

“忘了放在哪儿了。”

顾寻两三步走过来，把吹风机放到她手上。

岳千灵立刻就想关门，却又听到他说：“你家里有没有药膏？”

“嗯？”岳千灵愣了一下，“什么药膏？”

顾寻偏头，让岳千灵清晰地看见他下颌的伤痕：“你说呢？”

岳千灵看了一眼就立刻收回视线，心里有点过意不去。

虽然她当时是被气愤冲昏了头脑，失去了理智，但不管怎么说，动手打人始终是不对的，而且她还给人打破相了。

疤痕膏她家里倒是常备着，因为她自己是个容易留疤的体质。特别是夏天，她招蚊子，被叮上几个包，要是不处理，可能疤痕要捂一个冬天才会消失。

可是顾寻一个男人，有必要这么精致吗？

“不是，这多大点伤啊，要不要我帮你缝两针？”

“缝针倒是不必了。”顾寻用拇指碰了碰自己伤口，“嘶”了一声，“只是我是疤痕体质，不处理一下会留疤。”

岳千灵有点不相信：“你还懂疤痕体质？”

顾寻一眼望过来，见她面露疑惑，突然撩起衣服下摆，露出精瘦的腰腹。

岳千灵一口气直接倒冲上脑门，瞪大了双眼。

不是，这人说话就说话，怎么还开始撩衣服？

可他人就近距离地站在她面前，她一抬眼，入目的便是他的腹肌；她还特别不争气地觉得真性感啊。

“你有病吗？”岳千灵的脸颊以肉眼可见的速度染上两抹红晕，她立刻别开脸，“你撩衣服干什么？”

“我让你看我身上的疤痕。”他另一只手往腰间指了指，“高三那年被一根铁丝划的，到现在还有疤。”

听见他的话，岳千灵斜着眼睛偷偷去看看那道疤。

她一点点地转过头，往他腰上一看，疤痕倒是没发现，注意力又落到了他的人鱼线上。

岳千灵几乎呆在了原地，连自己直勾勾的视线也忘了隐藏。

“看到了吗？”

“看到了看到了！”

看到个屁。

岳千灵根本没去注意他身上有什么疤，只觉得自己脖子以上全红透了，再次别开了脸。

顾寻慢条斯理地放下衣服，低头看着她：“你也说过，我这人没什么优点，就只有一张好看的脸。”

岳千灵的拳头突然握紧，头皮一阵发麻。

不提还好，他一提，那些说过的羞耻的话又在岳千灵脑子里飞速跳动。

“我要是破了相，唯一的优点都没了，以后找不到老婆，你负责？”

“怕什么，你不是说过你也有可能喜欢别的吗？不要卡太死，多个选择多条路。”

话音一落，两个人都愣住。

紧接着，顾寻长长地“哦”了一声，了然道：“原来你当时说的是我啊。”

空气里弥漫着尴尬，直让岳千灵想扇自己嘴巴。

为什么要提起？！为什么？！

她憋红了脸，什么都没说，直接转身朝屋里走。

顾寻看着她的背影，笑了笑，就靠在门框处，不动声色地打量她的家。

明明是一样的户型，给人的感觉却完全不一样。

同样收拾得很整洁，她家里却有人气多了，像是已经在这里住了好些年一般，堆了不少花里胡哨的小零食，沙发上甚至还有一些布偶娃娃。

竟然还挺有少女心的。

没一会儿，岳千灵从房间里出来，顾寻便收回了打量的视线。

“拿去。”岳千灵递给他一管小药膏，“就你这伤口，最多用一周就没痕迹了。”

“行。”

顾寻没立刻接过药膏，目光落在她湿漉漉的头发上。

视线下移，她的发梢搭在前襟，将睡衣洇湿了一圈。

不知是不是因为她刚洗过澡，连锁骨处的肌肤都透着淡淡的红晕。

在岳千灵发现他的视线之前，顾寻收回目光，接过了她手里的药膏。

同时，他说道：“没第二条路。”

岳千灵：“嗯？”

他垂眼，鼻尖萦绕着岳千灵身上的洗发水香味。

“我只喜欢女人。”

回到家里，顾寻拿着那一小管药膏看了又看，稍微放了点心。

不管怎么说，她至少还愿意搭理他两句，没有想象中那么决绝。

他伸长了腿，放松地搭在茶几上，偏着头挤了点药膏出来。

突然想到了什么，他又拿出手机，点开岳千灵的对话框，编辑了一行字：“这个药膏怎么用？使用频率是多少？”

想了想，他又加了一句：“保证不留疤吗？”

编辑完，他满意地点了发送键，却收到一个红色感叹号。

别人聊起是什么时候心动时，
或许很难找到一个明确的时间点。
但岳千灵却可以清晰地回忆起初
见顾寻那一刻的风里带着清淡的桂花香